JN183133

マンデー・モーニング

サンジェイ・グプタ［著］
金原瑞人・小林みき［訳］

MONDAY MORNINGS

Sanjay Gupta

柏書房

マンデー・モーニング

［おもな登場人物］

ジョージ・ヴィラヌエヴァ
救命救急センター（ＥＲ）のチーフ。元アメフトの選手で体重一六〇キロ。ユーモアあふれる性格だが、その診断の速さと的確さは院内一。

タイ・ウィルソン
脳外科医。その甘いマスクに病院内でもファンが多く、手術の腕も確か。ある手術で子どもを助けることができなかったことに悩み、スランプに陥ってしまう。

ティナ・リッジウェイ
脳外科医。美貌の女医。夫と三人の子どもがいるが、病院内ではタイ・ウィルソンとの関係が噂されている。現状に満足せず、無料診療所でも診察している。

スン・パク
脳外科医。韓国で脳外科専門医になるも、アメリカに移住。故郷とアメリカで何年も研修を積む。上昇志向が強く、優秀な外国人レジデントにも目をかける。

シドニー・サクセナ
心臓外科医。まじめで研究熱心。前の彼と別れてから、独身を続けている。

ハーディング・フーテン
脳外科科長兼外科部長。三十数年間チェルシー総合病院で働き、月曜日の医療過誤検討会では議事進行を務める。

モニク・トラン
看護師。ヴェトナム系アメリカ人。

ミシェル・ロビドー
脳外科のレジデント（研修医）。落ちこぼれで、ティナ・リッジウェイが担当を買ってでる。

サンフォード・ウィリアムズ
シニアレジデント。シドニー・サクセナに指導を受けている。

クイン・マクダニエル
タイ・ウィルソンが治療を担当した十一歳の少年。

アリソン・マクダニエル
クインの母親。

ルース・ホステトラー
スン・パクが治療した信仰心の篤い女性。

アール・ジャスパー
ジョージ・ヴィラヌエヴァが診察した、白人至上主義の男性。

ジョーダン・マルカス
スン・パクが治療した男性。手術後、芸術活動に目覚める。

MONDAY MORNINGS by Sanjay Gupta
Copyright © 2012 by Sanjay Gupta, MD
Japanese translation rights arranged with
Grand Central Publishing, New York, New York, USA
through Japan UNI Agency, Inc., Tokyo
All rights reserved.

私の美しい妻レベッカと愛する三人の娘――セイジ、スカイ、ソレイユ――へ。

これからもずっと私の教え子であるとともに、賢く、忍耐強い師でいてくれることを願っている。

「すべて見て、多くは大目に見て、直すのは少しだけに」を忘れずに。


また、つねにより良い医療を目指して励む医師たちへ。


ミシガン大学病院の医師や看護師をはじめ、そこで働く皆さんへ。

また、架空のチェルシー総合病院のレジデントたちへ。


そして最後に、ジュリアン・T・ホフ教授へ。

私がこの作品を書くことを思いついたのは、何年も前、教授の教えを受けたときのことである。

手術室内外で教えていただいたすべてに感謝している。

1

救命救急センター《ER》外来のスイングドアが開き、左の胸ポケットに黄色い記章のついた水色のつなぎに黒いブーツ姿の救命士が数人、駆けこんできた。若い救命士たちの表情は険しく、そして、すすだらけだ。現場に煙が立ちこめていた、いや、火災が起きていたのだろう。運ばれてきたストレッチャーには銀マットにくるまれた女性が横たわり、腕に点滴チューブをつながれている。点滴バッグは激しく揺れながらも一定の速度で滴下している。ストレッチャーは医師や救命士の詰めかけているＥＲの中央に運びこまれた。

ＥＲのレイアウトがいかにうまくできているかは、真上から見ないとわからない。ひとつの部屋というより、大きな迷路だ。巨大な自転車の車輪のように、放射状に仕切られていて、中心から外にむかって部屋が並んでいる。そして、患者の容態が深刻であれば、真ん中に近い処置室に運ばれる。その女性の患者はそちらに運びこまれた。

「自殺未遂のようです。単独で電柱に突っこみました」ＥＲに救命士の声が響きわたる。まわりでは医師や看護師が口早に言葉をかわし、患者がうめき、赤ん坊が泣き、モニターが機械音を響かせている。ＥＲに隣接した待合室からはテレビの音も聞こえる。

ＥＲのチーフであるジョージ・ヴィラヌエヴァはこの報告を聞く前から、この女性患者に目をむけていた。ジョージの腰かけているスツールは、巨体の下でひしゃげないのが不思議なくらいだ。ジョージはサーカスのゾウ――いや、太陽系の中心の超新星のような存在だ。ストレッチャーがＥＲに運びこまれると早速、この小柄な女性患者を観察した。首は少し傾いだまま、プラスティックの器具で固定されている。顔に皺《しわ》はない。二十五歳前後だろう。顔色は青白く、唇にも血の気がない。鼻はエアバックの衝撃で骨折したらしい。両方の目の下にできた黒いあざが赤く変色してきている。「パンダの目徴候《ちょうこう》だ」ジョージはつぶやいた。つまり、頭蓋底に損傷がある。ジョージはすぐに点滴の速度をたしかめた。「遅い」救命士が呼吸チューブに接続された換気バッグを握り、患者の肺に空気を送りこんでいる。「まだ遅い」

「八番へ」ジョージの指示で、ストレッチャーは中央寄りの八番処置室に運びこまれた。クレイアニメのように、ジョージの巨大な胴体の上でスイカほど大きな頭がくるっとまわり、茶色の小粒な目が患者を見つめた。救命士がきびきびと動く中、ジョージは観察をつづけた。患者の目は両方とも開いているが、左右の視線が微妙にずれている。瞳孔《どうこう》も片方は大きく開いていい。銀マットの下で腕が弱々しく動いた。尿道カテーテルバッグはほぼ空だ。心拍が異常に速い。毎分一二四回だ。

「何があった?」ジョージは救命士に訊《き》いた。

「カムリに乗ったまま電柱に激突です。ブレーキをかけたタイヤ跡はなく、速度を落とした形跡もありませんでした。自殺未遂と見てほぼ間違いありません」ひとりが早口でこたえた。額から汗がしたたっている。

1

「そいつは大変だ」ジョージはスツールから腰をあげ、てきぱきとストレッチャーを運びこむ救命士のあとを追った。約一六〇キロの巨体にしては動きに切れがあり、タイルの床を歩く足取りも軽い。ミシガン州立大学のアメフトチームに在籍中、デトロイト・ライオンズ（ミシガン州デトロイトのアメフトチーム）にドラフト二位で指名された敏捷《びんしょう》さは健在だ。救命士とともにさっそうと八番処置室にむかう。勇猛なリードブロッカーだった当時を思い起こさせる身のこなしだ。ジョージはプロとして四年間プレーした後、体重わずか一二五キロではやっていけないと判断して引退した。当時は高校のアメフトチームでさえ、オフェンスラインの選手の体重は一四〇キロ近くあった。もちろん、現在のジョージの体重なら、ＮＦＬの現役オフェンスラインにもまったくひけをとらない。しかし、引退後二十二年がたち、ひと回りもふた回りも肉づきのよくなったジョージが身に着けているのは、ヘルメットと防具ではなく、４Ｌサイズの上下の手術室着だ。これでもシャツの下から腹がのぞいていることが多く、ズボンも卑猥《ひわい》なほどきつい。だから、普段はなるべく上に白衣をはおるようにしている。しかし、その白衣も今日は血まみれなってしまい、べつの処置室で脱ぎ捨てた。数時間前に運びこまれた患者に緊急蘇生処置を行った結果だ。

救命士たちが女性患者をストレッチャーから診察台に移動させ、ジョージは看護師一名とともに処置にかかった。かがみこんで手をのばし、器具で固定された首の角度をまっすぐに直すと、近くにいる救命士にちらっと目をやった。

「酸素をもっと増やせ。呼吸換気量も、補液《ほえき》も増やせ。脳外科医を呼んでくれ。自殺未遂じゃない。脳で『爆弾』が破裂したんだ。ぼうっとしてないで、早くしろ！」

看護師は一瞬ためらった。ぼうっとしてなんかいません、と反論しようと思ったがやめ、指示されたとおり、患者の口にあてた透明なマスクにつながる酸素流量計のバルブをゆるめた。

今日もまた「ヴィラヌエヴァ・マジック」が見られた。救命士たちは満足げにERを後にした。彼らの携帯している無線から聞こえる通信音や、黒いブーツの足音が遠のいていく。

ジョージの瞬時にして正確な診断は、チェルシー総合病院の伝説となっている。診断の速さと軽快な身のこなしにより、ジョージは「巨大ネコ《エル・ガト・グランデ》」、もしくは「ガト」というニックネームで呼ばれている。ジョージ自身はスペイン語は片言しかしゃべれないし、「ホルヘ」と、スペイン語読みで名前を呼ばれたことも六歳で学校に通いはじめたときからほとんどない。にもかかわらず、スペイン語のニックネームをつけられてしまった。

今から数時間前、今日のシフトが始まって少したった頃のことだ。ジョージは定位置のスツールに腰かけ、近くの処置室の様子を見ていた。中で救急部の医師二名が、患者の血圧の急激な低下の対応に追われていた。このときのジョージをそばで見ていたら、その顔が一気に赤くなり、目元がぴくっと動いたのがわかったはずだ。だれも見たいと思わない、ジョージ特有の表情だ。数秒後、ジョージはしびれを切らし、その処置室に飛びこんだ。当の救急部の医師二名は、六十代の男性患者の意識を回復させようとしていた。ひとりは患者の耳に口を近づけ、「もしもし、目を開けられますか?」と声をかけている。

「無理だって」ジョージはぼやきながら大またでずかずかと、診察台の患者に近づいた。左手

1

でヨード液の入ったボトルを、右手で十六ゲージの心囊穿刺針《しんのうせんししん》をつかむ。

ジョージは医師に「ちょっとどいてくれ」といった。しかし、相手がためらったので腕で押しのけた。アメフトでディフェンスバックを払いのけるときの要領だ。医師が文句をいう間もなく、ジョージは患者のシャツをめくり、左胸にヨード液をかけて消毒した。そして、患者の胸に注射針を深く刺した。針先の感触を確認し、ジョージの顔にかすかな笑みが浮かぶ。内筒を引き抜くと、注射器に真っ赤な血があがってきた。

「心タンポナーデ（心囊内に血液が充満して起こる心臓圧迫状態）だ」ジョージはだれにともなくいった。「五、四、三、二、一」そこで言葉を切る。何も起こらない。横目でまたモニターを見る。「〇・五」突然、患者の血圧と心拍数が正常に戻った。心臓が圧迫状態から解放されたのだ。患者の顔に赤みが戻ってきた。「ゼロ」

ジョージはすでに処置室から出るところだ。

医師二名は凍りついた。的確な診断を行えず、男性の命を危険にさらしてしまうところだった。

「心タンポナーデの徴候は、あ、ありませんでした」ひとりがジョージの背中にむかって、言い訳がましくいった。ジョージはふり返りもしないで、患者の血で染まった白衣をはぐように脱ぐと、手近の洗濯物入れにほうりこんだ。

ジョージは白衣を脱ぎ捨てたまま、「どうだ」という顔で定位置のスツールにむかって歩きだした。すれ違う看護師が軽く会釈をする。ある処置室では子どもが頭の傷を縫われ、ほかの処置室では産科の医師たちが流産しかけた女性の手当てをしている。また、屋根から落ちて搬送された酔っ払いもいれば、胸痛を訴えるスーツ姿のビジネスマンもいる。救急部より図書館のほうが何倍も似合いそうな医学生が、ジョージを追いかけてきた。クリップボードを抱え、何か質問したそうな顔だ。先ほど「脳で爆弾が破裂」と診断された女性患者のほうを見たかと思うと、またジョージを見る。これをくり返している。

「なぜわかったんですか?」医学生はやっとそれだけいった。ポケットからペンを出し、メモをとろうと構える。ジョージはまず医学生の手からペンとクリップボードを取りあげ、ついでにネクタイもゆるめてやった。それから立ち止まり、正面から医学生を見た。

「メモにたよるな。耳で聞き、目で学べ」ジョージはそういって、ナースステーションにいる魅力的な看護師にウィンクした。「肌に血色がなく、唇が青かった。だから酸素吸入が必要だと判断した。簡単なことだ」完全に教授モードだ。一九〇センチ近い長身を見せつけるように胸を張り、ERで圧倒的な存在感を放っている。医学生ならだれでもジョージの前では萎縮《いしゅく》するが、米国中の優秀な医学生がチェルシー総合病院に来たがる理由もジョージだ。医学の世界で、だれかをある分野の「最高峰」と認めるのは非常に稀《まれ》だが、ここでは違う。ジョージはだれもが認める米国一の外傷外科科長だ。

「つねに尿道カテーテルのチェックを忘れないこと」ジョージは医学生にいった。「こういう状態の患者は尿の量が多くなる。そうでない場合は輸液が必要ということだ」医学生はメモを

1

とろうとして、筆記用具は没収されたのを思い出した。「メモは必要ない」ジョージはまたいった。「全神経を集中させること。そうすれば忘れない」医学生は熱心な信者のようにうなずいている。

「ところで、患者の年齢は？」ジョージにたずねられ、医学生はあわてて八番処置室に走ると、カルテをチェックして戻ってきた。

「二十六歳です」医学生は即答したが、ジョージは眉をひそめた。「いえ、誕生日は十二月ですから、二十五歳です」医学生の訂正にジョージがうなずく。

「さて、あの患者がくも膜下出血だと診断したのはどうしてか、その質問にこたえよう」ジョージは救急部の全員に聞こえるよう声を張りあげた。主役を演じるのを楽しんでいる。スタッフのほとんどが無関心に見えてじつは、ジョージの豊富な知識からなんでもいいから学ぼうと聞き耳を立てている。

　ジョージは医学生の上着のポケットからすばやくペンライトを抜き取った。ジョージ本人は何も持ち歩かない――聴診器も、舌圧子《ぜつあつし》も、筆記用具も、もちろんペンライトも。手近のだれかのを拝借する。医学生の持っていたペンライトには製薬会社の名前など入っていない。製薬会社が持ってくる文房具類に関するジョージの見解はだれもが知っている。「ただより高い物はない」ジョージはかつて、救急部から足早に出ていく製薬会社の美人社員にむかって、大声でどなりちらしたこともあった。ジョージはペンライトのスイッチを入れ、女性患者の目に近づけた。

「この患者は脳動脈瘤《のうどうみゃくりゅう》が破裂してる。ほら、ここだ。少し非共同注視してる」

「ひきょう――？」医学生が訊き直した。

「左右の目の位置がずれてる、ってことだ」ジョージはまた眉をひそめた。「いったい最近の学部では何を教えてる？　医学はフリーディスカッションと経済学の講義の合間に、つまみ食いか？」医学生が赤くなる。「それと、この患者の右瞳孔は左瞳孔より大きい。つまり、動脈瘤が原因で、眼球運動を支配する神経が圧迫されてる」

「そうか、わかりました」医学生はようやく理解した。「車の運転中に動脈瘤が破裂し、意識を失った。その結果、電柱に激突……」声が小さくなる。

「正解だ！」ジョージがいった。「だからいっただろ、頭で爆弾が爆発した。で、脳外科には連絡したのか？」

「はい、しました」ナースステーションから返事が聞こえた。

「なんでまだ来ない？」

「こちらにむかっているはずです」同じ声がこたえた。

「高給取りのくせに役立たずの連中ぞろいの科から、今日はだれが来る？」ジョージが訊いた。

「ウィルソン先生です」

ジョージが顔をしかめる。

「あいつか！　きみらみんな、化粧室に行って髪を直したり、化粧を直したりしてこなくていいのか？」そういったかと思うと、今度は裏声でいった。「まあ、ウィルソン先生、何かあたしにお手伝いできることはありませんか？　遠慮せずにおっしゃってください」

看護師たちはくすくす笑い、首をふっている。

「きみ、」ジョージは医学生にいった。「特別講義料として、どこかでサンドイッチを買ってきてくれ」医学生は、冗談ですよね、という顔でまわりを見た。しかしジョージはまた指示を飛ばした。「もう一回、ウィルソン先生のポケベルを鳴らしてくれ」

脳外科医タイ・ウィルソンは暗い仮眠室で、目を閉じ、静かに座っていた。ひびの入った窓ガラスから、初秋の落葉の香りが漂ってくる。少し離れたところを流れるヒューロン川の川音が聞こえる。それ以外、室内は静まり返っている。タイの手術室着は、目の色に合わせたのか、濃い水色だ。皺ひとつなく、体にぴったり合っている。タイは正座して背筋を伸ばし、死亡患者の心電図のようにじっと座っている。頭でイメージしながら呼吸をする。空気が鼻孔から副鼻腔に入る。上顎洞《じょうがくどう》、篩骨洞《しこつどう》、前頭洞を通り、さらに食道の前方にある気管に入っていく。「気管は食道の十四ミリ前方にあるんだ」セラピストにそう教えたことがある。

「そこまで細かく計算しなくても大丈夫ですよ」当時、セラピストはそうアドバイスしてくれた。「いや……大丈夫じゃない」タイはつぶやいた。

気管から枝分かれする細気管支に入りこんだ酸素が、ゆっくり血流に吸収されていく。タイ・ウィルソン式のリラックス法だ。瞑想《めいそう》は脳外科医のイメージに似合わない。だから、だれもいない仮眠室で行うことにしている。ポケベルがまた鳴った。〈ジョージ先生がお呼びです。

至急とのことです〉

　タイは目を開けて立ちあがり、仮眠室から出ると、数十秒後、スイングドアを押し開けてERに入った。その姿は、最後の二分間でチームを勝利に導く南カリフォルニア大学《USC》のクォーターバックのようだ。ウェーブのかかった黒髪に青い目で、均整のとれた長身。その目に見つめられれば看護師も患者も、だれもがうっとりする。もちろん、ジョージは例外だ。

「八番だ」ジョージがタイに声をかけた。と同時に、ジョージのポケベルが鳴った。表示されたメッセージは〈３１１・６〉、それだけだ。

　サンドイッチを買って戻ってきた医学生が、ジョージの後ろからポケベルをのぞきこんだ。

「なんですか、その数字？」

　ジョージは素早くポケベルを腰のバンドに戻した。

「スパイはたのんでない」ジョージはサンドイッチを受け取り、ほおばりながら「ご苦労」といった。

「いえ、学びたかっただけです。目と耳で」医学生はそういって笑った。

　ジョージも笑いだした。「なかなか優秀な学生だ」少し間を置いてから、小声で説明する。「今の番号はこの病院で最もガードがかたい、部外者厳禁の会議の招待状だ。数週間ごとに外科医が集まり、ミスについて話し合う」

　医学生の目が大きくなった。「ミス？」

「ありとあらゆるミスだ。『医療過誤検討会』、もしくは『死亡・合併症例検討会』。おれにいわせれば『だれかをいけにえにして喜ぶ会』ってとこだ。わかるか？」
「僕も見学できます？」医学生が訊いた。
「百パーセント、いや百二十パーセント無理だ」ジョージがこたえた。「いっただろ、部外者厳禁。参加できるのは招待客のみ。関係者以外はドクターも、事務職員も、当然弁護士も、立ち入り禁止。外科内部の、極秘会議だ」

八番処置室に入ったタイは、数秒で診察を終えた。ジョージの診断通り、「ニワトリが先か、卵が先か」問題と同じ、脳外科の世界では典型的なケースだった。米国内の病院に勤務する医師の大部分はこの女性の事故例を聞いて、脳内の出血は自動車で衝突した結果と考えるだろう。また、単独で電柱に突っこんだことから、自殺未遂と考えるだろう。しかし、事実はまったく異なる。動脈瘤、つまり動脈表面にできた小さなふくらみが突然破裂し、脳表全体に血液がまわった。患者はドライブ中に激しい頭痛に襲われ、数秒内に意識を失い、そして電柱に激突した。この場合、動脈瘤がニワトリで、自動車事故が卵だ。科学的推論による診断。ジョージの右に出る者がないのをタイは知っている。

タイのポケベルが鳴った。先ほどのジョージのポケベルと同じで、メッセージは〈３１１・６〉。タイはみぞおちを殴られたような息苦しさを感じ、息を吸いこんだ。明朝、チェルシー総合病院の医師ならだれもが避けたい舞台に立たなくてはならない。タイは大きく深呼吸し、そして、診察台のむこうにいるジョージと目が合った。彼のポケベルも鳴ったのか？　ジョージの憐れむような表情を見て、そうだとわかった。タイは大きなため息をついた。ジョージに同情されるのだけはごめんだ。

ジョージはつぶやいた。「気の毒にな」

2

病院の十二階にある脳外科フロアは、まだ明かりがひとつついていた。薄暗い廊下の壁に、美しい額に収められた過去から現在にいたる脳外科医の写真が並んでいる。エドガー・カーン、リチャード・シュナイダー、レイザー・グリンフィールド、ボブ・バートレット、ジュリアン・T・ホフなど、外科界のそうそうたるメンバーだ。ジュリアン・T・ホフは、チェルシー総合病院を今のような優秀な病院に築きあげた立役者だ。氏名の下にはニックネーム、「バズ」と刻まれている。そして、最後に並ぶのは現外科部長のハーディング・L・フーテンの写真。美しく彫られた氏名の下に、「ボス」というニックネームも刻まれている。薄暗い廊下にはほかにも、フーテンが芸術に携わる同窓生とのコネで入手した、美術館レベルの絵画が数点飾られている。

外科部長室のドアの横には、本人が最も気に入っている作品のひとつ、マーク・ロスコ（一九〇三〜七〇年。ロシア生まれの米国の抽象画家）の『無題』が掛かっている。ナショナル・ギャラリーからの貸出品で、大きな黒い長方形の中に灰色の長方形が描かれた抽象画だ。ボスがこの絵を好きな理由はだれも知らないし、たずねようともしない。サイ・トゥオンブリー（一九二八年生まれの米国の画家）の大きな抽象画やデイヴィッド・ホックニーの写真コラージュも美術館からの貸出品だ。また、フーテンが自宅から持ってきたジョン・ジェイムズ・オーデュボン（一七八五〜一八五一年。ハイチ生まれの米国の鳥類学者・画家）の版画も二点ある。一枚はシラガゴイで、もう一枚はショウジョウトキだ。野鳥観察が趣味のフーテンにとってショウジョウトキは憧れの鳥のひとつ。この鳥を見たくてこれまで世界中を訪れたが、まだ一度も見たことがない。このフロアの廊下に飾られた芸術品を目にした人の大部分は、これらの価値に気づかないか、複製だと思うかのどちらかだ。外科部長室の前の廊下には、本人愛用の高級オーデコロンの香りが漂っている。

チェルシー総合病院の中で脳外科のフロアは異色だ。ほかの多くの科のフロアは美術品など皆無で、医師の子どもが描いた絵を額に入れて飾ったり、なんの変哲もない風景や花の写真を貼ったりしてある。どれも格安ホテルにあるほうが似合いそう——壁の空白を埋めるだけのものだ。脳外科の雰囲気は独特だ。スタッフの中には、このフロアの美術館のような雰囲気にうしろめたさを感じ、わざわざほかのフロアで患者を診る医師もいるくらいだ。医師は患者のおかげで大金を稼いでいる。患者にそう思われるほど両者の関係をぎくしゃくさせるものはない。

脳外科医ティナ・リッジウェイの研究室は、比較的地味な研究室が並ぶ暗い廊下の奥にあった。今、ティナは自室のソファに腰かけ、隣には疲れた表情のジュニアレジデント（レジデントは、専門医資格をとるためにトレーニング中の医師）、ミシェル・ロビドーが座っている。膝に抱えたレンジ調理のポップコーンの袋から、溶かしバターの香りが漂う。部屋の隅にある本棚には額入りの写真がいくつか飾ってある。チアリーダーのユニホーム姿の娘ふたりの写真や、輝くように美しいティナと夫の結婚記念写真。一家の集合写真の中心には、車椅子の少女がいる。この子もまわりのみんなもほ

2

ほ笑み、今にも笑い声が聞こえてきそうだ。ティナとミシェルはデスクのむかいに置かれたソファに腰かけている。コーヒーテーブルの上に開いてあるのはミシェルが使っている神経解剖学の本。両側小脳と、脳の後方循環のさまざまな血管をイラストでしめしたページは、医師によくある解読不可能な書きこみでいっぱいだ。

「いい？　今日はミシェルがこれを完璧に理解するまでつき合うから」ティナはいった。ミシェルは膝にポップコーンをいくつか落としたまま、前かがみの姿勢だが、ティナは背筋をのばして座っている。はきはきした有無をいわさぬ口調だ。「もう一度訊くわよ。小児の後頭蓋窩《こうとうがいか》の腫瘍《しゅよう》にはどういうものがあるかいってみて。それぞれの治療法は？」

ミシェルは視線を泳がせ、眼鏡をかけ直した。「えと……髄芽《ずいが》……なんだっけ？」あいまいに何かつぶやき、うつむいて黙りこむ。

ティナはミシェルにポップコーンをすすめた。まるでそれが理解の起爆剤になるとでもいうように。ミシェルは脳外科でほぼ見捨てられているレジデントだ。試験に二度落ち、脳外科スタッフは全員、ミシェルが自主的に辞めるか、そうでなければ解雇されるのを待っている。教育回診では無視し、手術の助手が必要なときもミシェルが呼ばれることはまずない。ミシェルがひとりでオンコール（緊急手術や処置の際に病院に呼び出される当番）にならないよう、シニアレジデントは彼女のサポートを頼まれるくらいだ。落ちこぼれのミシェルは脳外科レジデント仲間の中でも孤立している。そんな状況でティナが世話役を引き受け、脳外科の同僚全員を説得した。ミシェルにもう一度チャンスを与えてやって、私が面倒を見るから、と。同僚の中には、ティナはミシェルがかわいそうでしょうがないんだろう、と考える者もいた。子どもの頃から何不自由なく育ったティナに対し、ミシェルはだれが見てもその正反対だ。ティナは夫もいれば三人の娘もいる。ハードスケジュールの毎日なのに、ミシェルの面倒まで見るなんて考えられない。にもかかわらず、ティナはこの日も一家団欒《いっかだんらん》の夕食を犠牲にして、ミシェルの勉強につき合っていた。

ティナとミシェルの違いは歴然としている。十五歳という年齢の差はさておき、ティナは透明感のある肌、高い頬骨《ほおぼね》、多くの女性がどんなにお金がかかってもいいからほしいと思う形のいい唇、そしてさらに何かが加わった美人だ。上品で優雅で、チェルシー総合病院のような都会の大病院ではありえない気品を漂わせている。いつも髪をひとつに束ね、手術室着のことがほとんどだが、病院中の男性レジデントが意味なくティナの研究室前の廊下を行ったり来たりしていることも珍しくない。彼らのあいだでは有名な映画女優になぞらえて「チェルシリーナ」と呼ばれている。院外なら、ティナはファッション関係の仕事をしているか、そうでなければ政治家かどこかの団体のリーダーだと思われるかもしれない。つい目を引かれるタイプの女性だ。

一方、ミシェル・ロビドーは群衆の中のひとつの顔。平均的身長で、少し太目。姿勢が悪く、髪はぼさぼさで、顔はにきびだらけ。たまに一晩ぐっすり眠れた後でも疲れきった表情をしている。しかし、ここまでの経歴は素晴らしい。ミシェルはルイジアナ州の小さな町の出身で、一族のほとんどはかなり貧しい。ミシェルの両親はラファイエットとレイクチャールズの間、州間高速道路十号線の南にある狭い土地で養鶏や野菜・サトウキビ栽培で食いつないでいる。

2

父親は家の仕事を手伝うために中学生のときに学校をやめた。母親は高校は卒業したが、大学など考えもしなかった。ミシェルの祖父ビルは草刈り機や、ボートのエンジンなど、「いそがないから手が空いたときに修理しておいてくれ」といって頼まれる物の修理が専門の機械職人だった。ビルは腕はそれなりだったが大の酒好きで、特に「サザンカンフォート（ピーチやレモン、チェリーなどの果実とハーブから作ったリキュール。SoCo〔ソコ〕と呼ばれる）を好んだ。「こいつはルイジアナでできた酒だ」そういいながらコップにそそぎ、仕事前にかならず一杯ひっかける。最初はソコとコーラの入ったグラスを片手に胃薬を数錠飲むはずだったのに、昼過ぎにはコーラもコップもどこかにやってしまい、仕事場の前の折りたたみ椅子でソコを口飲みし、足元には修理の終わっていない品物が散らかっているのが常だった。

ミシェルの両親は日々の仕事で忙しく、娘の学校にはほとんど無関心だった。ミシェルが通っていた公立学校は、毎日登校し、問題を起こさなければいい生徒、とみなすような学校だった。ミシェルは学校を休まないばかりか、最初からまわりの生徒と違っていた。宿題はすべて提出し、鋭い質問もした。返事に困った教師が「いい質問だね。自分で調べて、明日みんなの前で発表してもらおうか」とこたえることもよくあった。

何よりミシェルは読書家だった。本を読んでいれば、おなかが空いていることも、無関心な両親のことも、まだ十代なのに酒を飲み、万引きしてばかりのふたりの兄のことも忘れられた。三年生になるまでに小学校の図書館の本を読みつくしたミシェルは、町の図書館に通いはじめた。図書館員はボビー・トゥルークスという名の、野暮ったい服に、チェーン付き眼鏡をかけた女性だったが、いつもミシェルに親切に声をかけてくれた。ボビーには町の学校を卒業後、ルイジアナ州都バトン・ルージュでカーディーラーとして成功したレックスという名の兄がいた。妹から頻繁に図書館を訪れる賢い少女の話を聞いたレックスは、その子の経済的支援を買って出ることにした。ミシェルがレックスに招かれて自宅に話を聞きにいくと、お金のことは心配いらないから大学に行って好きなだけ勉強するといい、といわれた。

一族で大学を卒業したのはミシェルが初めてだ。いや、正確には、大学に行こうと「考えた」のはロビドー家始まって以来だった。ロビドー家では、大学は裕福な家の子が行くところだと思われていた。大学生には読書家が多いが、ロビドー家で大事な本といえば聖書だった。湾岸と州間高速道路に挟まれた灼熱の平地で暮らす一家や近所の人々にとっては、医科大学に行くことより「宇宙飛行士になる」ことのほうが理解しやすかったかもしれない。ミシェルと同じ郵便番号エリアで医科大学を卒業した人は皆無だ。ミシェルの学歴は本人の強い意志の証だ。しかし、今、ミシェルは迷いはじめていた。自分は生来の精神力と知力の限界を超えたところに来てしまったのではないか。目指すゴールにはたどり着けないのではないか。脳外科医になろうともがくだけ無駄なのではないか。親は教育に無関心だったし、一族は大酒飲み、けんか好き、軽犯罪常習者ばかりで、成功した人の話など一度も聞いたことがない。ミシェルは人生で初めて、自分を疑いはじめた。

チェルシー総合病院に来るまで、アイヴィーリーグ出身者として自分はそれなりに優秀だと思っていた。しかし、その後二度試験に落ち、今やほぼ全員から見放されたも同然だ。最初は

2

だれもがミシェルを新レジデントとして受け入れることに積極的で、しょっちゅうミシェルの育った環境を話題にした。「ほら、新しいレジデントだ。とても貧しい農家の出らしい」と。逆境に打ち勝った変わり種のレジデントを誇りに思い、そんな彼女を誉《ほま》れ高きチェルシー総合病院に迎え入れたことを自慢に思っていた。ところが、現在ミシェルに親切なのはティナ・リッジウェイだけ。二年生のときに教わったジョン・F・ケネディの言葉が頭に浮かび、ミシェルはガツンと殴られた気がした。「成功には千人の父親がいる。失敗は孤児である」自分はまさしくチェルシーの孤児になってしまった。

目に涙が浮かんできた。だめよ。ミシェルは涙が涙管から出て、結膜を越えて、頬を流れる前に手の甲で目をぬぐった。

「わかったわ。疲れているのね。続きは明日にしましょう」ティナがいった。

「ありがとうございます。リッジウェイ先生」ミシェルはいった。

「ティナ。ティナでいいわ」

「はい、ティナ先生」

ポケベルが鳴り、ふたりとも腰に手をやった。

「私のみたい」ティナがいった。タイからだろうと思ったが、画面の表示は〈311・6〉。表情がくもる。

「リッジウェイ先生、大丈夫ですか」

ティナはポケベルを見つめたまま返事をした。

「だから、ティナでいいといっているでしょ。ええ、大丈夫よ」いい方が少しきつくなってしまった。タイのことが心配で、それが顔に出てしまった。ティナは表情を引きしめた。ふたりの関係はだれにも内緒だったが、噂が立ちはじめていた。「タイとティナ、怪しくないか？　こっそり会ったり、寝たりしているのか？　ティナは結婚しているんだろ？」ふたりが一緒に昼食をとったり、会議でも隣に座ったりすることが多いのもいけないのかもしれない。ティナは患者について相談したいときはいつもタイに聞きにいく。しかし、この二週間でティナは四回もタイのところに泊まった、と知ったら院内の医師は全員、驚くにちがいない。

人生には何度か岐路がある。行動するかしないかが将来を決めてしまうことがある。ティナにとって、タイと過ごした最初の夜がそれだった。それは自覚と快楽の産物。そのときティナは、夫との結婚生活の終わりを悟り、非社会的な行為に身をゆだねた。夫は、妻はオンコールで病院にいると思っていた。実際、夫は数年前からティナの仕事には無関心だ。

今、院内中でささやかれている。タイ・ウィルソンは解雇、もしかしたらそれよりまずい事態になるだろうと。あの晩手術室で何があったのか、タイはティナにさえ話してくれない。だれにも話そうとしない。しかし、明日の午前六時、三一一号室でタイはその詳細を語らなくてはならない。

3

街はずれにある医師スン・パクの自宅では、ちょうど夕食が終わったところだ。妻のパットは使った食器をすべて食洗機に入れ、テーブルをふき、食べきれなかった料理はしまった。後片付けが終わり、家の中はしんとしている。六歳に満たない子どもが三人もいる家にしては珍しい。この家にあるものはすべて特価品だ。パットが着ている趣味のいいワンピースも、量販店で七割引きで買った。にもかかわらず、スンはレシートを見て顔をしかめた。

子どもたち三人は静かに本を読んでいる。ページをめくる音が聞こえるだけだ。二歳の息子までが、おとなしく動物絵本をめくっている。本を読んでいた五歳の娘がくすくす笑いだした。「静かに。お父さんはお仕事中よ」とパットは注意した。スンは自室で結合双生児の分離手術に関する詳報を読み直している。細かい書きこみをしたり、いつも持ち歩いているメモ帳に手術の手順を図で書いたりしている。筆記具はいつも同じ、赤の極細ボールペンだ。オフィス用品店で一本五十セントで買えるが、スンはいつもただで手に入れている。いろいろな科の秘書の机から、秘書が席をはずしたすきに頂戴するのだ。そうして手に入れた赤ボールペンで、スンは幼児の頭をふたつ描いた。おたがい反対側をむいているが、ふたりの頭は何本もの静脈でつながっている。そして、手術中、この段階でどの程度の血液希釈剤《きしゃくざい》が必要となるか、また、双子それぞれの理想的な血圧も書き出した。ふたりの名は診療録に記入されているが、スンはたんに双子A、双子Bと呼んだ。「本名を使うのは不吉だ」と思っているからだ。

スンは翌日行われる結合双生児の手術に立ち合うつもりでいた。執刀医はフーテンだ。双子の両親はこれまで、伝説的ベン・カーソンをふくむあらゆる脳外科医に「危険すぎる」と手術を断られてきた。

にもかかわらず、脳外科科長である「ボス」は手術を引き受けた。スンは自分が執刀したいと思ったが、科長が首を縦にふらなかったので、陰で画策することにした。チェルシー総合病院のCEOに面会し、ボスより自分のほうが合併症発生率が低いことを力説したのだ。スンのリサーチによれば、CEOは多くの病院のトップ同様、脳外科の手術はもちろん、医学については素人だ。そこで、スンはデータを集めた。自分の合併症発生率が少ないこと、さらにタイ・ウィルソンに次いで二番目に長い手術時間を示すデータを資料としてまとめ、今朝パットに綴じてもらい、CEOに提出した。このファイルには手術の細かい図も差しこんだ。CEOは数分間ファイルに目を通した後、コーヒーを何度かすすり、そしてにやにや笑いだした。CEOは数秒間、口元に笑いを浮かべたまま、蠟人形《ろうにんぎょう》のような顔でスンを見ていた。脳卒中《のうそっちゅう》の非典型的な症状だろうか？　スンが口を開こうとしたとき、CEOが椅子から立って机をまわりこみ、スンの肩に手を置いた。教師が五年生の子にするように。「今回の手術は、フーテン先生には『手痛い』です」スンはいったとたんに後悔した。慣用表現をまちがってしまった。こんなに恥ずかしいことはない。CEOはほほ笑み、机のむこうに戻った。「いや。フーテン先生にとっ

3

て『手強《てごわ》い』、もしくは『手が焼ける』手術かもしれないが……手痛くはない」顔を真っ赤にしたスンに、CEOは手で出ていくようにいった。そして、部屋を後にするスンの背中にむかい、「フーテン先生の手術を見学し、勉強させてもらうといい」といった。スンは悲鳴をあげたい気持ちをこらえた。自分はふたつの国で脳外科研修プログラムを修了した。故郷の韓国で脳外科専門医となり、その後アメリカに移住したが、韓国の医師免許ではアメリカで医療行為をすることはできなかった。ここでも七年間レジデントとして働かなくてはならなかった。勤務時間は週百時間以上で、普通の人にはまず務まらないが、スンは違った。当時のレジデント仲間より十歳も年上だったが、つねにだれよりも仕事が速く、一番優秀だった。勤務のかたわら、週末や夜は英語の学習と英会話の練習にはげんだ。といっても、いまだに流暢《りゅうちょう》にしゃべることはできないし、怒ったり緊張したりするとさらに下手になってしまう。英語が下手なままでは科長に昇格するのは夢のまた夢だ。外国人であることと、英語が下手なことはべつだ。地元のショッピングモールの売店で「英会話入門」を買ったとき、店員の十代の少女はにやにや笑っていた。

五十歳を目前にしてようやく、脳外科医としての人生が始まった。スンは失った時間をとり戻すつもりだった。突然、静かな家の中に鋭いブザー音が響いた。一回、二回。スンが手をのばすと、妻のパットがポケベルを渡してくれた。家庭内でも手術室と同じで、スンが司令塔だ。

ポケベルのメッセージは〈311・6〉。

思わず笑みが浮かんだ。チェルシー総合病院のスター、タイ・ウィルソンの担当した件だ。

スンの並外れた才能をかすませてしまうほどの名医が、槍玉にあがる。明日は早起きしよう。タイが質問攻めにされて困る顔を最前列で見たい。

医師シドニー・サクセナはつねにポケベルを持ち歩いている。そこまでする必要はないのかもしれないが、ポケベルがないと何か物足りなく、裸でいるような、無防備な感じがするのだ。バスルームにも映画館にも持っていくし、祖母の葬式でも持っていた。普通の人が時計を見るより頻繁に、シドニーはポケベルをチェックする。今もポケベルを左手に、同僚の多くが暮らす瀟洒《しょうしゃ》なバートンヒルズの住宅街をランニングしている。走りながらメッセージを打つことも珍しくない。

シドニーはどこにいてもポケベルが手元にないと、ほんの一分間でも不安になった。もし今鳴ったら、呼ばれても行けない。それだけじゃない、大切なチャンスを逃してしまうかもしれない。以前ある教授に「一晩おきにオンコールになったとして、いちばん困ることは?」と訊かれ、シドニーは即答した。「興味深い症例の半分を見逃してしまうことです」

シドニーは外科の中でつねにいちばんに駆けつける、最も信用のおける医師でありたいと思っていた。同僚の大部分は夫、妻、子どもなどの荷物を抱えているが、自分は身軽だ。概してこれは強みになる。病院上層部がボスの退職後の後任適任者をさがすことになった際は、自分の名が候補リストの一番にあがることを期待した。今回はチャンスを逃したとしても、次はほうっておくはずがない。

3

シドニーは普通のランナーならへたばってしまう、一キロ四分二十秒のペースで走っていた。ある意味、ランニングは勤勉の精神に反する。病院ではだれより仕事ができる医師でありたいと願う身にとって、ランニングは時間の無駄だ。どんなに速いペースで走っても。しかし、その一方で、つねに機敏で、新鮮な発想の持ち主であり続けたかった。学生時代、クワトルバウムという年配のヒッピー教授の心理学の講義で「最上の洞察は心が自由なときに生じる」と教わった。シドニーは経験上、庭の手入れ、シャワー、ランニングがそうだということに気づき、それらを日課にすることにした。それにしても、クワトルバウム先生本人はその後、毎回講義に着てきた古臭いコーデュロイはもうやめたほうがいいという洞察に至ったかしら？　シドニーは思い出しておかしくなった。

時計を見た。走りはじめてから五十六分十五秒。今日の目標である十六キロの十二キロ目を快調に走っている。日中の本降りの雨のおかげで空気は温かく、さわやかで、一晩中走れそうなくらいだ。八キロ目にウォッシュトノー通りを走ったとき、五五五番地の高級マンションの十四階にあるタイ・ウィルソンの部屋の電気は消えていた。今晩はオンコールのはずなのに。

そして今、シドニーはティナ・リッジウェイの自宅前を通過した。屋根は色あせた灰色で、鎧戸《よろいど》は黒の、ケープコッド風の大きな二階建ての家だ。夫のミニヴァンはあるがティナの車はない。ティナまだ病院にいるのだろう。シドニーは院内で自分の知らないことはないと自負している。ふと、タイとティナには何かある、と思った。ふたりは最近一緒にいることが多い。シドニーはそういうことには勘がいい。ふたりの間には同僚を超えた親密さが見てとれた。

病院のことを考えたとたん、反射的に足を止め、ポケベルを確認した。何もない。この二年間、だれかとディナーを楽しんだり、ロマンティックなデートをした経験がなくて当然だ。ポケベルが鳴ったとたん、相手のことなどそっちのけで内容を確認してしまうからだ。二年前に別れた恋人のロスとは、婚約寸前まで進んだ。その晩、ロスはポケットに婚約指輪をしのばせ、街で最もおしゃれな「ギャンディー・ダンサー」という店にシドニーを食事に誘った。ロスはシドニーがオンコールでない日を選んだ。それならポケベルを携帯する必要がないと思ったからだ。ところが、シドニーは七回目のブザー音でポケベルにこたえ、その後三十分中座した。ロスは、ポケットから婚約指輪は出さないでおくことにした。その後ふたりの関係がなぜ気まずくなったのか、シドニーには最後までわからなかった。ただ、医師として出世しつつ「結婚行きの切符を手に入れる」夢は、ギャンディー・ダンサーで出されたカフェインレスコーヒーを飲み終わると同時に消えた。

ランニングコースは下りにかかった。快調なペースで走り、高級住宅地を後にし、農場や新興住宅地の多い地域に入っていく。スン・パクの家はこのエリアにある。スンは脳外科医として良い給料をもらっているが、今もレジデント時代に購入した家に住んでいる。以前、シドニーはスンにたずねたことがある。「子どもさんが三人もいるんだし、収入もよくなったんだから、もっと広いところに引っ越したら？」スンはしばらくシドニーの顔を見つめ、そしてこういった。「どうして？」

ポケベルが鳴った。鼓動が速くなる。走りながらチェックする。〈311・6〉タイ、お気の毒に。とっさにそう思った。〈人気者ほど失敗すると痛い目にあう〉タイは院内の花形であり、生まれつき才能に恵まれている。しかし、だれも月曜早朝の医療過誤検討会《マンデー・モーニング》、略してMMからは逃れられない。

3

タイは手術室で、二十五歳の女性患者の開頭部を見おろした。名前はシェイラ。職業は教師で、ケンジントン・パーク・トレイルを自転車で長距離走った後、車で帰宅する途中だった。シェイラの父親が娘についてタイに話す間、母親は隣ですすり泣いていた。タイが手術同意書を手渡すと、ふたりとも厳しい現実を悟り、泣きくずれた。タイはふたりの肩にそっと手を置き、こういった。「心配いりません。手術では私の家族と思って治療します」シェイラの母親は涙をふいて立ちあがり、タイを抱きしめた。そして、父親は、タイがドリル、のこぎり、メスなどを使って娘の頭を開けることを許可する同意書にサインした。

頭部には水色の布がかけられ、側頭部に開けた丸い穴から灰色の組織がのぞいている。タイはわずか二十五分の間に開頭し、ていねいに脳のくも膜を剥離《はくり》して、さらにシルビウス裂《れつ》を開き、前頭葉と側頭葉の間を分けた。今回の手術が脳外科医にとって非常に難しいものであることは間違いないが、手術室内のだれも心配している様子はない。タイが手術室に入ったとたん、室内は秩序立ち、静けさに包まれる。今、タイは真剣に顕微鏡《けんびきょう》をのぞいているところだ。青い瞳に、灰色がかった赤い脳が映っている。今から、動脈瘤にクリップをかける作業が始まる。この瘤《こぶ》のおかげでシェイラは数時間前に死にかけた。処置しなければ、あと数日から数週間の命だ。

手術室内は肌寒く、ステレオからはエディー・ヴェダーの『ジャスト・ブリーズ』が流れている。北西部のオルタナティヴ・ロックをＢＧＭに選んだのはミッキー・メイスンという名の小柄な麻酔科医だ。メイスンは患者の生命徴候を示すモニターの横に立っている。外科医の多くは執刀中に流す音楽にはかなりこだわる。しかし、タイは執刀中はＢＧＭなどまったく聞こえなくなるので、「眠らせ屋さん」――麻酔科医に対するタイの親しみをこめたニックネーム――に選ばせた。メイスン以外には、タイの後方右寄り、手術道具を並べたトレイの横に看護師が一名。手術台の反対側にはレジデントが立ち、チェルシー総合病院でも有数の生来の「アスリート」のひとりである外科医の一挙一動を見つめている。

タイは線維性《せんいせい》で厚い脳の外膜、硬膜にメスを入れた。タイは硬膜にメスを入れるときはかならず、「頑固ママ、おじゃまします」と唱える。「硬膜《デュラ》」の語源は古英語の「硬い母親《デュラ・マター》」だ。レジデントをしていたときにチーフレジデントから教わった。このチーフレジデントは現在カリフォルニア大学サンディエゴ校の脳外科教授をしている。ふたりが同校でレジデントをしていた当時から、彼も脳の手術開始前はこのせりふを口にしていた。タイはその後千回以上手術の執刀をしてきたが、今でもこの段階でかならず「頑固ママ、おじゃまします」と唱える。半ば儀式として、また、先輩レジデントに敬意を表して。

顕微鏡の視野に、頭蓋の後方にむかって伸びる太く白い索状《さくじょう》の視神経が見える。その隣に見えるのは内頸動脈《ないけいどうみゃく》で、脳に血液を供給する主要な血管のひとつだ。内頸動脈を挟んで反対側に

3

もう一本の神経が見える。手術用顕微鏡で拡大してようやく見えるほど細い。「見つけたぞ」タイはつぶやいた。脳の奥の頸動脈とこの神経の間に、さがしていたものがあった。血管の壁にできた瘤、つまり動脈瘤だ。これが脳内で膨らみ、ついに破裂してシェイラは重篤《じゅうとく》な状態に陥った。一見、血豆のようにしか見えないが、ジョージ・ヴィラヌエヴァの診断通り、この瘤は脳幹から出る繊細な動眼神経を圧迫するほどに育っていた。患者の瞳孔が散大していたのはそのせいだ。

脳ほど複雑な構造の器官はない。タイは事あるごとに思う。こんなものがよくまともに機能しているものだ、と。脳の精緻《せいち》な仕組みを狂わせ、生涯にわたる悲劇的な結果をもたらす要因は数えきれない。一本の血管が破裂し、呼吸から意識まですべてを司るスポンジ状の繊細な脳内に血液をまき散らすこともあれば、たったひとつの細胞が制御がきかなくなって大きく成長し、視力や記憶、生命そのものさえ奪ってしまうこともある。幼児が古い建物の塗料に含まれる鉛を摂取してしまって、一生記憶に障害が残ることがある。セロトニンの不足はうつ病の誘因になることもある。頭の強打によって柔らかい脳表や襞《ひだ》に傷ができ、平衡《へいこう》感覚、発話、判断に障害が出ることもあれば、じゅうぶんなドーパミン（神経伝達物質。脳内で作用して動作や情動を調整する）が産生できないとパーキンソン病の振戦（手や足の振るえ）が生じることもある。深刻なビタミンB_{12}不足は認知症の原因になるともいわれている。脳疾患のリストをあげたらきりがない。脳は、頭蓋骨という硬いヘルメットに守られた、驚くほど複雑で、限りない能力に満ちた器官なのだ。

レジデント時代、現代医学の中で最も繊細で、最も大変な科のひとつである脳外科医を選んだタイを含む四人のレジデントに対し、チーフレジデントがたずねたことがあった。何を根拠にきみたちは、「既知の宇宙で最も複雑な構造物」にメスを入れる資格があると思っているんだ？と。〈既知の宇宙で最も複雑な構造物〉このフレーズもいまだにタイの心に残っている。

本当に、何を根拠に？　ふと先ほどのポケベルのメッセージが思い起こされた。午前六時、三一一号室。

クイン・マクダニエルの母親はタイにたずねなかった。何を根拠にあなたは、私の息子の脳にメスを入れる資格があると思っているの？と。彼女の目の前にいたのは自信あふれるハンサムな外科医。理想の外科医であり、国際的に評価の高い大きな研修病院の脳外科医だった。だから、何も心配ないと思った。母親は手術室に入るタイにむかって「先生、よろしくお願いします。息子は私の……すべてなんです」と声をかけ、誇らしげにほほ笑んだ。

タイは手術台の上の女性患者の動脈瘤を調べた。

「ストレートクリップ」

「ストレートクリップ」看護師がタイにクリップを手渡す。

今、目の前の手術台に横たわるこの女性も、だれかの〈すべて〉なのだ。娘かもしれないし、妻かもしれないし、母親かもしれない。脳裏に再びクインの母親の姿が浮かび、その瞬間、手術室では経験したことのない不安に襲われた。どこからか出現した黒い影に、背後からのぞきこまれているような気がする。タイは小さく身震いした。自分の手術の腕を疑ったことなど今まで一度もない。疑う理由などなかった。自分には人並み外れた器用さ、プレッシャーに負け

3

ない冷静さ、脳という3Dパズルを解読する能力が自然に備わっている。タイにとって脳はルービックキューブのようなものだ。タイは自分の才能に感謝し、これは永久不変のものだと思っていた。しかし今、疑問がわいてきた。自分は自身やまわりの人々をだましていたのではないか？　人並み外れた才能など最初からなかったのではないか？　アリソン・マクダニエルに訊いてみればいい。

タイの手が止まり、手術のリズムが乱れた。看護師が心配そうにタイを見ている。ありえない、異常だ。手術室で想定外の展開は不安を招く。前かがみで顕微鏡越しに手術を見つめていたレジデントも体を起こし、タイの顔をのぞきこんでいる。名執刀医に何があったんだろう、という表情だ。

「ナンシー君、フェネストレーションクリップにしよう」タイは持っていたクリップを看護師に渡すと、フェネストレーションクリップを選び、レジデントを見た。

「ジェイソン君、どう思う？」急な質問にレジデントは慌てた。まるで、残り時間二分、同点の状況で、三軍のクォーターバックが一軍のクォーターバックに、どう攻めたらいいか質問されたかのようだ。

「あ、はい。いいと思います」レジデントがこたえる。タイは一瞬考え、そしてうなずいた。看護師から新しいクリップを受け取り、静かに大きく息を吐く。頭の中で十まで数えながら、右手に持ったクリップを血豆状の動脈瘤に近づける。手首の動きに合わせ、親指と人差し指の間で認識不可能なほどの微細な、数百万もの連続運動が高速で生じた。そして、クリップが完璧な状態で固定された。

その後の手術は滞りなく進んだ。タイは普段なら簡単にすむ手術に、思った以上の疲労を覚えて手術室を出た。頭の中でふたつのことが気になっていた。つい先ほど経験した不安と手術前に鳴ったポケベルだ。タイは頭を大きくふった。自分を疑うなんてどうかしている、ありえない。一時の気の迷いだ。今まで自分を疑ったことなど一度もなかったし、これからもない。それより、ポケベルのほうがはるかに気がかりだ。明日の朝、クイン・マクダニエルの件について質問攻めにされる。心の準備をしなくては。何よりも今晩はじゅうぶんな睡眠をとらなくては。しかし、手術室着を白衣に着替えながら、今晩はどれだけ疲れていても眠れそうにないと思った。明朝午前六時、三一一号室の舞台に立たされる。

4

三一一号室は小さな講義室だ。天井に一列に並ぶ照明が階段席正面の床を照らしているだけで、中は薄暗い。タイ・ウィルソンはその明かりの下に立っていた。水色の手術室着の上に皺ひとつない白衣をはおり、後ろで手を組んでいる。一見したところ、緊張しているようには見えない。週明けの朝に仲間と談笑しにきたような表情だ。左の胸ポケットには整った筆記体で「脳外科医　タイ・ウィルソン」と書いてある。ポケットには何も入っていない。

実際は冷静どころではなかった。アドレナリンが血液に乗って全身を駆けめぐり、胃の血管が収縮して、気分が悪くなってきた。大きく息を吸い、口からゆっくり吐こうとするが、つい呼吸が速くなる。また、かすかではあるがすでに冷や汗が出て、額に汗がにじんできた。人類を含むあらゆる動物が、いかなる進化を遂げても失わずにきた反射運動に走りそうになる。闘争か、逃走か。

〈アポクリン汗腺《かんせん》〉思わず浮かんだ言葉に、タイ自身驚いた。学生時代に習った単語がこんなときに出てくるなんて。医学生ならだれもが知っているように、汗腺には二種類ある。体温を下げるための健康なエクリン汗腺と、恐怖によって喚起される臭気のあるアポクリン汗腺だ。今出ているのはアポクリンにちがいない。

犬は恐怖や絶望を嗅ぎとることができる。タイの長年の観察によれば、女性にも同じ能力がある。タイの友達、学生寮の仲間、医学生時代のクラスメートが——みな知的で、外見も申し分なかった——絶望の臭いを発すると、本人が黙っていても、まわりの女性はいち早くそれに気づいた。自分は今、恐怖の臭いを発しているにちがいない。前方三列に座っている同僚の嗅覚腺にはアポクリン臭が充満しているはずだ。いつもなら自分は冷静な傍観者で、詰問《きつもん》される側の医師ではない。

思わず階段席を駆けあがって、逃げたい衝動に駆られた。三一一号室から出て右に走り、放射線科の前を通って階段を下り、左に曲がって薬局と売店の前を通過し、大理石の床のロビーを駆け抜け、回転ドアをくぐって、巨大な十二階建ての病院から脱出するのだ。ロケットが地球の引力から逃れるように。駐車係の前を通り、肺がん患者棟の前で点滴と酸素チューブをつけたまま煙草を吸っている患者、見舞客、意味もなく病院のまわりをうろつくホームレスともおさらばだ。いつも居眠りしている守衛のスタン、病院周囲に衛星みたいに集合してドーナツから中華料理までなんでも売っている移動販売の屋台やヴァンの横を駆け抜け、駐車場に飛びこむ。そして愛車アストンに乗って駐車場から飛び出し、左折してリンデン通りを走り、点在する湖を横目に南にむかう州間高速道路に乗り入れる。決してふり返らない。スペイン語が片言しか話せなくても、メキシコか、コスタリカか、チリのどこかの病院が自分の経験と腕を買ってくれるにちがいない。思わず、遠い土地で医師として働く自分を想像した。いや、しそうになっただけだ。現実的じゃない。知らない土地で働く気などない。

4

拳が緊張し、血流が増えて筋肉が腫脹《しゅちょう》してきた。つま先が床をたたきだす。訊かれるまでもない。ここから逃げ出したい。しかしそれはできない。ＭＭがあるからこそ、自分はチェルシー総合病院に勤務することを選んだ。三一一号室を見渡した。六十名以上の外科医が集まり、脳外科の医師も全員いる。この会議をさぼる医師はいない。タイを囲むように半円に座っている。多くがコーヒーのマグカップを手にしているが、だれもタイから目は離さない。「信じられない」という表情だ。外科医のだれも立ちたくない舞台にタイが立ち、自らの過ちを説明しようとしている。このスポットライトに照らされた者にはつらい試練が待っている。

ティナ・リッジウェイ、シドニー・サクセナ、スン・パクの三人は最前列に座っていた。ティナは険しい表情だ。ほほ笑んでタイを安心させようとしているが、顔が引きつっている。もちろん、脳外科科長兼外科部長ハーディング・フーテン、通称ボスも最前列、それも中央にいた。小さな眼鏡をかけ、蝶ネクタイをつけたフーテンの表情は厳しく、眉間に皺が寄っている。会議の招集をかけるのも、大部分の医師にとって不便な午前六時という時間を選んだのもフーテンだ。もちろん、フーテン自身は今日の会議前にすでに、結合双生児の分離手術の最終準備をすませてきた。

三一一号室について特筆すべきことはない。脳外科フロアとちがい、室内はシンプルだ。それどころか、カーペットはところどころすり切れ、使い古された椅子は外科医の疲れた体の重みに耐えかね、あちこちできしんだ音を立てている。にもかかわらず、大勢の優秀な外科医をチェルシー総合病院に引き寄せているのは、院内ではあまり知られていないが、この小さな三一一号室なのだ。輝かしい経歴を持つ整形外科医が、気候の悪さや薄給をものともせずミネソタ州ロチェスターのメイヨークリニック（全米で最も優れた病院のひとつ）に集まってくるのと同じだ。

三一一号室は、チェルシー総合病院の優秀な外科医が、最高レベルを維持するための場所だ。なぜ自ら進んで無情な医療過誤検討会に耐えようとするのか、と医師にたずねるのは、突撃隊員養成学校を選んだ兵士にその理由をたずねるのと同じだ。日々の生活は物質的安心と妥協に満ちている。境界はあいまいで、どこも丸くて角などない。たるみなど皆無の場所をさがしたくはないか？「良い」だけでは不十分な場所をさがしたくないか？　だから医師はチェルシー総合病院を選ぶ。設備は二の次だ。チェルシー総合病院には最新の器具も、最新のスキャナーやレーザー――ほかの病院なら強調して広告を出したがる――もない。チェルシー総合病院の長所はロケーションでもない。チェルシーの売りは――少なくとも外科医にとっては――三一一号室だ。

タイも例外ではなかった。今まで数多くの有名病院から誘われた。カリフォルニア大学ロサンゼルス校はレイカーズ（カリフォルニア州ロサンゼルスにあるプロバスケットボールチーム）の試合観戦の最前列席チケットを用意するとまでいった。コーネル医科大学は、ニューヨークまでの専用ジェット機の搭乗券をくれた。しかしタイはチェルシー総合病院と契約した。医師や科学者がお互いを批判し、普通なら見過ごされてしまう過ちを指摘し、それによってほかの医療機関より何歩も先に医学を進めることができるのは、この三一一号室があってこそ。チェルシー総合病院のMMから出ている本や論文の数が、世界中のどの会議より多いのは周知の事実だ。チェルシー総合病院の医師は世界最高レベルの医師ばかりで、本人たちもその評価を誇りにしている。しかし、三一一号室で行われる知的かつ野蛮な儀式において、これまで数多くのいけにえが捧げられてきたことも忘れてはならない。

過誤、合併症、死亡例に関する議論は、ベテラン医師さえ、とまどいを覚えることが多い。だからこそ、三一一号室は外科医が個性をさらけ出す場ともなった。率直な者やぶっきらぼうな者もいれば、気の弱い者や無責任な者もいる。すぐに麻酔科医や、外科以外の科のせいにする医師もいれば、ブラックユーモアを駆使して議論を楽しむ者もいる。学術的な論争が生じると三一一号室は戦場と化し、チンピラ同士のけんかさながらに――それよりはいくらか上品だが――なることもある。MMは扱う問題の微妙さという点でも、迫真の人間ドラマという点でも魅力的だ。

4

フーテンほどこの病院の厳格な規準を実践している人物はいない。通称ボス。銀白色の豊かな髪に蝶ネクタイ姿で、見た目はダンディーだ。しかし、外科スタッフが突撃部隊だとしたら、フーテンは容赦ない指揮官そのものだ。リカバリー室に、ときには手術室にさえ予告なく入ってきて、すべてが規準を満たしているか確認して帰っていく。看護師が人目につく場所にカルテを開いたままにしていればきつく注意するし、薬を調剤している途中でよそ見したりすると、「集中しなさい」と叱る。尿道カテーテルを使いすぎる医師に対しては「感染の危険性が高くなる」といさめ、医師たちが週末の救急患者のトリアージを技師にさせようとすれば忠告する。

いい加減にモップをかけていた清掃員を叱ったことさえある。「ペンキを塗っているんじゃないんだ。きみは掃除が仕事だろ。病院は清潔な場所でなくてはならない」フーテンはそういって清掃員の手からモップを奪い、清掃員が慌てて「返してください」というまで自分で掃除をした。

「この病院はすべて患者の治療のためにある。清潔な病院ほど患者の治りが早い」フーテンは声を張りあげた。外科部長が掃除しているのを立ち止まって見物していた医師、看護師たちにも聞こえるように。全員うつむいてそそくさと離れていった。だれもがフーテンの規準を無視した覚えがあり、今のは耳が痛いせりふだったからだ。

タイはモップを手にしたフーテンの姿を頭に思い浮かべようとしたがだめだった。呼吸がどんどん浅くなる。脈拍は通常の毎分五十二回よりはるかに多い。思考が乱れ、パニックに陥った。呼吸に集中しよう。ゆっくり、大きく深呼吸する。鼻、上顎骨《じょうがくこつ》、篩骨……〈そこで息を止めて〉頭の中でいう。吐くのは口からだ。タイはゆっくり息を吐いた。

高校三年生のときにサンフアン・カピストラーノでスカイダイビングをしたときのこと、また、医学生の長期休暇中にバハマ諸島でスキューバダイビングをしてサメと遭遇したときのことを思い出した。どちらも一瞬恐怖に襲われたが、すぐに早すぎる死を逃れた高揚感に変わった。「生きている実感を味わいたいなら——一度死にそうな目にあってみることだ」以前、親友がそういった。悲しいことに、そして皮肉にも、彼は数年前に自ら命を絶った。タイはびくっとし、大きく頭をふった。スカイダイビングやスキューバダイビングの体験も、なんの役に

4

も立たない。人生初の糾弾《きゅうだん》には。今から同僚の前で、例の件について説明しなくてはならない。そう思ったら怖いだけでなく、不安になった。同僚はどう思うだろう？　正直に。それがこの秘密会議のルールだ。エゴは許されない。

タイはもう一度大きく深呼吸して気持ちを整え、ゆっくり話しはじめた。「十月二十三日の午後三時三十分頃、私はＥＲに呼ばれました。十一歳の少年が運びこまれたとのことでした」

タイはそこでいったん言葉を切り、そのときのクイン・マクダニエルの姿を思い浮かべた。クインはまったく正常に見えた。髪にも肌にも少年特有のつやがあり、笑顔は少しぎこちなかったが、顔にそばかすがあるところを見るとスポーツ好きの少年と思われた。両手でサッカーボールを抱え、サッカーシューズの足音をリノリウムの廊下に響かせていた。もし将来自分に息子ができたらこんな子がいい、とタイは思った。とても元気そうで生き生きとしている。どうしてこの子が救急に？　しかも、なぜ脳外科が呼ばれた？

「クイン君はサッカーの試合の途中、べつの子と頭と頭をぶつけ、ＥＲに来ました。まったく異常ありませんでした。血圧、心拍数、呼吸はすべて正常でした。元気すぎるくらいでした」

タイは集まった外科医の前で話を続けた。前にどこかで読んだことがある。十一歳のときの元気を維持できれば、千二百歳まで生きられると。〈この子は元気すぎてそこまでもちそうにないな〉とタイは思ったくらいだ。

タイとタイを呼んだ救急部の医師マックス・ゴールドマンは、クインとその母親のそばから離れた。ゴールドマンはＣＴスキャンをとっていた。どこか悪いところがあると思ったからではなく、訴訟沙汰になった場合に備えてだ。ゴールドマンはタイにもそう伝えた。

「一見問題なさそうだが、」ゴールドマンはいった。タイだけに聞こえるよう、声をひそめている。「ちょっと見てくれないか」ゴールドマンはそういってタイを小部屋に案内した。明かりはなく、LEDのコンピュータ画面がキーボードを照らしているだけだ。ゴールドマンはキーボードをたたき、タイに画像を数枚見せた。

「信じられませんでした」タイは話を続けた。「念のために名前を二回、そしてIDナンバーも確認しました。クイン君の左の側頭葉に、悪性と思われる非常に大きな腫瘍があったのです」タイは一度言葉を切り、気持ちを落ち着けた。「とっさに判断しました。すぐに手術を行わなければ、いつ突然死するかわからないと」

「ウィルソン先生、ほかに検査はしなかったんですか？」質問したのはフーテンだ。口調が厳しい。フーテンには「ボス」というニックネームのほかに、こういう冷淡さから「人非人《ハードリー・ヒューマン》」という人聞きの悪いニックネームもある。

「しませんでした」

だれかが質問した。「患者の写真をだれか『信頼できる』同僚に見せようと思わなかったんですか？」まるでタイが同僚の脳外科医たちを信頼していないかのようないい方だ。

「はい」タイは声の主がいるほうを見てこたえた。舞台でまぶしい照明を浴びているタイに後ろのほうの席はまったく見えない。フーテンは真ん前にいるのでよく見える。

「なぜだれかに意見を求めなかったんですか？」フーテンがたずねた。

4

「必要ないと思ったからです」とタイ。

「必要ないと思った」フーテンはゆっくりくり返した。「生命に係わる危険性のある外科手術だというのに、だれにも相談しなかった？　同僚の意見を求めなかった？」

「明らかに間違っている」後ろのほうでだれかがつぶやいた。

スンか？　いや、スンは前列に足を組んで座り、落ち着かない様子でこめかみをさすっている。ライバルかつ人気者のタイが糾弾されているのを見てほくそ笑んでいると思っていたが、そうではなかった。スンはともかく、全体の雰囲気がタイに対して逆風になってきた。

「病歴は……患者の開頭の前に確認しましたか？」フーテンがいった。〈優秀な取り調べ官だ〉とタイは思った。「同僚に協力を求めなかったとしても、クイン君と——親御さんとはきちんと相談しましたか？」

「今思えば、不十分でした」

フーテンは最初からここに話がむくよう質問を続けていたのだろう。しかし、タイの過ちの核心をつく前に、医師同士が相談する重要性を出席者全員に再確認させたかったにちがいない。

「患者の既往歴《きおうれき》は調べなかった」フーテンはざわつきを手で制した。「ウィルソン先生、続けてください」もしこれが公開絞首刑だとしたら、フーテンはタイ自身にロープを用意させるつもりなのだろう。〈僕は過信していたのかもしれない〉とタイは思った。これまで、この病院史上最も腕のいい外科医だ、といわれつづけ、それを鵜呑《うの》みにしてきた。しかし今、疑わしく思えてきた。手術の腕は問題ない。だが、判断が間違っていた。あのとき、手術をもう少し待っていたらどうなっていただろう?

「覚醒下の言語マッピングを併用した左側の開頭を計画しました」タイは続けた。「まず、頭部の固定ピンを右前頭部および左後頭部につけた後、麻酔科医に患者の目を覚まさせるよう指示しました」手術の間、看護師が何度かフラッシュカードを使ってクインに物品呼称させ、言語脳に問題がないか確認していた。クインは右を下にして横むきに寝かされていた。目が覚め、少し怯《おび》えた表情になったが、タイを見てほほ笑んだ。

「先生、いったっけ……僕、大人になったら脳外科医になりたいんだ」鎮静剤のせいで声が眠たげだ。クインは一度口をつぐみ、そしてまた続けた。「それか、消防士に……」タイはその場面を思い出し、泣きくずれそうになった。咳払いして涙をこらえる。

「左耳前方の頬骨弓《きょうこつきゅう》から正中まで切開し、問題なく頬骨弓を取り外しました」

「その間、患者の状態は?」フーテンがたずねた。

「問題ありませんでした。目を開け、麻酔科医と話をしていました」

「痛みは?」

「いいえ。頭蓋骨にドリルで穴を開けたときに、押される感じがする、といいましたが、それだけでした」

「頭皮の出血は?」

タイはうなずいた。「ありましたが、電気メスとクリップで止めておきました」

「続けてください」フーテンがいった

4

タイは、手術室の中央に立っていた自分を思い浮かべた。時計を見あげ、時間を確認した。午後十一時三十四分。〈よし。これから腫瘍を摘出する〉しかし、これはありふれた症例ではなかった。

「腫瘍を見た瞬間、悪性だとわかりました。正常と思われる脳に、腫瘍の触手が何本も侵入し、腫瘍は赤黒く怒張していました」

あのとき、タイは深い悲しみに襲われた。この少年はゆくゆくは脳腫瘍で命を落とす。現代医学では救うことができない。自分には、見える範囲の腫瘍を取り除き、本人と母親に残された時間を伸ばしてやるのが精いっぱいだ。タイはこの時点で、手術後クインの母親アリソン・マクダニエルにどう話すか考えていた。大事な息子さんの命はあと一年、長くて二年です。次第に頭がはっきりしなくなって、じょじょに体力が落ちていくと思います。

「腫瘍を取り除く作業にかかりました」タイはまっすぐスンを見た。「すると、出血が始まりました。予想していた以上の出血でした」言葉が途切れた。集まった全員がタイを見つめている。ティナは顔が真っ青だ。

沈黙を破ったのはフーテンだった。声は冷静で落ち着き、立てつけのいいドアが閉まるときのように、ぶれがない。

「ウィルソン先生、それは今だからいえることです。クイン君について詳細に調べていたら何がわかったか、話してくれませんか」室内は静まり返っている。タイは膝からくずれそうだった。返す言葉がない。

「クイン君は健康そのものでした。母親も同様で、持病も、遺伝性の病気もありませんでした」

「父親は？」

「同居していませんでした。クイン君も父親のことはよく知らないといっていました。まさか、そこまで調べる必要はないと思ったので――」

フーテンがさえぎった。「必要ない、と、思った」不吉な呪いのようにくり返す。そのひと言が非難の言葉、全員に対する教訓となって室内を漂った。

「医師がどう思おうと」フーテンは厳しい口調でいった。「関係ありません」集まっている全員を指し示す。「いいですか、われわれは手術医であると同時に、臨床医であり、科学者でもある。長年を経て確立した道理的分析に従う。われわれには秩序だった手順というものがある。医師が『思った』ことに従った結果、今回のようなことが生じたのです」

フーテンはまたタイを見た。

「もう一度訊きます……ウィルソン先生、手術の前に、クイン君の実の父親についても詳細に調べていたら、何がわかったでしょうね？」タイはこの瞬間、フーテンをにらもうとしたができなかった。フーテンのいう通りだ。自分が間違っていた。そしてこの過ちの代価は計り知れない。ひとりの少年が、早すぎる死を迎えてしまった。「ウィルソン先生？」

「クイン君はフォン・ヴィレブランド病を遺伝し、止血困難になる危険性が五十パーセントの確率であり、そして――」

このとき、三一一号室の後ろのドアが大きく開いた。タイは言葉を切った。全員後ろをふり

4

返る。ジョージ・ヴィラヌエヴァだ。のしのし歩いてきて、ティナの肩を軽くさすり、そしてボスを見た。

「ちょっと遅かったか？　そこの若造は少年を死なせちまった経緯をちゃんと説明したか？」

タイははっとしてたじろいだが、再び手術の場面に意識を戻した。止まらない出血に、麻酔科医は読んでいた新聞を放り出し、患者と医師を隔てる滅菌した覆い布越しに現状を把握しようと躍起《やっき》になった。ＢＧＭはすでに切ってあった。「タイ先生」麻酔科医はクインに聞こえないよう声をひそめた。「……すでに三つの点滴ルートから輸血をしているけど追いつかない。心拍が弱ってきている」タイは麻酔科医を見やり、クインを眠らせるよう身振りで指示した。注射器が数本打たれ、クインの口にチューブがつけられた。タイはまた手術に戻り、凝固しない血液をなんとか止めようとした。〈いったい……何が……どういうことだ？〉

「開胸準備！」タイはいつの間にか集まっていた十数名の看護師に叫んだ。クインを救うため、最後の抵抗を試みることにした。胸を開け、開胸心マッサージをして、心臓に充分な血液が行くまで心臓マッサージをする。

タイは大きなジェスチャーを交え、目の前の外科医たちに、自分が懸命に努力したことを伝えた。自分がどこにいるかほとんど忘れそうになったそのとき、厳しい声によって現実に引き戻された。時刻は午前六時過ぎ、場所は三一一号室だ。

「本当にそれで助かると思っていたんですか？」フーテンが訊いた。

タイは一瞬困惑の表情を浮かべ、そしてまっすぐフーテンを見た。「いいえ」

クインが息を引き取った後、タイは放心状態でロッカー室に戻った。ジムにあるような、ありふれたロッカー室だ。たまたま中にいた仲のいい技師が陽気に、「手術はうまくいったかい?」と訊いてきた。タイは無言で相手をぼんやり見つめた。「そうか……残念だったな。そういうこともあるさ」椅子に腰かけ、サンダルを脱ぎはじめたタイに、技師は優しく言葉をかけた。タイはあちこちにクインの血を浴び、それが素肌まで染みていた。足もサンダルの通気穴も染みこんだ血で濡れていた。タイは血のついた衣服を、赤い斑点《はんてん》のついた下着も全部脱ぎ、洗濯かごにほうりこんだ。そして、シャワーブースに行くと、血だけでなく絶望感も洗い流そうとするかのように爪を立てて体を洗い、シャツを着てネクタイを締めた。とにかく、クインの母親に息子の血の跡を見せたくなかった。ロッカー室から出て、閑散とした待合室にタイが入ったとき、時刻はもう午前四時近かった。アリソン・マクダニエルはひとりぽつんと座っていた。

タイの目を見ただけで、アリソンは悲痛な表情を浮かべた。

タイは殴られた気がした。その場を逃げ出したくなった。患者が亡くなったことを家族に伝える場合、自分ではなくレジデントにやらせる外科医もいる。そのほうが簡単だ。自分はふり返りもせず次の手術にむかえばいい。しかし、タイは何年も前に——自分の兄、その数年後には妹に起きた不幸の後——誓った。どんなに悲しい知らせでも、患者の家族には自分で話すと。

4

三十年前、ここから約五千キロ離れたある病院で見た自分の母親の表情を、タイは今でもはっきり覚えている。兄テッドの死を知らされたときのことだ。テッドはわずか数ヵ月前に脳腫瘍と診断され、その後、必死に病気と闘った。テッドはまだ若く、健康だった。にもかかわらず、突然息を引き取った。母親は担当医からではなく、ソーシャルワーカーからそれを伝えられた。そうでなければ、母親はもっと早く現実を理解し、受け入れることができたかもしれない。クイン・マクダニエルの場合もテッド・ウィルソンの場合も、耐えがたい悲しみは母親に生理的な影響をもたらした——世界に対する信念が崩壊し、身体も崩壊した。現実の重みに耐えかねて頬や口元の筋肉がさがり、顔色が消え、大きくうなだれた。

兄が亡くなったとき、タイは母親と一緒にいた。八歳だった。父親と妹ふたりはどこかに食べ物を買いにいっていた。悲しみにくれる母親の姿は、タイにとって兄の訃報よりはるかにショッキングだった。タイは最初、兄の死が理解できなかった。

「残念です。息子さんは手術を乗り切ることができませんでした」三十年前のその日、担当のソーシャルワーカーはそう伝えた。八歳のタイにはその意味が理解できなかった。テッドは冷たいベッドと壁掛け式のテレビのある病室に戻ったのかな？　両親には内緒だったが、タイはテッドがずっと入院していればいいのに、と思っていた。タイが見舞いにいくとテッドはいつも、「Eチケット、持ってきた？」と訊いた。タイがディズニーランドのEチケットを渡す真似をしてベッドによじのぼると、テッドはボタンを押して可動式のベッドを起こしたり倒したりしてくれた。泣きくずれる母親を見てタイは知った。よくわからないけれど、何かすごくすごく悪いことが起こったのだと。テッドのいない生活なんて考えられなかった。テッドが死ぬなど、幼いタイの想像の範囲を超えていた。タイは内股の走り方や、にらみ方を真似するくらいテッドを崇拝していた。

テッドの死は両親の関係にも影響を与えた。父親はあまり家に帰らなくなった。家にいてもほとんど口をきかず、迷子のように小さな家の中をさまよっていた。母親は仕事に没頭した。母親は不動産関係の仕事をしていて、週末は南カリフォルニアのあちこちに車で顧客を案内するのに忙しかった。母親は予算が低めで、手数料はあまり期待できなくても、新婚夫婦の家探しを専門に担当した。ひょっとしたら、若いカップルと夢を共有したかったのかもしれない。両親の結婚生活はテッドが亡くなってまもなく破たんした。おそらく、一年か二年しかもたなかっただろう。ふたりの絆《きずな》はさびつき、悲しみの重みに耐えかねて切れてしまった。

タイが十代のとき、両親は久しぶりに再会した。再びERで、再び家族の悲劇の場で。ふたりとも四十代後半なのに年より老けて見えた。どちらも再婚していたが、再会したとたん、しばらくハグし合った。ふたりはまれに見る、残酷な絆でつながってしまった。またしても子どもが悲劇に遭遇し、どちらも親として耐えがたい悲しみを味わった。ふたりが病院に駆けつけたとき、タイの妹クリスティンはすでに手術室で救急手術を受けていた。クリスティンはコンビニエンスストアのレジ前で、コーラとガムを片手に並んでいた。友人はみんな、店の外でクリスティンを待っていた。そのとき、ひとりの男が急ぎ足で店に入っていった。

「しばらくして、中がぴかぴかっと光って、大騒ぎになったんです」クリスティンの友だちは

4

タイの両親に話した。犯人は捕まらなかった。現場でふたりが死亡し、クリスティンは後頭部を打たれて重体だった。予後はよくなかった。

若い脳外科医が来て、タイの両親とタイに、クリスティンは一命はとりとめたがこのさき一生植物状態になる、と告げた。無感情で冷たく、地方のカーディーラーが「新しいタイヤに交換したほうがいいな」とでもいうような口調だった。その瞬間、両親の中にかろうじて残っていた活力さえ抜け出た。ふたりとも呼吸をし、心臓は動いていたが、生命の輝きは消えてしまった。

ところが、妹の悲しい知らせはタイには正反対の影響を与えた。それはタイを変え、やる気を目覚めさせ、人生の目標を与えた。数年前の兄の死は、非情な担当医師に対する怒りと、不公平な世界に対する憤りをかき立て、タイは感情の不安定な十代の少年になった。すぐにかっとなり、学校に関心をなくした。しかし、妹の悲劇はまったく違った衝動をもたらし、不治の患者を救い、普通に生活できるようにする脳外科医になりたいという願望が生まれた。そのときから、タイは学校で一番になり、将来は米国一優秀な脳外科医になるという目標にむかってまっしぐらに進んだ。しかし、自分の家族に対する担当医師の態度を忘れたわけではなかった。医師はタイの母親に自ら話す義務から逃げた。タイは医師が同情を示さなかったことで母親がよけいに傷ついたことを忘れなかった。だからこそ、医師仲間には横柄な態度をとる一方、患者やその家族に対しては人一倍謙虚で、思いやりを持った態度で接するのだ。

アリソンにとって最悪の知らせを告げようとしたそのとき、タイの頭にカリフォルニアでの経験がよみがえった。病院のソーシャルワーカーによって事務的に告げられた兄の死。長期療養型無菌室に横たわる妹の姿。不治の患者を救う外科医になるという誓い。タイの両頬を涙が伝った。「うまくいかなかったんですか？」アリソンがそっと訊いた。タイは咳払いした。「そうなんです」タイも静かにこたえた。「残念ながら息子さんは先ほど亡くなりました」アリソンの目から涙がこぼれた。タイはアリソンの両手をとった。

「できるかぎりのことはしてくださったんでしょう」アリソンがいった。タイは喉が詰まって返事ができなかった。アリソンが近づき、タイをハグした。タイはほっとすると同時に、体がこわばった。チェルシー総合病院の花形医師が、手術で息子を亡くした母親になぐさめられている。そのときはそう思った。アリソンはゆっくり荷物をまとめ、帰る準備を始めた。待合室から出ていこうとして、ふり返った。涙をぬぐいつつタイを見る。「先生もきっとつらかったことと思います」

待合室のむこうの廊下で、看護師モニク・トランも目に涙を浮かべていた。人気のない廊下で、恋人に電話をかけている。

「赤ちゃん、産むことに決めたわ」それ以上何もいえず、電話を切った。

5

ミッチェル・S・「ミッチ」・トンプキンスは黄色い法律用箋《リーガルパッド》の記入内容をチェックし、右手首にはめたダイヤモンドをちりばめた金の腕輪に触った。そして、イタリア製のスーツのジャケットの裾を軽く整えると、不自然に白く、歯並びのいい歯を見せ、ティナ・リッジウェイにほほ笑んだ。ティナは宣誓供述書をとられることに動揺したそぶりは見せぬよう、背筋を伸ばし、足を組み、白い手は膝に重ねて座っている。服装は手術室着の上にしみひとつない白衣、そしてスニーカーだ。

「リッジウェイ先生、あなたは手術の前にメアリ・キャッシュさんにきちんと伝えましたか？今回の手術で嗅覚《きゅうかく》はなくなることを」

ティナは相手をにらみ、一瞬口元を歪《ゆが》め、そして大きく深呼吸した。

「とんでもない。そんなことになるはずがなかったんですから」

「しかし、そうなった。違いますか？」

ティナは間を置き、注意深く言葉を選んだ。「リスクのない手術はありません」

トンプキンスはチェルシー総合病院十二階にある会議室の中を行ったり来たりしながら話し

ている。この部屋も十二階フロアの例にもれず高級感がある。サクラ材とオーク材を使ったテーブルのまわりに、背もたれの高い革張りの椅子が並んでいる。壁には金メッキされた燭台型の照明のほかに、フーテンが入手した名画が数点掛かっている。医療過誤供述書を持ちこむのに最もふさわしくない場所と思われるが、トンプキンスはここがいいと主張し、病院の顧問弁護士はそれに従うしかなかった。ティナは目を閉じ、気持ちを落ち着かせた。もしトンプキンスがティナを怒らせようとしているなら、ほぼ成功だ。トンプキンスの名は知っている。あらゆる電話帳の裏表紙に広告を出している。〈怪我をして不当な扱いを受けたことはありませんか？　手術で思わぬ障害が残ったことはありませんか？〉という謳《うた》い文句とともに、不安げな表情の患者に囲まれた本人の写真の上にその名が書いてある。トンプキンスは広告の写真とはだいぶ違った。広告ではカメラを見つめ、自信ありげにほほ笑み、なぜか背が高そうに見える。しかし、実際は中肉中背だし、ハンサムだと思っていた顔は少し下膨れで、顔色が悪く、目の下にくまがある。ただ、態度は横柄で、今もふんぞり返って話をしている。

トンプキンスは高級なシャンデリアの下で止まった。「リスクのない手術はない、そうですか。となると、もちろん、今回の手術に伴うリスクについて、メアリ・キャッシュさんには事前にお話ししましたね？」

「ええ」

「あなたが、直接――」

「手術を受ける患者さんには、同意書にサインをしていただ――」

5

「あなたはキャッシュさんが同意書にサインするのを見ましたか？　その場に立ち会いましたか？」

ティナは顧問弁護士のほうを見た。スマートフォンを読んでいる。一方、速記者はティナを見つめ、返事を待っている。

「通常、それはレジデントの仕事です。レジデントが患者さんに手術のリスクについて説明し、同意書にサインしてもらいます」

「では、あなたの知る限り、キャッシュさんは同意書にサインさえしなかった」

「したはずです」

「だが、あなたはその場にいなかった。同意書のサインがキャッシュさんのものだと断定できますか？　第三者がサインしたかもしれません」

顧問弁護士がちらっと視線をあげた。目のまわりに黒いあざのある人が、前を通り過ぎるのに気づいたかのように。しかしすぐまたスマートフォンに視線を戻した。

「否定はできません。ですが――」

「はっきりさせておきましょう」トンプキンスは速記者のほうを見ながらいった。「先生、あなたはこうおっしゃるんですね。今回の手術に伴うリスクについて――あったとして――キャッシュさんが説明を受けたかどうか、まったく知らないと」

「それについては――」

「イエスですかノーですか？　キャッシュさんが事前にどんなリスクがあると知らされていた

か、あなたは把握していましたか？」

ティナはまた顧問弁護士のほうを見た。〈黙っていても一時間四百ドル〉。口をはさむとか何かできないの？　私におとなしく耐えろっていうの？

トンプキンスはティナの顔をのぞきこむように身をかがめた。明らかに楽しんでいる。大げさな身振りで腕を組む。ブロードウェイの舞台俳優が最後列の観客も意識して演技するかのように。

「今日は一日つき合いますよ。イエスですか、ノーですか」

「ノーです」ティナは小さくため息をついた。「手術前にキャッシュさんがどんな説明を受けたか、私は直接は聞いていません」

ティナは考えてみた。有名な内科医である父トーマス・リッジウェイや、バーモント州で開業医をしていた無愛想な祖父ナサニエル・リッジウェイが今この立場にいたら、提訴人メアリ・キャッシュの弁護士にどう対処しただろう。私のようにおとなしく座っているはずがない。即座に立ちあがり、部屋から出ていったにちがいない。

子どもの頃の、マサチューセッツ総合病院《MGH》での思い出がよみがえった。よく覚えているのは、世界で初めて全身麻酔手術が行われた半円形の外科手術見学室、「エーテルドーム」で父親や兄と鬼ごっこをしたことだ。父親はいつも「鬼」だった。父親の足音が近づいてくると、ティナも兄も騒いだり笑ったりしたいのをこらえて階段席を逃げまわり、白い仕切りの後ろに隠れた。そして、水銀灯がつく時刻になると、父親はふたりを連れてブルフィンチ棟にある自分の

5

研究室に戻った。父親は身長一九〇センチ。アメリカ人の平均身長が現代よりはるかに低く、患者が船で病院に運ばれてくる時代に作られた建物のアーチ形の戸口から入るときは、身をかがめなくてはならなかった。研究室に入るとおやつの時間だ。高名な医師トーマス・リッジウェイは作業台の横に置かれた大きな四角い冷凍庫を開け、組織標本のあいだにしまってあるクッキーサンドアイスを出して食べさせてくれた。

父親の同僚はティナや兄が病院に来ると喜び、いつも兄にこうたずねた。「将来はお父さんみたいに有名なお医者さんになるの？」と。そばでティナはいつも〈どうしてみんな私には訊かないの？〉と思っていた。ティナが医師になろうと思ったのはその頃だったかもしれない。そうでなかったとしても、兄が大学を中退したとたん、代々医師の家の子にかけられる期待はティナにかかってきた。父親も祖父も、ティナは医科大学に進み、リッジウェイ家の次世代の医師になると決めつけた。

供述取りは小休止もなく二時間目に突入した。事実は明白だ。しかしトンプキンスはティナを挑発して不注意な発言を誘い、それを裁判でティナに読みあげさせるつもりなのだろう。こういう場面で冷静さを失ったらどうなるかは、ティナもテレビの法律ドラマで百も承知だ。トンプキンスも同じにちがいない。

メアリ・キャッシュは髄膜腫《ずいまくしゅ》を患ってチェルシー総合病院を訪れた。髄膜腫は手術で摘出することができる良性腫瘍だ。リスクのひとつとして、腫瘍の近くを走る嗅神経《きゅうしんけい》への影響がある。嗅神経が傷ついたり、切れたりすれば、嗅覚が失われる可能性がある。髄膜腫患者はこのリスクについて説明を受けても、「かまいません」ということが多い。脳の中で腫瘍が育ちつづけることにくらべれば嗅覚などなんでもない、と考えるからだ。だが、嗅覚を軽視してはいけない。まれに不運にも嗅覚を失った者にとって、それに伴う変化は劇的だ。花の香りも、パンの焼きあがる香り、刈りたての芝の香りもわからなくなる。しかし、最も困るのは、食べ物の味を感じなくなることだろう。その結果、食べる量が減り、体重が減り、人生を楽しめなくなる人が多い。

ミッチ・トンプキンスはそこにつけこんだ。チェルシー総合病院、ティナ・リッジウェイ、レジデントのミシェル・ロビドー、その他メアリ・キャッシュに少しでも関わった医師および看護師を訴えようとしている。トンプキンスが提示した和解金がこれほど莫大でなかったら、病院はとっくに受け入れていたはずだ。トンプキンスは二千二百万ドルを要求した。メアリ・キャッシュに十分なリスクの説明をしなかったことに対して百万ドル、嗅神経を傷つけたことに対して百万ドル、逸失《いっしつ》利益に対して一千万ドル、「楽しむ権利」を奪われたことに対して一千万ドルだ。「楽しむ権利」とは人生における楽しみを包括する用語で、原告患者が手術によって、歩いたり、見たり、ゴルフができなくなったり、セックスができなくなったりした場合に用いられる。言った者勝ちでもある。特殊な例として、ERに来た女性の喉に刺さっていた小骨を、担当医師が見逃してしまったというケースもある。この女性はそのせいでフェラチオができなくなったと訴え、医療過誤訴訟においては多種多様な人生の楽しみの喪失が訴訟の対象になりうることを証明してみせた。

5

トンプキンスはこういった。チェルシー総合病院が要求をほぼそのまま受け入れなければ、裁判に持ちこむ。世論は全面的にメアリ・キャッシュに有利に働くだろう、と。切り札はこれだ。メアリ・キャッシュは料理界のアカデミー賞こと「ジェイムズ・ビアード賞」を受賞した名シェフである。嗅覚を失って仕事はできない。においをかげない料理人は、目の見えない画家と同じだ。このような事例は十年に一度くらいある。

「裁判になれば、出血多量で死にそうな人でさえ、一時間遠くてもチェルシー総合病院以外のところに運んでくれ、というでしょう」トンプキンスはオークランド地方裁判所に提訴した後、顧問弁護士にこういった。「病院管理職の方々への賞与はカット。訴訟に備えてとっておいたほうが安全です。それと、裁判になれば出費は二千二百万ドルでは収まりませんよ」二千二百万ドルの三分の一は七百万ドル＋α。それがトンプキンスへの報酬。わりのいい仕事だ。

会議室を行ったり来たりしながら、トンプキンスは思わず口元がゆるんでいる。高価なハンドプリントの壁紙を指先でなぞった。

「さて、リッジウェイ先生、名シェフの未来を台無しにした経緯をお話しいただけますか？くわしく。どうやって患者の嗅神経を傷つけました？」

ティナの幼少時代、医師は地元で尊敬されていた。医師は病気を治す人であり、地域のリーダーであり、学識ある人物——そして、大部分は男性だった。最近のように収入は多くなかったが、医師の言葉は患者にとって福音同様だった。現代ではサプリメントや市販薬を試して治らなければネットで症状を検索し、それから病院に行く人も多いが、当時は違った。病気が治らなければ、それは神の意思、運命、もしくは運が悪いだけ。ティナの知る限り、父親は医師として四十年間、一度も医療過誤で訴えられたことはない。

ティナはトンプキンスに手術の手順をていねいに説明した。これまで医学生に何十回も教えた内容だ。患者の頭を固定した後、頭皮を切開。頭蓋骨を露出し、右のこめかみあたりに穿頭孔《バーホール》を穿《うが》つ。バーホールをつなぐように頭蓋骨を切り開頭。外側の脳を慎重に剝離してよけ、腫瘍を摘出する。髄膜腫は嗅神経に近い場所で発生することが多いため、手術にはつねに嗅神経が傷つくリスクが伴う。

トンプキンスは座って聞いていたが、ティナの説明が終わると、また立ちあがった。

「なるほど。じつに興味深い。わかりやすく説明していただいたので、私でも手術ができるのではと思うくらいです」

ティナは返事をしなかった。

「ところで、『バーホールを穿つ』とか『腫瘍を摘出する』とか説明されましたが――今回の手術でそれを行ったのは？　あなたですよね。手術記事によるとあなたが執刀医だ。受賞歴ある才能あふれるシェフの執刀をだれかにまかせるはずがない」

トンプキンスはそこで言葉を切り、顧問弁護士を見た。顧問弁護士は〈いいたいだけいえばいいじゃないですか〉という表情を作っているが、内心は動揺している。トンプキンスはティナにむき直った。

「今回の手術の執刀医はあなたですね？」

5

「いいえ」ティナはこたえた。

「いいえ?」トンプキンスは驚いて見せた。「そうですか。では、この才能と魅力ある前途有望な若きシェフの、料理界のホープの手術を行ったのはどなたですか?」

「ロビドー医師です」

「ロビドー医師?」

「はい。ミシェル・ロビドーという名の脳外科レジデントです」

「つまり、あなたはレジデント、経験の浅い医師に、無防備な状態で手術台の上に横たわる若い女性の手術をまかせた。患者はあなたに全幅の信頼を置いていたのに?」

「当院は研修病院です」

「では、メアリ・キャッシュさんは砲弾の餌として最前線に送りこまれた、ロビドー先生の練習台にされた、そういうことですね」トンプキンスは吐き捨てるような口調で「ロビドー」といった。「私の依頼人は実験動物ですか? タスキギー梅毒研究（アラバマ州タスキギーで一九三二年から四十年にわたって実施された、約六百人の黒人に対する人体実験）のように?」


室内にはトンプキンス、ティナ、顧問弁護士、速記者の四人しかいないというのに、トンプキンスは完全に裁判モードだ。本人の声の調子は供述書には反映されない。しかし原告側弁護士トンプキンスは、病院側弁護士に見せつけようとしていた。今回のケースが裁判に持ちこまれた場合、当院の名医ティナ・リッジウェイはこのように尋問されることになるのですよ、と。

ティナは再び顧問弁護士のほうを見た。さすがに顔をあげて話を聞いている。スマートフォンにメッセージを打ちこんではいない。しかし、依然として黙ったまま、時折リーガルパッドに何か書きこんでいるだけだ。無関心でいられるのと、関心を示されるのと、どちらが迷惑かティナにはわからなかった。

「ロビドー医師は手術資格を有する医師です」

「資格を有する」トンプキンスは軽蔑的な口調でいった。「そうですか。私自信が脳の手術を受けるとしたら、リッジウェイ先生、あなたはどうか知らないが、資格以上を期待する。私の手術は優秀な医師にお願いしたい。資格を有する。はっ！」

ティナは慌てた。

「トンプキンスさん、私がいいたかったのは、ロビドー医師は完全に——」

「私はあなたに質問をしましたか？」トンプキンスが割りこみ、速記者のほうをむいた。「リッジウェイ先生の今の『感情的』コメントは削除してください」かかとを軸にくるっとまわり、ティナにむき直る。千ドルのスーツに高級サロンでのヘアカット、全身非の打ちどころがない。クイズ番組の司会者のようだ。

「ロビドー先生が私の依頼人の執刀医に選ばれた経緯は？」

「私が決めました。彼女は髄膜腫の手術を行う能力が十分にあると思ったからです」

「練習が必要だったんですね？」

「いえ」

「では、今回の手術の前に、何例の経験がありますか？」

5

「それは調べないと――」

「把握しているはずです。何例です？」

「今回が初めてです」

「初めて！」トンプキンスは豪華な食事を終え、ウェイターに会計の合図をするときのような顔をした。「初めて」頭をふりながらくり返す。「それはそれは」満足げな表情だ。

ティナは真っ赤になった。もう我慢できない。怒りが爆発した。

「研修病院とはそういうものです。トンプキンスさん、あなたもよくご存じのはずです。研修病院があるからこそ、優秀な医者が育つんです。レジデントは研修病院で学びます。生まれつきの外科医なんてどこにもいません」

顧問弁護士が今さら慌てだし、口をはさんできた。「ティナ先生」

「患者さんがひとりつらい思いをされたかもしれません。でも、ロビドー医師はこの先、大勢の患者さんを診ていくことになります。その人たちにとっては優れた医師であり、優れた外科医なんです」

「ティナ先生！」

ティナはいうだけのことはいった。トンプキンスが速記者を見た。「ちゃんと書きとめましたね」

6

ジョージ・ヴィラヌエヴァは郊外にある豪邸の前で車を止めた。白い円柱が支える屋根つきの玄関、噴水、正面を一周する車寄せのある煉瓦《れんが》造りの大邸宅だ。改めて元妻のいうままにこんな御殿を買ってしまった自分にあきれた。何を考えていたんだ？

家の明かりはすべて消えているが、いつものことだ。あたり一帯は中性子爆弾が落ちたかのよう。ブルームフィールドヒルズのマクマンションズの通りは、どこを見ても人気がない。家の床面積が六百三十平方メートルもあれば、屋外で遊んだり、隣人と肩をぶつけ合ったりする必要などまるでない。今日が快適な秋晴れで、どの家の芝生もゴルフのショートコース並みに手入れが行き届いているとしても関係ない。

ジョージの故郷であるミシガン州デクスターでは、家の前にわずかな芝生があるだけで恵まれていたし、もしそうならフェンスで囲う必要があった。デクスターでは子どもたちの遊び場は通りか、町はずれの汚い公園だ。夕食か、暗くなるまで、ときにはそれを過ぎても遊んでいた。アメフト、野球、バスケットボールに取っ組み合い。なんでもいい。みんなつねにスポーツの腕や根性を競い合っていた。年上の連中から挑戦状をつきつけられることもよくあった。ドーベルマンのいる庭を端から端まで走ってこいとか、玄関にショットガンを置いてあると噂のエド・ドビエルスキの家の玄関をノックして逃げてこいとか、列車が迫ってくる鉄橋を走ってこいとか。ジョージ少年もこういった挑戦をこなし、寝ている時間以外はほとんど通りをぶらぶらしたり、公園で遊んだりして過ごした。

ジョージは帰りたくても放課後すぐに家に帰れなかった。そもそも、母親は夕食まで家に入れてくれなかった。食べ盛りのホルヘに――母親は死ぬまでずっと息子をこう呼んでいた――料理を全部つまみ食いされたくなかったからだ。また、きれいに片づいている家の中を散らかされたくなかった。ジョージは、結婚してこんな豪邸に住むことになるとは思ってもみなかった。だから元妻に賛成したのかもしれない。とにかく想像を超えていたのだ――こんな悪趣味の家とはいえ。

ジョージはジープを家の前に止め、玄関に近づいた。汗が顔にまとわりつき、昨晩行きつけのバー、「オライリーズ」で飲んだラム&コークのおかげで頭が痛い。残念なことに、ひとりでさびしく店を出た。そして、少し減量しようと思った。この体型で女にもてるはずがない。ジョージがこのバーを見つけたのは、結婚生活が破たんしはじめた頃だった。よく来るようになった理由は、病院に近いし、何より、狭くて薄暗く、地味な店だったからだ。植物などなく、ビール名のネオンサインや広告、常連客が持ちこんだ置物だらけだ。カウンターの後ろの棚には埃《ほこり》をかぶったミシガン大学やミシガン州立大学のアメフトチームのヘルメットが並び、ハードアルコールの棚の下に置かれたビール用冷蔵庫には、いろいろなバンパーステッカーが貼ってある。〈肛門科がお宝発見!〉とか、〈おれの心はスチールトラップ(とらばさみ。日本でも違法のわな)〉。とっくに錆びつき、三十七州で違法〉オライリーズはジョージの抱くバーのイメージそのものだ。客がボイラーメイカー（ビール割りウイスキー）を注文してもバーテンダーは驚いた顔をすることもないし、サイドカー（ブランデー・リキュール・レモン果汁で作るカクテル）や昔流行ったカクテルを注文しても、本で調べたりせずに作ってくれる。もちろん、ジョージの注文はシンプルなラム&コーク。特にハバナクラブというキューバ産のダークラム酒がお気に入りだ。カフェインとアルコールの相互作用は完璧すぎるくらいだ。

離婚直前、ジョージは二度ほど泥酔して帰宅したことがあった。似たような道だらけの住宅街の迷路で迷子になった。住所はどれも――マグノリア通り、アザレア広場、アイヴィー通りなど――植物の名だし、標識があっても暗いし、酔っぱらっているしで読めなかった。あちこちにある煉瓦造りの豪邸は、家主が「成功した」ことを示すかのように胸を張っている。そして、道という道は最後は大きな丸い芝生になって行き止まり《カルデサック》。その家の子が万が一ニンテンドーや、Xボックスや、プレイステーションにあきた場合の遊び場だ。「カルデサック」そのいい方さえジョージには頭に来た。「おれが育った町じゃ『行き止まり《デッドエンド》』って呼んでたけどな」ジョージはよく妻に皮肉っぽくいったものだ。

ジョージは、息子のニックがボリューム全開でテレビゲームをしていないことを祈りつつ玄関のベルを鳴らした。返事がない。もう一度鳴らす。元妻のリサもいないようだ。ジョージが毎月渡す一万五千ドルをとことん使い切ろうと、買い物にでも行ったにちがいない。裁判所と、ジョージが報酬を支払っている「元夫婦」の弁護士の取り決めによると、今週は日曜日が父・

6

息子がともに過ごす曜日になっている。まだ返事がない。ジョージはグローブのような拳でドアを激しくたたいた。冷たく静まり返った家の中に、ノックの音がむなしく響く。

ジョージは痛むこめかみをさすり、窓から中をのぞきこんだ。ニックに愛想をつかされてしまったか？　ジョージは面会日にいつも息子と車で出かけるわけではなかった。二日酔いだったり、看護師やバーで知り合った女と約束があれば、息子との約束はさぼった。ニックに電話して「病院で仕事ができた」というと、「わかった」という返事が返ってきた。ジョージは、高校生が父親とデートしたいわけがない、と自分に言い訳していたが、それが嘘なのはよくわかっていた。

ジョージ自身、地元の精肉加工工場で働いていた父親とはあまり顔を合わせたことがなかった。ジョージが小学校にあがる頃は、父親は昼シフトの勤務になっていたが、家計を助けるために夜間や週末も時間外で働くことが多かった。工場の仕事は疲れる。父親は帰宅するとまず大きな椅子に腰かけ、煙草に火をつけた。そして煙草をくわえ、右手をマッサージする。ジョージは大人になってから知ったが、父親は流れ作業担当だった。重いのこぎりを握りしめ、次から次へと流れてくる逆さ吊りの畜肉を何時間もさばきつづける。シフトが終わる頃にはのこぎりから手が離れなくなり、反対の手で指を一本一本はがさなくてはならなかったそうだ。ジョージは今でも手術中、メスを持って切開している筋肉を見て、父親を思い出すことがある。自分の仕事も父親の仕事とそう変わらない。

ステンドグラスから中をのぞくと、息子は居間にいた。L字型の大きなソファに寝転び、コントローラーを手にテレビゲームをしている。顔をあげ、父親に気づいたが、またゲームを続けた。まったく。ジョージは呼吸が荒くなってきた。

「ニック」ジョージはいった。「おい」

ジョージは窓をたたき、片手をあげて「先週は悪かった」というジェスチャーをした。先週の週末も約束を破った。新生児集中治療室《NICU》の看護師とデートしていた。太った女性だったが、選り好みしている場合ではなかった。

ニックは顔をあげない。ジョージは頭に血がのぼってきた。

「ニック！　玄関を開けろ。先週のことはあやまる。緊急の仕事があったんだ。ニック、悪かった。許してくれ」

返事がない。

「ニック！　いいからドアを開けろ！」

ジョージの鼻の穴がふくらみ、顔が真っ赤になった。乱暴にサングラスをはずし、手で顔の汗をぬぐう。こうなったら力ずくでドアを開けて踏みこみ、ニックをソファから引きずりおろしてやる。と思ったそのとき、ニックがゆっくりソファから立ちあがり、のろのろ歩いてきた。ドアが開き、ジョージはエアコンの効いた空気に包まれた。ニックはぼうっとこちらを見ているだけだ。ジョージは首をしめてやりたい衝動をこらえた。

「よお、元気だったか？」ジョージはできるかぎり明るくいった。

「うん」感情のない声だ。身長は普通でやせ型。大人になりかけの、思春期に典型的な体型だ。

6

ジョージ自身はこの成長段階を経験しなかった。もともと体は大きかったが小学校高学年で成長ホルモンが出て一気に成長し、中身は子どものまま大人に変身したのだ。

「先週は悪かった。今日はデトロイト・ライオンズのチケットを持ってきた」

ニックはうつむいた。

「特等席だぞ」

「べつに」

ジョージなら、父親とライオンズの試合に行くと聞いたら飛び跳ねて喜んだだろう。当時、そんな余裕はなかったし、父親はいつも疲れていた。父親が初めて観たライオンズの試合は、ジョージがルーキーだった年のシーズン開幕試合。その頃すでに父親の肺は喫煙によってむしばまれていた。試合には母親を伴い、酸素ボンベをぶらさげてやって来た。

ジョージはニックを見すえ、アロハシャツの肩にかけていたタオルで額の汗をぬぐった。十月だというのにやたら暑い。

「わかった。どなったりして悪かった。じゃあどこに行きたい？」

ニックは黒いコンバースを見つめたままだ。「べつに」

「ネコに舌を抜かれちまったか？」ジョージは息子の肩をパシッとたたいた。軽くやったつもりだったのに、ニックはよろけて転びそうになった。いかん、いかん。ニックがむっとした顔で父親を見た。

「痛いよ！」

「悪い、悪い。ちょっと力が入りすぎた」ジョージは肩をすくめた。

「今日は予定があるんだ」

「なんだ……そうか。おやじとデートも悪くないと思ったんだがな。アメフトの試合を、特等席で」

「アメフト、好きじゃないし」

「そうか」ジョージは珍しく言葉に詰まった。手持ちの札はほかにない。息子が何を好きか考えてみた。子どもの頃は恐竜、異常気象、小惑星、ブラックホールに興味を持ち、いつも本を読んでいるか、テレビで「ディスカバリーチャンネル」か「アニマルプラネット」か「ヒストリーチャンネル」を見ているかだった。幼稚園ではほかの子が遊具で遊んだり、追いかけっこをしたりしているのに、ニックは砂場にしゃがみこみ、砂に絵を描いたり、小さな手で砂をすくい、手のひらからさらさら落ちるのを見たりしていた。

ジョージはニックを少年アメフト、少年野球、少年バスケットボールチームに入れてみた。ニックは練習を嫌がり、すきを見てはさぼろうとした。運動神経が悪くてチームメートにからかわれたり、いじめられたりした。ときどき練習を見にくる体格のいい父親がいなかったら、ニックへのいじめはもっとエスカレートしていたかもしれない。つまり、ニックがスポーツをすることは本人にとっても、父親にとっても苦痛だった。

ニックが十歳のとき、元妻のリサがそれに終止符を打った。ありがたいことに、リサはニックにスポーツをすべてやめさせ、夏季科学講習会に通わせ、チェロを習わせ、地元の自然史博

6

物館の家族会員になった。それにしても、ジョージにとっていまだに謎なのは、自分の遺伝子を半分有する男子がなぜこうも違うのか、ということだ。本当なら今の倍くらい体重があってもいいんじゃないか？　なぜ体と体のぶつかり合いを求めない？　立派な男になりたくはないのか？

父親と息子のあいだに、気まずい沈黙が流れた。「じゃあ、元気でな。また来週の土曜日に。わかったか？」

「うん」今までと違う明るい声だ。と思ったら、もうソファに戻っていく。

ジョージもジープを停めた場所にむかいながら、足取りが軽いことに気づいた。ぎこちない会話と重苦しい沈黙が続く一日から逃れられて嬉しいのだ。自分とニックはまるで別の言語を話しているかのようだ。息子と過ごした土曜日もしくは日曜日の夜はたいてい疲れきっている。

ところが、ほっとしたのもつかの間、車に乗りこむ前に罪悪感に襲われた。手を伸ばせば触れられそうなほど具体的な罪悪感だ。息子と休日を過ごしたくないのか？　父親ならそうするのが普通じゃないのか？　少なくとも、いい父親なら。ジョージは運転席に座り、ハンドルを握り、快晴の空を見つめた。そして、キーを入れてエンジンをかけ、かつての自宅を後にした。

7

スン・パクは日曜日の朝の手術が大好きだ。院内は静かだし、手術枠の割り振りの問題も取り合いもない。ＥＲでさえ、銃やナイフによる怪我、薬の過剰摂取、骨折、心臓発作、ささいな慢性病などが押し寄せる土曜日の夜の満潮が終わり、今は引き潮だ。医師専用駐車場から出て一般用駐車場を歩いていても、車椅子、歩行者、ベビーカー、見舞いの家族がロビーからエレベータに大挙する光景は見られない。したがって、スンに気づき、一度名札を見てまた顔を見る、という患者も見舞客も——年配の白人が多いが——いない。チェルシーはミシガン州の中では比較的多くの人種が暮らしているエリアだが、それでも全住人の数パーセントは今でも驚く。エレベータに同乗しているやせ型で、目の細い韓国人が脳外科医だということに。そして話しかけるときは、五歳児を相手にしているかのようにゆっくり、大きな声で話す。日曜日の朝はだいたいエレベータ内にスンひとりだ。

日曜日の朝が好きな理由はもうひとつある。多くの場合、スンは院内で上級の外科医になれる。ほんの数時間、チェルシー総合病院のキングになれるのだ。たいしたことではない。上級の外科医といってもなんの権力もないし、そうなれるのは単なる数字のマジック、認識の違い。また、宗教その他の理由から日曜日の朝に仕事をしたいスタッフ医師が少ないだけのことだ。

原理上、上級の外科医なら医者や看護師に「きみなどクビだ！」といえるはずだ。実際に今まで何度かいったこともあるが、もちろん笑い飛ばされて終わりだった。月曜日の朝には復職できる。それでも、日曜日のスンはチェルシー総合病院の磨きあげられた廊下を、ふんぞり返って歩いた。

この日曜日、スンはいつも以上にうきうきしていた。脳深部刺激術の予定が入っていたからだ。患者の名はルース・ホステトラー。ミシガン・オハイオ州境付近にある、スンの聞いたことのない町の住人だ。ルースは最初、手術は日曜日以外がいいといった。しかし、神は安息日はわれわれのそばにいてくださる、と夫にいわれて承諾した。

ルースは三十五歳で、この二年半、難治性の振戦を患っていた。手が激しく振るえ、書くことも、車の運転もできない。食事も困難で、体重が二十キロ近く減った。症状が出はじめた頃は太めだったが、体重は減る一方で理想体重を割り、今ではがりがりで気の毒なほどだ。

ルースはプリント柄のコットンのワンピースを身に着け、少女のように化粧気がない。石鹸のコマーシャルに出てくる女優か、西部開拓時代の映画に出てくる女性役の女優のようだ。ホステトラー夫妻はパキスタン人医師の紹介状を持って二週間前、スンの診察を受けにきた。その医師はスンの下でレジデントとして学び、今はオハイオ州郊外の田舎で、Ｊ１ビザで一般家庭医として働いている。

初診で訪れたスンの研究室で、夫のレヴィは両手を膝に置いてスンのむかいに座り、ルースは河口の泥水から引きあげられた、やせた魚のようにベッドに横たわっていた。夫婦はスンにたずねた。手が振るえるのは神からの啓示ですか？　自分たち夫婦が犯した罪のせいで、妻が罰を受けたのですか？と。スンは首をふり、夫婦の質問を一蹴した。スンは以前、待合室で祈りを捧げていた患者家族を叱った経験がある。目をつりあげて待合室に入るなり、大勢の前で下手な英語で怒鳴ったのだ。「神様なら、あんたたちの家族が手術を受ける三番手術室にいる。今頃祈ったって、信用されていないと思うだけだ」と。

「神は奥さんの症状になんの関係もない。奥さんに罰を与えているものがあるとすれば、それは脳だ」パクは冗談めかして笑ったが、ホステトラー夫妻は真剣な表情のままだ。

「先生、神のなさることは謎に満ちています。そして、神のなさるすべてには理由があります」レヴィがいった。「われわれは理由があって先生のもとに送られたと信じています。ひょっとして、先生は神の言葉が聞ける方ですか？　イエス・キリストと個人的なつながりはお持ちですか？」

スンは間髪入れず立ちあがり、夫婦を診察室から出ていくようせかした。

「ここは教会ではない。病院だ」なまりのある英語で怒鳴った。「私は神など信じない。科学を信じる。データを信じる。結果を、事実を」一瞬言葉を切り、夫婦をにらむ。「神の話がしたいなら、カーン先生にいって、予約をとってもらうといい」

ルースが診察室を出たところで立ち止まった。話したいことがあるようだ。

「事実をお話しします。先日、ワインを一杯飲みました。祖母に、治るかもしれないよ、とすすめられて。私は普段お酒は飲みません。聖書で禁じられていますから。でも、どうなったと

7

思います？　この一年で初めて、振るえが止まったんです」

スンは信心深い夫婦を追い出し、ドアを閉めようとしていた。しかし、手が止まった。がぜん興味がわいてきた。

「普段、お酒は飲まない？」

「そうです」

スンは目で夫に確認した。

「その通りです」

「うつ病の薬は何か飲んでいますか？　リチウムは？」

「いいえ」ルースがこたえる。

じつに興味深い。スンはレヴィに訊いた。

「眠っているとき、振るえはどうですか？」

「ええ、眠っているときもです」

スンは夫婦を追い出そうとしていたことなど忘れ、また呼び入れた。興奮した様子でメモをつかむ。

「座って。これは本態性振戦かもしれない。治療できるかもしれない」原因不明の振戦の多くは飲酒によって症状が悪化するが、本態性振戦は飲酒によって症状が緩和されるという特異な特徴がある。

夫婦は顔を見合わせた。早口でよく聞き取れないが、担当医が目を輝かせているのを見てほほ笑んだ。レヴィが体を乗り出し、スンの左薬指の結婚指輪を見てうなずいた。

「先生も結婚しているんですね。ルースが自分の奥さんだったら、どうしますか？」

スンは背筋を伸ばした。口元をあげ、にっと笑う。

「やっとその質問か」

レヴィは一瞬きょとんとしたが、スンは右手で右の大腿四頭筋をたたき、大声で笑いだした。夫婦も弱々しくほほ笑んだ。患者はいつも「先生は自分が患者だったらどうしますか」、「奥さんが患者だったらどうしますか」、「娘さんが患者だったらどうしますか」と訊いてくるが、スンはつねに冗談で返す。まったくばかげた質問だ。この患者が自分の妻だったら？　患者は自分で考えたがらない。なぜ、合併症の危険性はどうなんですか、とたずねないのだろう。

笑いがおさまると、スンは真剣な顔つきで夫婦にいった「私は最先端の科学を実践する。それだけです」


手術の一週間ほど前、スンはルース・ホステトラーの治療について検討するため、ウェイ・ヨー、ヒュン・キム、マヘンドラ・クマール、アイシャ・アリ、ラシュミ・パテル等、自分が指導する外国籍レジデントを集めた。この若い医師たちのほとんどは、優秀な外国人医師としてアメリカの医科大学に招かれたが、それを断った。そして、自らアメリカの医科大学に入学して優秀な成績で卒業し、だれもがうらやむチェルシー総合病院の外科レジデントの、あるいはそれ以上に狭き門である脳外科フェローのポストを手にした。

7

集まった五人のうち、恵まれた環境で育ったのはラシュミだけだ。ラシュミはムンバイの高台にある高級住宅地で育った。今、ラシュミと四人——中国人、韓国人、インド人、パキスタン人——は、スンがいうところの「卒後研修」として指導医の前に立っている。共通言語は——それぞれになまりがあり、ときに文法間違いもあるが——英語だ。五人とも競争心、一歩ごとに困難が待ち受ける世界で成功したいという意欲、スンへの信頼を共有している。スンは五人に約束した。外見やコネでこの世界を有利に渡っていく白系米国人より、きみたちを立派な医者に育ててみせる、と。スンの研究室で行われる容赦ない口頭試問も、その一環だ。

「深刻な本態性振戦に対する伝統的治療は？」

「抗けいれん薬です」アイシャがこたえた。

「ほかには？　それだけじゃない。基本中の基本だ」全知の神のような顔をしているが、スン自身も事前に少し調べる必要があった。

「βブロッカー」マヘンドラがこたえた。

「だれにでも？」

「と思います」

「違う」スンはいった。「βブロッカーは高齢の患者に錯乱を引き起こす可能性がある。βブロッカーは比較的若い患者の治療法だ。副作用は？」

マヘンドラは一瞬黙り、困った顔をした。

「疲労感。息切れです」

「マヘンドラ君、よくある副作用をいってみただけだろう。たまたま正解だが、推測は危険だ。患者の命に係わる」

「βブロッカーの副作用には疲労、息切れ、目まい、吐き気があげられます」ラシュミの英語はイギリス英語なまりだ。「さらに深刻な副作用としては、低血圧、運動失調、注意力散漫があげられます」

「本態性振戦にはまだべつの薬があることを忘れている」スンはラシュミにむかっていった。最初に質問した相手は違ったが関係ない。議論が白熱してくると、スンはレジデントを質問攻めにする。出る杭は打つ。スンの考えによると、こうすることでハングリー精神が養われる。

「ウェイ君？」

「ベンゾジアゼピンです」

「ほかには？　基本中の基本だ。今朝は何時まで寝ていた？」とんでもない。ウェイは昨晩ほとんど寝ていない。病院は三十時間連続勤務、そのうえ母語ではない言葉での勉強にときどき半べそをかきつつ励む毎日だ。睡眠時間は平均三、四時間しかない。ウェイの勤務体制は、同じく外国籍の同僚の中でも特に厳しい。まわりからは「ロボット」と呼ばれている。もちろんほめ言葉だ。

「だれか？」スンは五人を見渡した。全員うつむいてもじもじしている。「炭酸脱水酵素阻害薬だ」

だれもこたえられなくて内心ほくそ笑んでいたが、スンはあきれたように大きく首をふって

7

ひとりひとりの顔を見た。「五人とも医師としてまだまだだ。もう一度大学でやり直したらどうだ。でなければ、推測でやっていける科に行くか？　月並みな答えを出していればやっていける科に進路変更するか？」スンはマヘンドラをにらんだ。

「さあ、患者と本態性振戦の話に戻る。企図振戦と本態性振戦の違いは？」

「企図振戦は随意運動中の運動異常です」ヒュンがまっ先にこたえた。黙ったままだとスンに指摘されるし、仲間には弱虫だと思われてしまうからだ。出席者全員、スンの容赦ない詰問を平等に受けて立つ、というのが無言のルールだ。

「病因は？」

「大脳・小脳系の異常です」

「本態性振戦の治療法は？」

「最も一般的なのは投薬治療で――」

スンが割りこんだ。「それくらい私の娘でもわかる。イソニアジド。ほかにもオンダンセトロン、プロプラノロール、プリミドン。どれもあまり効果的ではない。今回の患者に対する外科的治療を考えてみよう」スンは本能的にルースの名を口にすることを避けた。何百時間練習しても、「r」と「th」の発音は苦手だ。一生うまく発音できそうにない。

「脳深部刺激はどうですか？」アイシャがおずおずといった。

「患者に対してもそんな自信のない話し方をするのか？　片言の外国語でトイレの場所でもたずねているみたいだぞ」

「いえ。でも、それが最終手段だと思います」スンの外国籍レジデント集団は院内でも有名だが、アイシャは特に優秀だ。

「二十年前から用いられている治療法で、成功の確率も高いです」

そもそも、スンは五人を集める前からすでに脳深部刺激を行うことに決めていた。


手術当日の日曜日の早朝、ルース・ホステトラーは頭に大きな器具をつけ、磁気共鳴画像装置《MRI》の中に横たわっていた。定位脳手術用フレームは、大航海時代に水平線から太陽や月の角度を測るのに用いられた六分儀を巨大にしたような形だ。用途もよく似ている。これを用いてプローべで脳内の正確な座標をさがし、患者の振戦を止めるのだ。金属製のモヒカンカットのような、頭頂部にあるフレームの曲線に沿って、数字が書いてある。これによってドリルで穴を開けるべき位置が正確にわかる。

ＭＲＩの中で、装置が一定したリズムで患者の脳内に強力な磁気パルスを送っている。装置内部の磁場が患者の細胞内の原子を整列させ、その後すぐに定常状態に戻す。この過程で発した微弱なエネルギーが測定され、その情報を元に装置がルースの脳の輪切りの画像を作り、最後には立体画像が完成する。大脳の奥深い場所に、スンのさがしている場所がある。脳の中央付近にある、視床中間腹側核と呼ばれる小さな灰色の場所だ。定位脳手術用フレームの座標により、脳に進入すべき点が示された。

ルースは車椅子で手術室に戻ってきた。膝の上で手が、音は立てないものの激しく振るえて

7

いる。手術室には脳外科フェローその他——全員研修期間後、スンの下で一年間実習している若い医師——が数人集まっていた。スンほどフェローやレジデントをこき使う医師はいないが、この若い医師たちは——改めていうが、その大部分は外国人だ——この無愛想で、手厳しく、頭脳明晰な外科医の指導が受けられることを誇りに思っていた。手術室内で患者の頭は固定されたが、手は激しく動きつづけている。

集まった見学者を見てスンは高揚した。こんなに大勢が見学にきたのは初めてだ。と同時に、本態性振戦患者に脳深部刺激手術を行うのも初めてだ。患者は局所麻酔なので、キン・チャン医師がドリルで穿頭している間も覚醒している。ドリルの音を意識させないため、患者自身が選んだBGMを流して手術を行う脳外科医が多いが、スンの考えは違った。そんなことをしてもさらに気が散るだけだ。キン・チャン医師が穿頭するとすぐに、スンは前に出た。レンズの小さい外科手術用眼鏡をかけている。

「これから脳深部刺激を始めます」スンはいった。定位脳手術用フレームに記された線に沿ってプローベを少しずつ進め、MRIが示す深さまで進める。手術室の隅に立っている技師にうなずいて合図する。脳深部刺激装置の電流量を示すダイヤルは、スンが事前に選んでおいた数値に合わせてある。技師がボタンを押し、プローベに電流が流れた。

ほんの一瞬、ルースが恐怖の表情を浮かべた。

「神様、お願いです、やめてください」ルースはそういったかと思うと、くぐもった悲鳴をあげた。見学していた医師たちは全員後ずさったが、スンはびくともしない。身じろぎもせず、満足げな表情だ。

スンはプローベを抜いた。ルースの苦しげな悲鳴は止んだが、呼吸はまだ荒い。何度も目を閉じては開けている。つい今しがたの体験を記憶から消し去ろうとするかのように。スンは自分の処置によって、恐怖のどん底を経験して怯える患者に対して何もいわない。それどころか、ナイスショットを決めたテニス選手がラケットを見つめるかのように、プローベを見つめた。そして見学していた医師たちにいった。

「もし脳に『恐怖』の中枢というものがあるとすれば、たった今、私はそれを見つけた」スンはそばにいる助手にいった。「シン先生、一緒に論文を書くか?」

小さな笑いが起こった。どの声もマスクのせいでくぐもっている。

スンは再度座標を確認し、プローベを差しこんだ。軽くうなずくと、また電流が流れた。すると、今回は振戦がぴたっと止んだ。

「ホステトラーさん、左手で指を鳴らしてみてください」ルースが指を鳴らした。もう一度、今度は笑顔で。医師たちが拍手した。ルースのやせた頬を喜びの涙が伝った。

と思ったら、ルースの顔が赤くなり、なんともいいがたい表情になった。何かいおうとした口が、途中で止まった。スンは手術が成功したことに興奮するばかりで、ルースの変化に気づかない。

「シン先生、後をお願いします」

7

スンはそういって手術室を出て、研究室にむかった。まさしく教科書通りの手術だった。「本当に恐怖の中枢について論文でも書いてみるか」と思った。

二時間後、スンはフェロー、レジデント、医学生たちを後ろに従え、征服王か彗星のようにさっそうとルースの病室に入った。装置はすでに頭からはずされ、ルースはベッドで体を起こして座っていた。両手で夫の片手を握りしめ、夫の顔を熱心に見つめている。なんとも切なそうな顔つきだ。一方、夫のレヴィは眉をひそめている。おそらく祈りでは治せなかった病気を科学が解決したのが気に入らないのだろう、とスンは思った。レヴィがスンに詰め寄ってきた。

「これも何かの冗談ですか？」

意外な質問に、スンは一瞬言葉に詰まった。

「どういう意味ですか」

「妻のことです」

「ええ」スンは会話を自分のペースに戻そうとした。「振戦は止まったでしょう。手術は成功しました」

「振るえは止まった、しかし困ったことが」夫がいった。病室に集まった医師グループを気づかわしげに見て、スンに耳打ちする。「どこかべつのところで話せませんか？」

「当院は研修病院です。ご心配は無用です」

夫は深呼吸した。「わかりました。妻は欲求をおさえられないんです。その、性的衝動を」

「問題ありません。おふたりはご夫婦でしょう?」スンの言葉に、みんなくすくす笑いだした。

「先生」レヴィは怒りを露わにした。「本能的欲求を抑える能力があるからこそ、人間は動物と違うんです。発情した犬のような妻の姿など見たくありません。神のご意志に反します。ヤコブ書一章十四・十五節。『誘惑におちいるのは、それぞれが自らの欲望に誘われ、引きつけられるからである。そうして生まれた欲望は罪を産み、そうして育った罪が死を産むのです』」

スンはまた言葉を失った。しかし、この聖書おたくの夫に手術の成功を台無しにさせるわけにはいかない。怒るのは自分のほうだ。スンは怒りのあまり、いつも以上に発音も文法もおかしくなった。

「ホステトラーさん、奥さんの手は止まった。振るえない。食事できる。車、運転できる。仕事できる」いったん口をつぐむ。「新しい症状」気遣わしげにルースを見る。ルースは今にも寝間着の胸をはだけそうだ。「神から祝福かもしれない」

スンは返事を待たず、病室から出た。弟子グループもあわてて後を追った。

全員廊下に出たところで、最後尾の男子医学生が横にいた仲間に訊いた。「だんなはなんで怒ってたんだ? 追加料金を払ってほしいくらいだ。おれなんか、服役中の妻帯者以下だぞ」

8

ジョージ・ヴィラヌエヴァとタイ・ウィルソンはホットドッグとビールを手に、ドーム球場の特等席についた。思った以上にいい席だった。センターラインの近くで、フィールド全体が見渡せる高さにある。デトロイト・ライオンズとサンディエゴ・チャージャーズの試合が始まると、照明も音響も控えめになった。ジョージの太い声だけが、膿疱《のうほう》を切るメスのように静まり返った場内に響きわたる。

「で、その救命士は、イプシランティ（ミシガン州デトロイト西郊の都市）のある家から呼ばれた。駆けつけてみると、患者はぴんぴんしてたが、ひとつ問題があった。肛門に死んだばかりのカナリアが突っこんであった」ジョージはそこで言葉を切り、大口を開けてホットドッグを半分平らげた。

なぜ今そんな話を？　タイはとりあえずほほ笑んだ。ジョージとの試合観戦は楽しかった。ふたりはそれほど親しいほうではない。普段は診察や会議で顔を合わせるくらいだが、今回は、ジョージなりの「ＭＭではキツイことといって悪かった」という気持ちの誘いだ。タイはそれを素直に受け入れた。

「救命士はそいつを診察して、大真面目にこういった。『せいぜい腹いっぱい食って押し出すんだな』」

ジョージは大声で笑った。太鼓腹が大きく波打ち、紙トレイから二本＋食べかけのホットドッグが落ちそうだ。タイも声をあげて笑った。笑いがおさまると、ジョージはタイを見つめた。真顔だ。

「翌日、ケツからカナリアが飛び出した」

「本当に？」

「誓って本当だ」ジョージはいった。

ふたりともまた試合に視線を戻した。選手がウォーミングアップしている。ジョージはアメフトのプロリーグの試合、特にライオンズの試合では複雑な気持ちになる。ひとつは懐かしさ。試合自体に対する懐かしさではない。試合は過酷な戦いだ。オフェンスガードだったジョージは試合中はほぼずっと、ディフェンスラインや突進してくるラインバッカー、ときにはディフェンスバックをブロックしつづけた。ヘルメットに横からヒットされたり、フェイスマスクの中まで手を入れられたり、ときには目に指を突っこまれたこともある。そう、懐かしいのは仲間意識、一緒にプレーする仲間だ。チームはつねに一致団結していた。ともに勝ち、ともに負け、犠牲も成功も分かち合った。試合後は疲労が襲ってくる前に全員で街にくり出した。

以前ある解説者がこういった。アメフトのプロリーグで試合するのは毎週車で事故にあうのと同じようなものだ、と。最高のたとえだ。プロリーグは日曜日に行われるが、ある意味ＭＭと似ている。翌朝はベッドから起きるのが苦痛なことが多い。にもかかわらず、ジョージはエリートのアスリート集団の一員であることを愛していた。華やかなＮＦＬでプレーできること

8

を愛していた。そしてもちろん、どの選手がどのホテルに泊まり、だれがデートの相手をさがしているか正確に把握しているセクシーな女性ファンのことも。

試合を観戦するたび、ジョージはアメリカ中の高校生プレーヤーの父親がほぼ毎週金曜日の午後に経験しているはずの、形容しがたい感情に襲われる。ある種の恐怖とある種の切望。時間は過ぎ去り、そして、ある意味自分の時代は過ぎ去ったという実感だ。今、目の前のフィールドには、若い頃の自分と同じことをしている若者がいる。言葉を換えれば、自分はもう若くないということだ。「くそっ」ジョージがそう思った、そのとき、観客のほぼ全員がキックオフを見ようと立ちあがった。

タイは数秒遅れて立った。クインのことを考えていたにちがいない。ジョージはフィールドのほうに顔をむけた。しかし視線はライオンズのリターナーにむかって弧を描くボールではなく、リターナーを守るブロッカーが作る壁――ウェッジと呼ばれる――を追っていた。リターナーがボールをキャッチした瞬間、ウェッジは前進する。ジョージも新人の頃は、彼らと同じようなスペシャルチーム要員だった。スペシャルチームでは相手を恐れず、ひたすら強くぶつかれる選手が名を挙げる。パッカーズとのある試合で、ジョージは相手チームのラッシャー（ウェッジを破る役割の選手）を止める役を買って出た。ラッシャーが突っこんできて、ジョージは気絶した。無鉄砲なラッシャーはスタントンという名前だったが、彼もまたそのシーズンは戦線を離れた。

その試合の直後、以前からジョージがアメフトを続けることに反対だった父親は、ジョージとその件について話し合うことにした。親子は地元のホテルの食堂に入り、ブース席に座った。

母親は心配そうな表情だが、父親の表情は読めなかった。父親は喫煙がもとで肺を病み、外出するときは酸素ボンベを持ち歩かなければならず、つねにしかめ面だったからだ。ジョージは父親の血色の悪い顔と、やせた体を今もよく覚えている。

「おまえは頭がいい」父親はそういって、スペイン語で続けた。「とても頭がいい《ムイ・インテリヘンテ》」いったん言葉を切り、呼吸を整える。「父さんは工場で働きながらいつも、おまえはネクタイが必要な仕事をするんだろうと思ってた」また大きく息を吸う。「確かに、おまえの給料はいい。だが、やってることは父さんと同じだ。脳みそじゃなく、腕力にたよってるだけだ。おまえにはもったいない」

　父親はジョージを見つめた。話をするのはしんどいので、くぼんだ黒い瞳で思いを伝えようとしている。その場面を思い出すとジョージは泣きそうになる。父親はもっと話したいことがあったはずなのに、切れ切れにしかしゃべれなかった。父親は翌年亡くなり、アメフトを辞めた息子がどんな道を選んだか知ることはなかった。結局脳みそにたよることになった。しかし当時のジョージは、自分はだれよりも強く、だれよりもやんちゃだと思っている二十一歳の若造でしかなかった。

「そんなことより、父さん《パピ》、ライオンズが勝ったんだ。祝杯だ」

　ジョージは冷えたビアマグを掲げ、一気に飲み干した。父親はぴくりとも動かなかった。あの日、片足をすでに棺おけに突っこんでいた父親の半分死んだような目には、失望の色が浮かんでいた。複雑でない父親・息子関係なんて存在するのか？　父親の期待という重荷を背負わずに生きていく息子なんているのか？　それにしても皮肉だ。自分は「頭」を使う仕事に追われる毎日だが、やはりネクタイはしていない。パピは残念に思うだろうか。ふとわが息子のことを思った。ニックの人生も、やつに失望した父親であり息子であるおれに影響されるのか。

ジョージはビールをあおり、またフィールドに注目した。ライオンズがランプレーをあきらめたところだ。ファンの大部分はがっかりしている。しかし、ジョージはちゃんと見ていた。オフェンスガードは、ディフェンスエンドもラインバッカーもきちんとブロックしている。よしよし。おれよりはるかに優秀だ。

試合開始から二時間四十五分がたち、ジョージは応援のしすぎで声がかれ、十杯近いビールでろれつがまわらなくなっていた。ジョージの観戦の仕方は独特だ。どちらのチームがボールを持っていようと、オフェンスを応援する。ＥＲにいるときと同じ、まわりが見逃しがちのフィールドの動きにつねに注目している。

「ウィザースプーン、ナイスブロックだ！　おい、ミッチェル、ケツを蹴られた気分はどうだ？」ものすごい大声だ。選手にも半分は聞こえているにちがいない。

テレビ中継のタイムアウトの間、両チームの選手は、次のレースを待つ競走馬のように落ち着かない様子で立っている。ジョージはタイのほうをむいた。

「子どもがいた」

「いた？　今いるじゃないか」タイはいった。

「患者のことだ。今でも忘れられない。六歳の男の子だった。飲酒運転の車にはねられた」

タイは眉をひそめ、首をふった。その場面を想像してみた。普段は何があろうと動じない救命士たちが、うろたえた様子でERに駆けこんでくる。全員心の中で祈っている。間違いでありますように。ストレッチャーの上で動かない小さな体が、助かりますようにと。生命徴候がなかろうと、瞳孔が開いていようと、積み重ねた経験がどう判断しようと、海馬、つまり自分の子に関する主観的な記憶を蓄えている場所が、不合理な望みにすがりついている。患者はまだほんの少年だし、チェルシー総合病院には世界最高の医師が集まっている。だから、この子は助かるかもしれない、と。翌日も、翌週も、救命士たちは少年がその後どうなったか病院関係者にたずねる。訊く前から答えはわかっていても、訊かずにいられないのだ。

「運びこまれたとき、すでに脈は止まっていた」ジョージはいった。「頭はおれの頭より大きく腫れ、体は傷だらけだった。その場で死亡宣告したいくらいだった」一瞬口をつぐむ。「心肺蘇生をやった。ステロイドも、エピネフリンも、思いつくことは全部。だが、だめだった。今回のタイのケースが起きるまで、その子のことは何年も忘れていた。まわりのやつらに訊いてみるといい。全員、似たようなケースは経験している」タイは胸が詰まった。

ジョージはフィールドに視線を戻した。話の続きがあるのかと思ったが、ジョージはまたオフェンスを応援している。今回はライオンズのオフェンスだ。

「ナイス・ブロックだ。スミス、いいぞ」

「ジョージ、」タイは喚声に負けないよう声を張りあげた。あごでフィールドをしめす。「あそ

8

こに戻りたいかい？」

「両膝をやられて、人工膝関節全置換術《TKA》を二回もやる羽目になる前に足を洗って、正解だった」

目は選手を見たまま、話を続ける。「ミッキー・マントルが、『野球に未練がありますか？』と訊かれてどうこたえたか知っているか？　『仲間に未練がある』」ジョージはそういって大きくうなずいた。

ビールの売り子が通路をあがってきた。ジョージは大皿のような手をあげた。

「おい、こっちだ。ふたつくれ！」

このところ、タイは例の「男の子」について考えてばかりいる。クインの母親、アリソン・マクダニエルについてはそれ以上に。「息子は私のすべてなんです」といったアリソンは、とても誇らしげだった。タイはアリソンに何か伝えなくてはならない気がした。それに、その後どうしているかも気になる。そうだ、たずねてみよう。顧問弁護士も同僚も常識も、すべてが「やめろ」というにきまっているのは承知のうえだ。

9

ティナ・リッジウェイは病院の最上階にある外科部長室を、約束の時間に訪れた。ハーディング・フーテンと顧問弁護士はそれぞれ、デスクの前に置かれた椅子に腰かけて待っていた。嫌な予感がする。フーテンは白衣姿で、ストライプ柄の蝶ネクタイをしている。弁護士は地味だが高そうなスーツを身につけている。どちらの顔も笑っていない。前回ティナが外科部長室を訪れたのは、この病院に指導医として雇われることになったときだ。そのときはだれもが笑顔だった。

「そちらに」フーテンが手でソファをしめした。ティナが座ると、フーテンは蝶ネクタイを直し、そして話を始めた。「ロビドー医師の件で来てもらった。ロビドー医師の手術の結果として当院に対して起こされた訴訟について、今、弁護士のトッド先生と相談していたところだ。もちろん、保険には入っている。しかし、大きな判断に金でかたがついたとしても、当院にとって最善の解決策とはいえない。私からCEOに連絡し、今回の件について知らせた。想像はつくだろうが、すんなりとは行かなかった」

「フーテン先生」ティナはいった。「その判断をしたのは私です。ロビドー医師に手術をまかせて大丈夫だと判断しました」

「今回のような手術をレジデントにまかせるのは問題だ」

「日常的にやっていることです。昔から医学教育の現場でよくいいますよね。『見て、実践して、さらに人に教えて学べ』と」

「きみは指導医だ。きみのほうが腕がいい」

「当然です」

「だが、今回の場合――」

「今回の手術も、この病院で日常的に行われている何百というケースと同じです。指導医がすべての手術を執刀したら、レジデントはどうやって学べばいいんです？」

フーテンはため息をついた。ティナに食ってかかられて不機嫌だ。深呼吸し、最初からやり直すことにした。ビルの屋上から飛びおりようとしている人を説得するような口調になった。

「きみも私も知っての通り、患者は最高の医療を求めてこの病院を訪れる。そして、われわれはおおむねその期待にこたえてきた。これはきみや当院の医師全員の技術の証だ。人々がどう噂しているか知っているだろう。『もし銃で撃たれたり、交通事故にあったりするなら、せめてチェルシー総合病院のそばで』だ。この冗談のような言葉は、施設のことだけをいっているわけではない。当院は非常に難しい外科手術も多く行っているが、合併症はほぼ皆無だ」

フーテンはそこでまたため息をついた。両手は前で組んでいる。ティナは口元を引きしめ、ソファに浅く腰かけたまま、フーテンがミシェル・ロビドーを解雇するつもりかどうかをいうのを待った。

「ところで、嗅覚を失った例の若いシェフのことだが――」

「今回の副作用は、ベテランの外科医にも起こりうることです」ティナはすかさずいった。思った以上に弁解するような、感情的ないい方になってしまった。

「最後まで聞いてくれ」

膝の上で両手を組み、親指でスマートフォンをスクロールしていた弁護士がきゅうに顔をあげ、初めて口を開いた。「しかし、ミシェル・ロビドー医師はベテランの外科医ではありませんよね？」

ティナは弁護士をにらみ、またフーテンに視線を戻した。

「ティナ君、問題の核心に入ろう。トッド先生はこういっている。当院はミシェル・ロビドーとの契約を即刻、打ち切ってはどうかと」

ティナは真っ赤になった。胃がむかむかして一瞬言葉を失った。心の中で十数え、気持ちを落ち着かせる。「つまり、切り捨てるんですね。フーテン先生、ここは研修病院です。われわれ医師が指導し、レジデントは学ぶ。解雇なんてありえません。罰を与えたいなら私に与えてください。彼女に今回の手術をまかせたのは私です」

「きみがそのレジデントを熱心に指導しているのは知っている。だが、彼女は当院にふさわしい人材では――」

「こんなの間違っています。先生もご存じのはずです」ティナにはそれ以上いうことがなかった。唇を固く結び、フーテンをにらんだ。

9

弁護士がフーテンのほうを見ていった。「今回の件で当院は大きな損害を受けています」ティナはミシェルにふりかかる一連の出来事を想像した。ミシェルは仕事も収入も、医学界でのポストも失う。法的代理人も、わずかばかりの自尊心も失うだろう。そして、おそらくはルイジアナ州に帰り、家族にこういわれるはずだ。ほら、見たことか。あんな有名な病院で自分が通用すると思っていたのかい、と。その後ミシェルはどうなるだろう？　一族で初めて大学を出たミシェルがその後の数日、数ヵ月間をどのように過ごすか想像し、ティナは胸が締めつけられる思いだった。

「私がどういっても何も変わらないようですね」ティナはそれだけいうと立ちあがり、部屋から出た。

「きみもスタッフ医師のひとりだ」フーテンが後ろからいった。ティナはふり返らなかった。

スン・パクはスポットライトを浴びて嬉しかった。たとえMMの舞台だとしても、ルース・ホステトラーの術後の副作用である禁じられた性衝動について説明しなくてはならないとしても。スンはこれまで、最初は韓国、そしてアメリカで、長年黙々と努力してきたが、人々の前に堂々と立つ機会など一度もなかった。ここに集まった中で最も聡明な医師が、いつも下から上を見あげているだけなんてつらすぎる。スンは自分がこの部屋で一、二を争う聡明な医師だと確信していた。

スンは階段席の医師たちを見渡した。同僚の脳外科医ティナ・リッジウェイ、タイ・ウィルソンは並んで座っている。ティナは頭は切れる。タイは魔法の腕前はあるが知性はない。どちらもデータ・研究・知識すべてに卓越したスンの敵ではない。ハーディング・フーテンは理論的に攻めるのは得意だが、そろそろ引退だ。スンが仕事にそそぐ荒々しいほどの積極性にかなうはずがない。

「一八四八年、フィネアス・ゲージに起きた事故については皆さんご存じですね」スンは話しはじめた。「彼はバーモント州の鉄道建設技術者でした。岩を爆破する作業をしていたところ、頭に約六キロの鉄の棒が突き刺さりました。棒は左頬から前頭葉、そしてここを貫通しました」スンは額のすぐ上を指さした。

「そいつはドクターヘリでチェルシーに運びこまれたのか?」ジョージがいった。あちこちで小さな笑いが起こる。

「七時に回診があるんだ。昔の話はいいから二十一世紀に戻ってくれ」後ろの席のほうからだれかがいった。

「『手痛い』コメントだ」三人目の声がいった。スンは眉をひそめた。

スンは思った。アメリカ人はなんでもジョークにしてしまう。人生は義務・名誉・家族という法に従うべき真面目なビジネスなのに、アメリカ人は、自分たちは十数秒おきに人工的な笑いが差しはさまれるテレビ番組同様のコメディーの世界に生きていると思っている。おそらく、アメリカ人の脳の「快楽中枢」は幼い頃に回路が組み替えられるのだろう。幼い頃のスンは、放課後は家で勉強をしているか、ヴァイオリンの練習をしているか、両親の営む今にもつぶれ

9

そうな小さな雑貨屋の手伝いをしているかだった。

スンにとって不愉快なアメリカ人気質は、ほかにもいろいろある。アメリカ人はつねにせわしい。食事も車の運転も早いほうがいいと思っているし、行動に落ち着きがない。テレビのチャンネルを次々に変える。見出し、要旨、概要を読んだら、またすぐべつのことに移る。一つのことをちゃんと理解してから次のことをしたらどうだ？　今、スンはここで医師たちに贈り物を、脳損傷の本質に関する考察という作品を提供しようとしている。それなのに、「早くしろ」とせかしてくる。ここに集まった医師のだれひとり、人類の歴史から見ればほんの一瞬の間に医学が獲得した幅広い知識を享受しようとしない。スンは顔が真っ赤になった。結果、ただでさえ下手な英語が早口になり、文法もおかしくなってきた。

「ご存じのとおり、フィネアスは生きましたが、変わりました。性格、悪くなりました。汚い言葉、使う。理性なくなりました。フィネアスがポケットいっぱい小石を集めてきて、担当医師がほうびに千ドルあげるというと、フィネアスは『いらない』いいました」

「パク先生」フーテンが穏やかな口調でいった。「フィネアスの話はまたべつのときにして、ルース・ホステトラーさんの件について話していただけますか？」

スンはため息をついた。医学史から入ろうとしたが失敗した。そこで説明を始めた。患者はプリント柄のワンピースを身に着けた、少し変わったところのある女性でした。患者の頭に定位脳手術用フレームをつけ、それを頭皮から頭蓋骨に刺した数本のスクリューで固定しました。それから頭頂の右側を十四ミリ切開し、穿頭ドリルを使って脳を露出。その後、細いプローベを、前日の夜に完璧に測定しておいた通り、脳内に慎重に刺しこみました。微弱な電気を流し、深部脳組織を刺激したところ、患者の振戦は止まりました。しかしながら、奇妙な副作用が生じました。この信心深い女性の性的衝動を目覚めさせたのです。

「その副作用、つまり性的衝動は夫に対してだけか？　それとも、この部屋にいる男性全員に対しても？　例えば、きみにもか？」ジョージの質問に、下品な笑いが起こった。

「ジョージ先生にその患者の電話番号を教えてやったらどうだ」後ろの席からだれかがいった。

「静かに」フーテンがいった。「ここはロッカー室ではありません。過ちから学ぶための、由緒ある会議の場です。より優れた医師、より優れた病院を作るための場です」

「ルース・ホステトラーさんは現代のフィネアス・ゲージです」スンは続けた。「脳についてわれわれが知っていることは多い。しかし、今もまだ知られていないことも多い」

「次にまた同じような症例があったら、手術の方法は変えますか」フーテンがたずねた。

「副作用の原因はわかっていませんから、ノーです。同じことをします」スンはそうこたえ、さらに考えた。「選択肢はふたつ。深部刺激はしないで、投薬で治療する。ふたつ目は、深部刺激する。この場合、後遺症は否定できない事実受け入れる。私はこれ選びます」

「よくわかりました」フーテンはまずスンにそういい、そして集まった医師全体に対し「今回の症例を教訓にしてください」といった。

まわりの医師とともに部屋を後にしつつ、タイはティナにいった。「セックスをする理由には二百三十七通りの理由があるっていう論文、読んだかい？」

9

「残念ながら」ティナは笑いながらこたえた。

「一般的なのは『酔っぱらっていたから』、『楽しむため』、『赤ちゃんがほしいから』。『自分を肯定したいから』とか、『神の存在を感じたかったから』とか、『復讐のため』とか、『権力をしめすため』というのもあった。二百三十八番目を加える必要があるね。脳深部刺激のせい、だ」

「今回の件が有名になったら、豊胸手術より人気が出るかも」

「まちがいない」

廊下に出ると、ティナは右、タイは左をむいた。

「こっちじゃないの？」

「ちょっと用事があるんだ」タイはこたえた。


医師が患者のカルテを見るには指紋認証が必要だ。病院のソフトウェアは、車の事故でチェルシー総合病院に運びこまれたミシガン州出身のアメフト選手の血中アルコール濃度や、ラップスターの検査結果を医師が勝手に見られないようにしてある。違反した場合には罰則がある。医師が担当外の患者の電子カルテを見ることは許されない。チェルシー総合病院では以前、あるシニアレジデントが興味本位でラップスターのマリファナ・コカイン歴を調べ、整形外科研修プログラムから追い出されたことがあった。ちなみに、ラップスターは両方陽性だった。

タイは病院の人気《ひとけ》のない場所のひとつ、小児科の部屋においてあるコンピュータの前に座った。自分がクイン・マクダニエルのカルテをチェックしても特に問題はないはずだ。クインの主治医だったのだから。脳外科医として最も屈辱的な症例のカルテを見直すなんて偉くないか？　ソフトウェアもそれを監視している係も、タイがクインの酸素飽和度が消えた時刻や、死亡宣告までの総輸血量に無関心だったことなど知りようがない。ほしい情報はひとつだけだ。タイはアリソン・マクダニエルの住所と電話番号を書きとめた。

タイは職務上は何も悪いことをしていないにもかかわらず、まわりをうかがった。まるでジェイムズ・ウォージー（ロサンゼルス・レイカーズで活躍した人気バスケットボール選手。一九九四年に引退）のレプリカジャージを万引きしてズボンの中に押しこんだ後、ガードマンに見られていないかチェックしているみたいだ。兄の死後、タイは荒れ、万引きをくり返した。捕まえられるなら捕まえてみろ、という気持ちもあった。一度、スポーツ用品店でバスケットボールの入った箱を開けて取り出し、同じく売り物の空気入れで空気を入れ、持参していた油性マジックで自分の名前を書き、そのままドリブルして店から出たことがあった。しかし、捕まらなかった。当時からタイは器用で大胆だった。

小児科の部屋を出たところで、モニク・トランとぶつかりそうになった。モニクは年配のヴェトナム人女性の車椅子を押していた。モニクはクイン・マクダニエルの手術を手伝っていた看護師だ。当日の夜、手術室でクインが命の火が消えていくのを見ていた。タイは幽霊でも見るような目でモニクを見た。

「きみ、こんなところで何してる、って顔ですね」モニクはジョークをいった。

「申し訳ない」タイはいった。「ちょっと気がかりなことがあって」タイは引きつった笑みを浮かべた。

9

「みたいですね」

モニクは手術室ではいつも白衣にフェイクのヘビ皮のサンダルなので、普段着だとかなり印象が違う。

「ウィルソン先生、私の祖母です」

タイは患者だと思っていた車椅子の老女に視線を移した。モニクと似た細面の顔だ。小柄で、車椅子に埋もれるように座っている。このサイズの車椅子に体がおさまる患者はそういない。

「初めまして」タイがいうと、モニクの祖母は軽く頭をさげた。

「英語はほとんどしゃべれないんです。人工股関節のための検査をしにきたんです。病院は嫌だといってたんですけど、痛くて眠れなくなってしまって。昔の人だから、痛がるのは弱虫だと思ってるんです。Tシャツに書いてあるの、見たことありません？『痛みは体の弱虫サイン』って。それ、うちの祖母のことです」

「知らないな」タイは思った。モニクは服装だけじゃなく、何かいつもと違う。手術室ではほとんど口をきかないから、こんなにしゃべったのは初めてだが、それだけじゃない。

「先生、そろそろ診察の時間なので失礼します。経験豊かなおばあちゃんが手術台でなんていうか、今から楽しみです。たぶん、故郷の国の格言を引き合いに出して何かいうと思います」

タイは身をかがめ、モニクの祖母と笑顔で握手した。「手術はどの先生が？」

「デイヴィッド・マーティン先生だと思います。いい先生なんですよね？」モニクは少し心配そうだ。

「まあね。いいかい、普段こういうことはあまりしないんだが、トム・スピネリ先生を推薦する。もし僕がやってもらうなら、彼にお願いするね」タイはいった。

モニクはタイに礼をいい、ウィンクしてまた車椅子を押した。モニクの祖母が軽く頭をさげた。モニクは赤ん坊を産む決心をしてから、家族について考えるようになった。今すべきことは、父に賛成してもらうこと。そして、白人の、しかも南部出身の男に妊娠させられたけれど、結果としては正解だったとわかってもらうことだ。それに——彼はヴェトナム語がうまくなってきている。両親も喜ぶにちがいない。

タイには話さなかったが、モニクという名は祖母にちなんでつけられた。祖母の本名は「平和」を意味する「ビン」だ。しかし、サイゴンにあるエコール・サン・ポールのシスターたちは祖母をフランス語の「モニク」という名で呼んだ。トラン・ビンは小学校、中学校時代を「モニク」として過ごし、その名で呼ばれた自分をいつくしんだ。「モニク」という名は今も、戦争が日常生活を侵食する前の、平穏な子ども時代を祖母に思い起こさせる。

モニクの祖母は三十五歳のとき、四番目の子ども——モニクのおば——の妊娠中にヴェトナムを離れた。一家はヴェトナムではタン・ソン・ニャット飛行場近くの緑豊かな地域で満ち足りた生活を送っていた。祖母の父親は実業家で、有力な知人が大勢いた。祖母の夫トラン・ヴァン・ヴォンはその手伝いをしていた。しかし、祖国を離れ、生活は一変した。

祖母は昔のことはほとんど話したがらない。カトリック系慈善団体から資金援助を受けるまでの六ヵ月間、トラン一家はタイ国内のテント村で不快で危険な生活を送った。アメリカに到

9

着して数日後、祖母は家計を助けるために箱の製造工場で働きはじめた。子どもたちの世話は近所に住んでいた年配のヴェトナム人女性か、当時まだ十二歳だったモニクの母親にまかせた。

その後モニクの母親の夫となった父親も、元は難民だった。ヴェトナム難民の結束は固い。モニクはため息をつき、車椅子を押して手術準備室に入った。点滴が始まったら、祖母に赤ん坊のことを話そう。祖母ならきっとわかってくれる。

10

シドニー・サクセナははっと目覚めた。タウンハウス（連棟住宅）の窓に、冷たい雨が打ちつけている。しかし、午前四時にシドニーをいきなり、完全に目覚めさせたのは、突風でも激しい雨でもなく、ひとりの女性患者のことだった。患者の名はジョアンナ・ウィットマン。ミシガン州アナーバー市職員で、五十二歳の太ったアフリカ系アメリカ人だ。ジョアンナはシドニーの患者ですらないのだが、総回診の際に症状について聞き、それ以来ずっと気になっている。かゆくてたまらない気持ちだった。

シドニーは「謎」というものが嫌いで、つねに答えを求めた。しかも、ほぼ病理組織学レベルで。そして、この患者の症状はチェルシー総合病院のだれにも解読できない暗号のようなものだった。もちろん、シドニーがこの謎を解きたかったのは、解読に成功したかったからである。ジョアンナのことは何も知らない。子や孫がいるのかどうかも知らない。顔さえ見たことがない。シドニーにとって、これは感情を排除した医学上のパズルだった。

ジョアンナは三ヵ月前、鼻水、頭痛、咳《せき》の症状で病院を訪れた。本人は数日前に夫とベネズエラ北西海岸沖のアルーバ島に旅行して帰国したばかりだったため、飛行機の中で人の風邪がうつったのだと思っていた。問診と身体所見をとったジュニアレジデントは、ウィルス感染と診断し、「そのうちに治ります」といった。しかし、ジョアンナは二週間後また病院に来た。熱がさがらず、特に夜はひどく、階段をあがると少し息切れがし、咳も止まらないとのことだった。今度はべつのレジデントが診察し、咳止めのコデインと、アモキシシリンとバクトリムも処方した。また、感染症の悪化を防ぐため、抗生物質は処方した分を必ず飲むようにいった。
「はいはい、知ってます。抗生剤に耐性のある細菌も怖いですからね」ジョアンナは咳をしながらいった。心配することは何もなかった。ジョアンナは医者のいうことをきかないタイプにも、心気症（健康を気にしすぎる人）にも見えない。どことなく堂々とした雰囲気さえあった。レジデントは「良くならなかったらまた来てください」といった。

その通りになった。ジョアンナは一ヵ月後、三度目の診察を受け、気管支炎と診断された。そしてまた処方箋を抱えて帰った。咳は続いた。

四回目の診察の際、ジョアンナは胸部X線写真を撮ったが異常なかった。しかし、何かがおかしかった。血中酸素飽和度（正常は九十七〜百パーセント）は八十四パーセントと低い。呼吸のたびにわずかな胸痛を訴える。四回目のときジョアンナを診察したシニアレジデントは、喘息《ぜんそく》を伴う気管支炎と診断した。ジョアンナはさらに薬を処方され、吸入器を持たされた。病名も薬も増えていくばかりだが、症状はいっこうによくならなかった。むしろ悪くなっていった。

この二週間、ジョアンナは姿を見せなかったが、つい昨日また病院に来た。この三ヵ月で五回目だ。今回は息切れを訴え、一日入院することになった。黒い肌でワイシャツにネクタイ姿の夫が付き添い、ベッドの横でジョアンナの手を握っていた。かなり心配そうな表情だが、それも当然。妻を診察した医師全員、新米レジデントやシニアレジデントからスタッフ医師までが困っていた。症状について経験に基づく推論をするか、いくつかの可能性を除外するために投薬か検査を行うしかない状況なのだ。ジョアンナのカルテは膨らむ一方。つまり、正確な診断に困っている証拠だ。ジョアンナは青ざめ、病的で、さびしげだった。回診にきた医師がジョアンナのベッドから離れると、ひとりのレジデントがジョアンナに聞こえないよう皮肉をいった。「カルテにGOKと書いておきましょうか」と。GOK＝「神のみぞ知る《God Only Knows》」だ。

シドニーは回診のシニアレジデントにジョアンナのことを聞いてから二十時間ずっと考えていた。シドニーは心臓外科医で、一般内科医ではない。にもかかわらず気になってしかたなかった。何かがおかしい。患者は何種類も薬を処方されたが、どれもまったく効かない。少なくとも、効いていないようだ。

ジョアンナは煙草は吸わないが肥満体型。肥満は万病の元だ。ジョアンナの体重はシドニーの二倍はあるだろう。しかし、過去に脚が痛んだり、むくんだりしたことはあったというが、今のところ日常生活に支障はないようだ。

では、知らないうちに風媒の刺激物もしくは有毒薬品に接触したのだろうか？　研究によると、ごみ廃棄・処理施設はマイノリティーや低所得者が多いエリアに設けられることが多いという。しかし、ジョアンナは市の都市計画課の中間管理職で、住居もシドニーが住んでいるところからそう遠くない、中間所得層が暮らす住宅街に住んでいる。

外科医は内科の回診にはあまり参加しないが、シドニーは時間があれば積極的に参加した。

10

すると、内科医にからかわれる。「内科医はどうやって閉まりかけたエレベータのドアを開けるか？　手で」内科医に手は必要ないからだ。「では、外科医はどうやって閉まりかけたエレベータのドアを開けるか？　頭で」ばかばかしい。いったん外科医になるか内科医になるかを決めてしまったら、選ばなかった領域には足を踏み入れようとしない医師が多すぎる。内科医は、外科医はメスを手にしたカウボーイと決めつけ、外科医は、内科医は分析や診断はするが問題は解決できない頭でっかちの医者と決めつける。確かに、どちらのイメージにもうなずけるところはあるが、百パーセント真実ではない。

シドニーの父親はサウスカロライナ州にある小さなリベラルアーツカレッジ、ファーマン大学で経済学を教えていた。母親は『グリーンビル・ニューズ』紙のコラムニストだ。高校生のとき、シドニーがアルジェリア戦争に関して一般に知られていない歴史を読んでいたところ、父親がそれを見て「シドニーは独学者だな」といった。シドニーは真っ赤になった。家の明かりが消え、両親も姉妹も寝ているのにひとりで本を読んでいたことを責められたと思ったのだ。シドニーはそのときは黙っていた。しかし、その後すぐに「独学者」の意味を調べ、父親のいう通りだと思った。シドニーはひとりで学ぶことが本当に好きだった。

シドニーは大学で文学と生物学の両方を専攻した。特に、人類の経験について解き明かされていない謎に興味があった。なぜわれわれはこのようにふるまうのだろう？　それは予測できるのだろうか？　遺伝子は思いやりや道徳といったふるまいとどう関連しているのだろう？

シドニーは人類の進化の基本原理に魅了された。子宮の中の細胞は胎児の成長に合わせ、どのように分化し、必要な場所に移動するのだろう。また、人間の外界に対する反応を示す謎めいた実験結果にも興味を持った。たとえば、臨床試験でがんの偽薬を投与された人の頭髪がすべて抜けてしまう（気の毒な結果だ）こともある。また、子どもは指先の再生が可能だが大人は不可能なこともある。また、人は楽しい事を期待すると楽しい気分になるが、長年連れ添った配偶者に先立たれると心不全で亡くなってしまうこともある。

ジョアンナ・ウィットマンも謎そのものだった。シドニーは臨床的に強い興味を持った。ジョアンナは何か深刻な病気にちがいない。しかし病名が特定できない。診察した医師は全員、気管支炎の初期症状ではないかと考えていた。ジョアンナのカルテを見れば、どの医師も同じ結論にいたるだろう。これは病院にありがちな集団思考であり、つねに危険な現象だ。医師たちは考えうる病名のリストの範囲を広げるべきだ。しかし、ほかにどんな診断がありえただろう？　ジョアンナの心拍数はあがっているが、肺はきれいなようだ。何が起きているのだろう？

そして今、午前四時、シドニーは病名をつき止めた。激しい雨がたたきつける窓の前に立ち、シドニーはポケベルサービスセンターに連絡した。オンコールのジュニアレジデント、トム・オットブリニ医師と連絡がとれた。

「オットブリニ先生、心臓外科のシドニー・サクセナです。ウィットマンさんの肺の断層写真か、CT血管造影をお願いします。昨日の段階でやっておくべきでしたけど」シドニーは早口でまくしたてた。

10

　オットブリニは眠たげな声でこたえた。「ジョアンナ・ウィットマン？　気管支炎の患者さんですか？」

「いえ、彼女は気管支炎じゃなく、肺塞栓症《はいそくせんしょう》です。気づいてよかった。まだそこまで大きくはなっていません。」

「先生は外科ですよね？」

　シドニーは無視して続けた。「指導医の先生を起こして、処置してください。今すぐに。患者さんにまだ何事もなくて、本当によかった」

「いったい、何がなんだか」寝ているところを起こされたオットブリニは、今度は疑わしげな口調になった。いたずら電話でも受けたかのようだ。レジデントは夜間に指導医に連絡するのを嫌がる――わざわざ起こして意見を求めれば、自分ひとりでは問題に対応できない半人前だと示すことになってしまうからだ。どのレジデントも、ささいな、あるいはくだらない質問や問題で指導医を起こすのは嫌なのだ。

「聞いて、患者さんの命が危ないの。あなたの指導医はボビー・ミッチェル先生？　すぐに連絡してちょうだい。私のせいにしていいから。ボビー先生とはＭＧＨで同期だったのよ」

「わかりました。ご連絡どうも」オットブリニは電話を切った。まるでうるさい勧誘の電話を切るかのようだ。

　シドニーは落ち着いていられなくなった。シャワーは省き、簡単に髪をとかし、ブラウスとパンツに着替えてその上に白衣をはおり、玄関から飛び出した。傘も持たずに車にいそぐシドニーの体を、冷たい雨が打つ。

二十分後、シドニーはずぶ濡れでチェルシー総合病院の四階にいた。四階フロアは冬眠しているかのようだ。患者の大部分は眠り、看護師はナースステーションでモニターをチェックしつつデスクワークをしている。ジュニアレジデントがひとり、各病室をまわって患者の処方箋を確認していた。

シドニーはナースステーションの看護師にたずねた。

「ジョアンナ・ウィットマンさんの病室は？」

看護師はカルテを調べた。

「四一二号室です」

「ありがとう。オットブリニ先生に連絡して、私が来たと伝えてくれる？」

「はい――」看護師はシドニーの名札をいぶかしげに見た。「――サクセナ、先生ですね？」

シドニーのことは知らないようだ。

シドニーが四一二号室に行くと、ジョアンナ・ウィットマンは眠っていた。呼吸が苦しそうだ。カルテによると、この数時間、心拍数があがりつづけている。

廊下に出たところで、トム・オットブリニとぶつかりそうになった。オットブリニは手足が長くてやせ型だ。腫れぼったい目に無精ひげで、顔をしかめている。シドニーは長身のオットブリニを見あげ、にらみ返した。外科・内科の境界のどちらにいようと、自分はスタッフ医師で、相手はレジデントだ。

10

「サクセナ先生、シニアレジデントの先生に連絡したところ、ミッチェル先生に連絡をとるまでもないといわれました。まずは僕たちで――」

最後までいい終わらないうちに、猫背で頭の薄い医師が割りこんできた。オットブリニは驚いている。

「ビル先生？」

「やあ、トム君」オットブリニが連絡をとったと思われるシニアレジデントが、シドニーを見た。「でしゃばり屋さんのサクセナ先生ですね」口ではそういっているが、迷惑している感じではない。口元に笑みを浮かべている。オットブリニに指示を出す。

「ウィットマンさんにスパイラルＣＴの予約を」オットブリニの充血した目が大きくなる。「いそいで」オットブリニは四一二号室に入り、ジョアンナのカルテに記入を始めた。

シニアレジデントはまたシドニーを見た。

「彼から連絡をもらって、眠れなくなってしまって」片手を出す。「ビル・マクマナスです」

「シドニー・サクセナです」

「もっと大きい人かと思っていました。長い鷲鼻で、頬にいぼがあったりとか」

「それにはあと数年かかるかな」シドニーは軽く笑った。そういえば、今日は三十五歳の誕生日だ。

「先生の診断通りだといいんですけどね。これまでのところ、なんの糸口もないんですよ」シドニーは、〈この人、偉い〉と思った。医師はつねに患者のことを最優先にするべきだが、自分の力不足を認めることのできる医師は珍しい。ビルは一瞬シドニーを見つめ、そしてぎこちなく握手の手を差し出した。シドニーはしっかり握り返した。「とにかく、お礼をいいます。検査の結果が出たら先生にもご連絡します」ビルの言葉にシドニーはゆっくりうなずき、ふたりともそれぞれの仕事に戻った。

正午、シドニーのポケベルに四階フロアから連絡があった。「マクマナスです」相手が名乗った。ビルは続けた。シドニーのいう通り、ジョアンナ・ウィットマンは肺塞栓症だった。すでにヘパリン（抗凝固薬）の連続投与を開始した。肺に小さな塞栓ができていて、そのせいで呼吸障害が起き、肺感染に似た症状が生じていたのだ。ビルはCTスキャンの結果について説明し、少し黙りこんだかと思うと、いきなり「今度、食事でもいかがですか」といった。シドニーは一瞬どきっとしたが、すぐに冷静さを取り戻した。そして、いつものように断った。「悪いけど忙しくて」と。仕事で忙しいとはいわない。シドニーは内心で思った。三十五歳という「けっこうな歳」でも、まだ誘ってくれる人がいる。

数日後、ビルがジョアンナ・ウィットマンの病室に入ると、ベッドの横にシドニーがいた。シドニーは患者に直接会ってみたくなったのだ。ジョアンナの夫は相変わらずやつれてはいるが、病名がわかってほっとした表情だ。ジョアンナの左腕につながれた点滴バッグからヘパリンが投与されている。シドニーはジョアンナの右手を握った。

「ようこそ」ビルはシドニーに会って嬉しそうだ。シドニーも悪い気はしない。

「ウィットマンさん、ご本人はおっしゃってないと思うんですが、恥ずかしながら、ウィット

10

マンさんの謎の病気をつき止めたのはサクセナ先生なんですよ」

ジョアンナはシドニーを見あげ、両手でシドニーの手を握った。

「ありがとうございます。本当に、頭がおかしくなってしまうんじゃないかと思っていました。いきなり症状が進行してしまって」

シドニーはほほ笑んだ。

「ウィットマンさん、どうぞお大事に」

病室から出ようとするシドニーをジョアンナの夫が呼び止めた。「先生」

立ち止まると、夫が骨ばった手で握手してきた。

「ありがとうございました。本当にありがとうございました」


その日の午後、シドニーは三十歳の誕生日以来、毎年恒例にしていることをした。まず車で、自宅の近所にある公園にむかった。雨は東に移動したが、空にはまだ雲が残り、冬の前触れの冷たい風が吹いている。にもかかわらず、寒さなどちっとも気にしない若い母親たちが——ひょっとしたら閉所性発熱（家の中に長期間閉じこもっていたことからくる情動不安）にかかっているのかもしれない——ベンチに座っていた。一方、暖かそうな服を着こんだ子どもたちは追いかけっこをしたり、遊具にのぼったり、すべり台をすべったり、ウッドチップ（クッション性や排水性を高めるために舗装に用いる木片）の地面に座りこんだりしている。母親たちは自分の子を片目で追いながらおしゃべりしている。

どの母親も事あるごとに「気をつけて」と声をかける。娘がらせんすべり台をすべれば「ちゃんと前を見て！」といい、息子がおもちゃの四輪車を次の子にゆずろうとしないと「順番にね！」と叱る。「カーター、砂を投げちゃだめ！」といわれている子もいる。どれも、幸せで、立派な子に育てあげるのに不可欠な称賛・忠告・しつけの言葉だ。

母親のひとりが、明るい色に塗った遊具のまわりを走る子を見守りながら、古めかしい紺色の乳母車を軽く前後に揺らしている。ときどき乳母車をのぞきこんでは、赤ん坊が眠っているのを確かめている。

シドニーは空いているベンチに座り、そんな親子の姿をながめた。毎年恒例の、この光景の一部になりたい願望があるかどうかのテストだ。自分にも生物学的に繁殖欲求が内在しているのは重々承知している。それは遺伝子を残したいという欲求であり、原初の海からこの公園に至る親子の絶え間ない連鎖を維持したいという欲求だ。

シドニーは時計で時刻を確認し、それから、この光景に目をこらした。目の前にいる子どもたちの顔を見て、このままだと虚しいと思うかどうかを知りたかった。母親たちを見つめながら、自分に問いかける。嫉妬《しっと》で胸がうずく？　二十分後、答えは「ノー」だった。全然。胸が痛くなることも苦しくなることも、目に涙が浮かぶことも、その他、母親願望の徴候である身体的変化は何もない。

母親たちの優しさや子どもへの愛情はほほ笑ましいと思う。しかし、母親たちが子どもにおやつを食べさせ、泣けばなぐさめ、膝をすりむけば手当てするのを見ても、うらやましいとは思わない。実際のところ、ここにいる母親のだれかと入れ替わったとして、恐ろしく退屈する

10

だけだろう。

シドニーは嬉しかった。自分はかつて、ロスと結婚し、ロスに尽くし、仕事と家庭を両立する女性医師になるつもりだった。運命のディナーの後、ロスから泣きながら百八十度の気持ちの転換を告げられたときは打ちひしがれた。心臓に穴を開けられ、そこから将来の希望が流出してしまったかのようだった。アリストテレスは希望を「白昼夢」と呼んだが、シドニーにとってロスと過ごした日々がまさにそれだった。しかし、今になってみると、自分はロスのすべてを知っていたわけではなかった。白昼夢に心ひかれただけだった。

ロスと別れた後、シドニーは一週間ほど寝こんだ。起きるのは食事とトイレのときだけだった。そして終わった。ロスのことは忘れた。いや、正確にいうと、自分の人生を他人と共有する夢を忘れた。相手を幸せにするために努力しよう、結婚のために仕事を犠牲にしようと思っていたことを忘れた。これで私の弱点は焼灼された、とシドニーは思った。今やなんの足かせもなく、自分が考える理想の医師を目指し、将来はフーテンの席を引き継ぐことに百パーセント集中できる。

公園に来て三十分後、シドニーは立ちあがり、車に戻った。少なくともこの先一年は今の生き方で満足なのがわかった。それから、毎年誕生日恒例の次の行事にむかって車を走らせた。エステだ。それが終わったらまた病院に戻る。

11

月曜日、午前六時。三一一号室はいれたてのコーヒーとシャンプーの香りでいっぱいだった。出席した医師の多くはぱりっとした白衣を着て、ソックスにゴムサンダルをはいている。ソックスやサンダルは、長い手術のあいだ座ることになったり、仮眠室で軽い睡眠をとったりするときに脱ぎやすくて便利だ。身ぎれいな面々の中で、昨晩オンコールだった数人は白衣に皺が寄り、顔に疲れが見える。今も携帯電話を握りしめ、パソコンのキーボードをたたきながら、集中治療室《ICU》の看護師に小声で指示を出している。のんびりかまえ、新聞を読んでいる医師も数名いるが、室内には不穏な空気が漂っていた。

ハーディング・フーテン、シドニー・サクセナ、スン・パクはいつも通り、最前列に座っていた。フーテンはトレードマークの蝶ネクタイに、糊のきいたワイシャツ姿。ジョージ・ヴィラヌエヴァはイースター島の巨岩像のごとく、中段の席に座っている。ＭＭに出席した医師連中はもちろん、米国一のディフェンスラインさえ震えあがりそうな、険しい面構えだ。

つい先日スポットライトを浴びたばかりのタイは、後ろのほうにひとりで座っていた。部屋に入ってタイに気づいたとたん、だれもが気の毒そうな表情を浮かべる。しかし潜在意識では、テフロン製と思われていた男に悲劇がこびりついたのを見て、少しほっとしている。「今後のいい教訓になった」クインの事例が話題になると、みなタイにそういった。実際、タイの一件後、チェルシー総合病院では手術を受ける全患者に対するプロトコルが変わった。血液検査項目に数種の血液凝固異常検査が加わり、医師は易出血性徴候を含む家族の病歴をたずねることが必須になった。タイ・ウィルソンの過ちは二度とくり返さない。それがＭＭのモットーだ。チーフレジデントのひとりは、フォン・ヴィレブランド病患者に対する外科手術医療過誤に関する論文をすでに提出していた。

しかし、タイ本人は今回の件で自信が揺らいでしまった。確かに医師は過ちから、ときには担当患者の死から学ぶ。しかし、タイの場合、それはつねに自分以外のだれかに起きることだった。「あの腫瘍ではどのみちそう長くもたなかったはずだ」まわりの医師にそういわれても、なぐさめにはならなかった。若い患者の命を奪ったという事実は変わらない。クイン・マクダニエルの死に際して何をしたかを説明したことで、今回の事に対する新たな見方が出てきた。死や合併症はいかなる医師にとっても敵だが、死が避けられないこともある。そして、説明がつかないこともある。いい人には悪いことが起こる。いい医者には悪いことが起こる。ときとして。タイは自分にいい聞かせようとした。いい医者には悪いことが起こる。にもかかわらず、日を追うごとに、クイン・マクダニエルの姿を頻繁《ひんぱん》に思い出すようになった。そばかすのある笑顔でこちらを見つめ、心から信頼してくれていた。子を失ったシングルマザーはその後、どうなるのだろう。少なくとも、タイの母親は長男を亡くしたとき、タイと妹ふたりがいた。それに夫も――その後離婚したが――いた。

「おはよう、ティナ」

「今日は〇〇七の番ね？」ティナはそういいながらタイの隣の席に座った。今日の主役はデイヴィッド・マーティン医師。ニックネームは〇〇七、「殺しの許可証《ライセンス・トゥー・キル》」だ。先日タイがモニク・トランに遠回しに警告した医師だ。タイはＭＭ恒例の詰問に加わるつもりはないが、この一年間で悪名高きマーティンがＭＭの舞台にあがるのは三度目だ。噂によると、今日の事例は今まで以上に悪質だとか。

マーティンは昨晩はオンコールでなかったのに、みすぼらしいみなりだ。茶色い髪は何日もとかしていないかのようだし、よれよれのワイシャツにチノパンをはき、トランクから引っぱり出してきたかのようなツイードのジャケットをはおっている。ネクタイはしていない。

「何、あの恰好《かっこう》？　ネクタイはどうしたの？」ティナはだれにともなくいった。

数席むこうに座っていた整形外科医のトム・スピネリ医師が教えてくれた。「奥さんに逃げられたらしい」

後ろの席の医師が「スタイリストでも雇ったらどうだ」といって笑った。タイも思わずつられて笑った。

最前列でフーテンが咳払いした。

「では、始めます。本日はメアリ・マイケリディスさんが亡くなった件について検討したく、集まっていただきました。マーティン先生、『またお目にかかれて嬉しい』といいたいところ

11

ですが、このような状況でそれは差し控えておきます」フーテンは間を置き、マーティンをにらんだ。マーティンは落ち着きをなくした。「マーティン先生、あなたは残念ながらMMの進行についてはよくご存じだ。さっそく、今回の不幸な事例についてご説明ください」

「は、はい。患者の名はメアリ・マイケリディス。三十九歳。教師で、お子さんが三人います。ランニングが趣味で、毎週トータル約五十キロ走るそうです」低い声で、早口だ。経緯さえ説明してしまえば、三一一号室から無傷で逃れられる、とでもいうように。「患者は八月十二日に左股関節に痛みを訴え、診察を受けました。私はランニングのしすぎによる痛みと判断し、強力な鎮痛作用のあるタイレノールを一日当たり千ミリグラム処方し、痛みが治まるまで飲むようにいいました」

「マーティン先生、あまり一般的とは思われない選択ですね。それはともかく、痛みは治まりましたか?」フーテンがたずねた。あきれかえって、とげのある口調になっている。もちろん、マーティンの返事を聞くまでもない。フーテンもできるだけ早く終わらせたいと思っているのだろう。

「いいえ。というか、知りません。それきり診察には来なかったからです。次にその患者を見たのは先月のことでした。十月十七日、いえ、十八日でした。大腿骨骨折でERに来ました」

「原因はランニング、ですか」すかさずフーテンがいった。マーティンはびくっとした。

「いいえ。画像診断によると、ステージⅣの骨の悪性腫瘍でした」

タイはマーティンに同情しそうになった。今回観客の立場から見ていて、三一一号室の舞台で自分の仕事をさらけ出し、いたらなかった点を明らかにするのがどういうことか、改めてわかった。しかし、同情したのはほんの一瞬だった。マーティンは以前もMMで自分の過ちについて説明したことがある。マーティンの患者の経過は問題だらけだ。マーティンは問題児だ。

「最初に診察に訪れたとき、ひと通りの身体所見をとりましたか？　足を引きずっているかどうかたずねましたか？　X線を撮るよういいましたか？　血液検査は？」フーテンはあえて一呼吸置いて続けた。「しなかった。そうですね、マーティン先生」首を曲げ、後ろの席に座っている若い医師たちを見る。「若手の先生方、よく覚えておいてください。小さなことを忘れるとどうなるか。股関節に痛みを訴えた、ランニングが趣味の患者をろくに診ないで追い払うとどうなるか。結果、二ヵ月の間にがんが一気に転移した」

「われわれはみな、見出しを飾りたいと思っている。パイオニアに、医学界トップの医師になりたいと思っている。われわれはみな、結合双生児の分離手術をしたいと思っている」フーテンはスンの視線を受け止め、そして、後ろにいる約六十人の医師を見渡した。「われわれはみな、心肺同時移植手術を、無残に傷ついた顔の再生手術を行いたいと思っている。しかし、小さな事さえまともにできない者に、そんな手術ができるはずがありません」

こういうとき、タイはチェルシー総合病院で、ハーディング・フーテンの下で働いていることを誇りに思う。確かにフーテンは歯に衣着せずものをいう。しかし、何事もおろそかにせず、間違いを容認せず、周囲にどう思われようと気にしない医師歴四十年の名医だ。

フーテンはマーティンに視線を戻した。

11

「この茶番劇の結末を説明してください」

「メアリ・マイケリディスさんは十月十八日、ＩＣＵに入りました。翌日からがんの治療を積極的に進めました。しかし、退院は叶わず、昨日息を引き取りました」

「診断から三週間」

「はい、三週間でした」

全員がっくりうなだれた。今回の事例は今後の参考となる医学の謎などではない。十月ではなく八月にがんと診断されていたらどうなっていたか、それはだれにもわからないが、ほぼ殺人に近い。この事例をＭＭにかけたのは、教訓としてではなく、警告としてだ。〈医師が手を抜くとこういうことになる〉

タイは内科研修の年、腫瘍科にも行った。そこで出会った女性患者のことは今でもよく覚えている。卵巣がんの手術から四年後、再発が判明した。その女性患者はいっていた。四年前のがんの宣告は、生涯で一番素晴らしいことだったと。それ以前は、上等な食器は特別なときしか出さなかったそうだ。「でも今は毎日、上等な食器を使っているの」

メアリ・マイケリディスには上等な食器を使う機会がなかった。教え子に別れを告げ、三人の子どもの部屋に形見の品を置き、夫ともう一夜ベッドをともにする機会もなかった。

「マーティン先生」フーテンがいった。「当院の役員会および関連機関に対し、先生の医療行為を行う権利をただちに剝奪するよう勧めるつもりです。その時点で、先生は当院で治療・手術を行うことができなくなります。事実上、先生は当院にとって好ましからざる人《ペルソナ・ノン・グラータ》です」

フーテンの話が終わり、マーティンはまわりを見渡した。自分が何かいうべきなのかどうか迷っている。沈黙を破ったのはジョージだ。立ちあがり、部屋中に轟く声でいった。

「それだけ？　それだけか？　このなんちゃってドクターがまた患者を殺したら、おまえは『ペルソナ・ノン・グラータ』だ、といってやるだけでいいのか」ジョージはそのラテン語を吐き捨てるようにいった。部屋の前方を指さす。「そいつは有罪だ。手錠をかけろ。少なくとも、二度と患者に近づかせるな。絶対に」

「ヴィラヌエヴァ先生」フーテンが穏やかな口調でいった。「こういうことには手順というものが――」

最後までいわせず、ジョージは後ろのポケットから細く巻いた新聞を出し、小さな文字で書かれた死亡記事を読みはじめた。

「『メアリ・マイケリディス。三十九歳。スティーヴン・マイケリディスの妻で、笑顔の素敵な女性だった。十歳のデイヴィッド、八歳のダレン、六歳のダニエルの三人の母。三人とも優しい母親が大好きだった。また、フランシス・X・ケリーとマーサ・ケリーにとって最高の、美しく、優しく、思いやりのある娘だった。両親は娘のために祈ることになるとは夢にも思わなかった』」

ジョージは新聞を丸めて投げつけた。くしゃくしゃになった新聞はマーティンまで届かず、その数列手前に落ちた。

12

ＭＭ後、タイは二件の脊椎《せきつい》固定術を終え、三件目の手術、ラトケのう胞の手術にかかった。そのとき、自己不信が嵐を告げる黒雲のように戻ってきた。

患者はサンディ・ショア《砂だらけの砂浜》という冗談のような名前の三十歳の女性。不眠、ふらつき、性欲減退を訴え、何より急激な視力の低下を心配していた。ＭＲＩを撮ったところ、脳の底部にある下垂体の近くに液体の充満したのう胞があることがわかった。ラトケのう胞と呼ばれる、珍しい症例だ。さらに検査すると、のう胞は急激に成長して視神経を圧迫していることがわかった。数日もしくは数週間中に手術を行わなければ、視力を失う危険性がある。

のう胞摘出のため、タイは鼻腔と副鼻腔から手術することにした。この方法の利点として、患者にとっては手術による傷が残らず、術後の回復も早い。医師にとっては、出血が少なく、感染の危険性も低くなる。タイは選択の余地がある場合にはつねに、内視鏡下経鼻脳手術《ＥＴＢＳ》と呼ばれる、この比較的新しい手術方法を選んだ。このほうが頭皮をはぎ、頭蓋骨を切開する力技よりはるかに賢明に思えたからだ。

ただし、ＥＴＢＳにはいくつかの難関がある。先端に明かりのついている細い内視鏡と、付属の小さな手術器具を鼻の穴のやわらかい組織に差しこまなければならない。のう胞を直接観察することができないため、テレビモニター越しにコンピュータナビゲーションを用いて、のう胞の位置を正確に確認。その後、鼻の穴から害をなすのう胞を少しずつ切って摘出する。

しかも、ETBSにも危険が伴わないわけではない。脳脊髄液がもれる可能性がある。また、のう胞を少しずつ摘出するので、細かい作業を忍耐強く行わなくてはならない。ETBSは小さな器具を使う繊細な手術だ。先端技術を駆使した手術だが、だれにでもできるわけではない。

タイは手術の前はかならず、院内の静かな場所で五分間かけて手術の予行演習をすることにしていた。その日最初の手術であれば、駐車場に停めた車の中で目を閉じて行う。手も実際に動かしてやってみる。米海軍のブルーエンジェルズも、あの信じられないほど息の合ったアクロバット飛行を実現させるために、操縦桿の模型を使って練習するという。タイは、その日最初の手術でなければ、仮眠室か外科の更衣室に行き、たいていの場合はトイレに入って電気を消す。手術の予行演習をすると気持ちが落ち着くと同時に集中力が高まる。ときにはチャクラ（ヨガの用語で「中心輪」）」を開くためにある言葉を唱える。おそらく、一般の人には予想外の言葉だろう。「やさしく」だ。脳外科医は繊細なタッチで患者の脳に触れなくてはならない。

この日、タイはサンディ・ショアの手術の前に予行演習を行う余裕がなかった。そのせいか、手術室に入ったとたん、平衡《へいこう》感覚を失ったような気がした。この日のスケジュールは最初からトラブル続きだった。一件目の手術では、麻酔科医が椎間板《ついかんばん》ヘルニアおよび脊椎すべり症の肥満患者の気管内挿管に手間取った。肥満体型の患者は脂肪のため、気管内チューブが通りにくく、気道確保が困難だ。手術は無事終わったが、終了時刻は遅れた。二件目の手術は器械出し

12

の看護師の遅刻で予定より遅く始まった。タイが二件目の手術を終える頃、サンディ・ショアはすでに手術台に横たわり、麻酔で眠っていた。タイ

今、先端にライトのついたスコープと器具を患者の鼻腔と副鼻腔に挿入し、再度MRIで腫瘍をチェックしながら、タイは寒気がしてきた。ETBSは初めてではない。手術手技は二十数件経験ずみだ。にもかかわらず、この手術が嫌な結果に終わりそうな気がしてならなかった。今にもモニターに映る頸動脈に小さな亀裂が入り、そこから鮮血が噴き出してきそうに思えた。タイの手が止まった。ミスを予感するなんて初めてだ。タイは心底怖くなった。再度MRIをチェックすると、目を閉じ、不安を吐き出すようにゆっくり深呼吸した。不安は消えない。目を開けると、外回り看護師、麻酔科医、ジュニアおよびシニアレジデントがちらちらこちらを見ていた。彼らの目にも、タイの体に冷たく黒い不安が有毒ガスのように充満しているのが見えているにちがいない。

研修中、仲間と冗談めかして話したことがあった。緊張すると括約筋《かつやくきん》が一番しまるのはだれだろう、と。タイ以外は全員、最初は一般外科レジデントとして、その後脳外科レジデントとして初めての手術を行うたび、極度の緊張状態に陥った。レジデント仲間は比較的リラックスしているときや、少しアルコールが入ると、こう打ち明けることがあった。一段階進むごとに失敗するんじゃないかと怖くなり、夜中に汗びっしょりで目が覚めることがある、と。

タイの手術の腕は、レジデント時代から院内の噂の的だった。眼瞼《がんけん》下垂《かすい》の患者の検査のため、精神科病棟に呼ばれたことがあった。この男性患者はホームレスで妄想癖があり、「CIAの

やつら、おれを脱水症状にしようとフレンチフライに塩を山ほどかけやがった」とか、「スティーヴィー・レイ・ヴォーンを暗殺したのは最高裁判所だ」などとつぶやいていた。精神病棟には汗を流し、息を切らしながら、卓球台のまわりを走ってひとり卓球をしている男性患者もいたが、大多数はぼうっと体を揺らしているだけだった。タイが診ることになった患者の名はジェイムズ・ブライアン・クーパー。四十代半ばで、窓の外を見つめていた。そして、確かに瞼《まぶた》がさがっていて、眼瞼下垂を認めた。

タイはMRIを撮ることにした。精神科ではだれも、ジェイムズの左瞼が垂れてくるまで、彼の精神症状が脳生理学に起因する可能性があるとは思いもしなかったらしい。MRIの結果、左右の前頭葉にまたがる髄膜腫があることがわかった。タイは脳に腫瘍があること、手術とそのリスクについてジェイムズに話した。このインフォームドコンセントはアルツハイマー病や認知症患者を相手にするときと同様、同意を得るためというよりは、形式的なものだった。ジェイムズはただ「電話サービス変更が……」とか「ポンフレット（米海軍の潜水艦）の……」とつぶやいただけで同意書にサインした。驚いたことに、芸術的な――カリグラフィーの手本に出てきそうなくらい優雅で整った――サインだった。ただ、サインされた名は、ジェイムズ・アール・カーター（米国第三十九代大統領）。ジェイムズが精神病棟にいる理由を物語っていた。しかし、筆跡を見てタイは思った。この患者はホームレスになる前は何をしていたのだろう？　肝機能に異常はなく、アルコールで生活が破たんした様子はない。

手術は大成功だった。腫瘍は両側の前頭葉、つまり判断を司る領域から摘出された。噂は即

12

座に病院中に広がった。手術後、ジェイムズは自分の妻についていろいろ質問しはじめた。看護師たちは、患者はまだ麻酔から完全に目が覚めず、もうろうとしているだけだろうと無視していた。すると、ジェイムズは看護師の腕をつかんで質問をくり返した。そして、たった今「目覚めた」ばかりのような気分だといい、今年が西暦何年か知りたがった。看護師がとりあえず教えると、ジェイムズは泣きだした。そして、紙を一枚もらい、何か書きはじめた。住所と電話番号だ。またしても整った字で書かれている。早速、病院のソーシャルワーカーが番号に電話をかけてみたがつながらなかったので、車でその住所に行ってみた。少しずつ、ジェイムズの正体が明らかになってきた。ジェイムズは腫瘍によって判断力に異常が生じるまでは製薬会社の企画責任者をしていた。最初は小さなミスから始まった。月曜日に出勤するのを忘れたかと思えば、日曜日の午前六時にシャワーを浴びて着替えた。そのときは笑い飛ばした。ある日、退社の際に車のキーが見つからずさがしていると、一時間後、警備室から連絡があった。車はキーを差したまま、駐車場で一日中エンジンがかかったままだった。その後、症状は悪化した。前頭葉はゆっくり腫瘍に侵されていた。アルコールを飲むようになり、仕事も妻もついには家も失った。腫瘍はさらに「遂行機能」の領域に侵入し、ジェイムズはホームレスになり、偏執症者になり、アルコール中毒の妄想癖のある男とみなされてしまった。

病院から連絡を受け、元妻は目をうるませた。すでに再婚していたが、ジョージア州ダロネガにある実家までジェイムズを車で送ることを快諾した。ジェイムズはそこで空白の十一年を経て新しい生活を始めた。まるで映画の台本のような話だ。タイの手術による覚醒の物語は松林に広がる葛《くず》のごとく、一気に病院中に広まった。まもなく医師、レジデント、タイの知らないスタッフまでがこの手術の成功を祝う言葉をかけてくるようになった。こうしてタイ伝説が生まれ、腕前や手術前の瞑想がそれに輪をかけた。まわりの外科医は手術に挑む直前のタイのクールな、精神鍛錬にも似た習慣を称賛した――手本とする者さえいた――が、手術の腕はだれもおよばなかった。タイはどんなに複雑な手術の執刀もいとわなかったが、タイ以外の外科医はつねに肝に銘じていた。TKAのように型通りだと思われている手術でさえ、実際はひとつ間違えば大変なことになると。古い膝を最適の角度で切断し、最適な部分を取り除いた後、人工膝関節をうまくはめこまなくてはならない。死にいたる感染症のリスクもあれば、膝関節が完全に接合しない可能性もある。その場合には膝の動きが限定されてしまう。また、患部周囲の靭帯《じんたい》が傷つくリスクもある。この場合は足を引きずって歩くことになる。その他、特に麻酔に伴う未知のリスクもある。

　医学は多くの患者にとって最高の結果をもたらすことを目的としており、それは外科学も例外ではない。よく使われる表現は「根拠に基づいた医療《EBM》」。内科医も外科医も確率に基づいて仕事をするが、統計学的外れ値はつねに存在する。麻酔に対して予想外の、ときには致命的な反応をする患者がいれば、予測通りに血液が凝固しない患者や、ある薬に対し医学雑誌で一度も指摘されたことのない副作用を起こす患者もいる。体のある部分が通常と異なる位置にある患者さえいる。タイが一般外科にいるときに見た例だが、腎臓がひとつしかなく、病院に来て初めてそれを知ったという患者がいた。また肘付近の上腕骨に突起がある患者もいた。顆上突《かじょうとつ》

12

起《き》という現象だ。さらに、両手の薬指の中手骨が異常に長い患者もいた。肺静脈は解剖学的異常が多いので有名だ。

レジデントにとってはこれらすべてが悪夢となりうる。タイの同期にコワルスキという落ち着きがなく、爪の噛み癖のあるレジデントがいた。レジデント仲間はいつも冗談をいっていた。コワルスキの括約筋は相当堅いから、尻の穴に石炭を押しこんだらダイヤモンドになって出てくるかもな、と。だれかが、リラックスさせてやろうとコワルスキのコーヒーに下剤を入れてみたことがあった。当人は半日トイレにこもりきりになり、出てきたらそれまで以上に神経質になっていた。コワルスキは未知のことや予想外のことに備えるため、次々に知識をかき集めた。手術中に予期せず肝硬変を見つけたらどうする？　心臓手術中に思いがけない病変を見つけたら？　もし医学文献に虫垂炎《ちゅうすいえん》のような症状で発症した腸閉塞の例があれば、それについて詳しく調べた。さらに、嗅覚は記憶と密接に結びついていると知り、輪切りにしたオレンジをつねに手元に置いて勉強することにした。そうすれば記憶力が高まると信じたのだ。ついには、一日十八時間学習では足らず、モダフィニル（覚醒促進剤）を飲みはじめた。世界を半周して戻ってくる空軍パイロットがみんな飲んでいるなら、試す価値はあるだろう、と思ったらしい。コワルスキの体重は激減した。肌は灰色にくすみ、目の下にくまができ、幽霊のようになった。怒りっぽくなり、感情の起伏が激しくなった。ある日の手術中、コワルスキは患者の胆嚢《たんのう》が左にあるのを見つけた。不思議なことに、さんざん医学論文を読み漁ったにもかかわらず、そういうケースがありうることは知らなかったのだ。疲労とストレスが蓄積した過敏なレジデントは、外回り看護師にスタッフ医師を呼ぶよう頼み、手術室から出ていった。翌日、コワルスキは外科研修を中止した。次の手術に怯えて暮らすことは、自分の望む生き方ではないと判断したのだ。そして、優秀な皮膚科の専門医になった。

タイは違った。まったく新しい手術法でも、助かる見こみがないに等しい患者でも、緊張などしなかった。手術後患者が亡くなったとしても——手術台の上で亡くなったとしても——自分がやってだめならだれがやってもだめだったはずだ、と思った。何もかも思いこみだったのか？　栄光にうぬぼれ、判断が鈍ってしまったのか？　過剰な自信のせいで、クイン・マクダニエルを死なせてしまったのか？

タイは手術台の患者と、患者の鼻から延びるチューブを見おろした。顔と体は手術用のドレープでおおわれ、鼻しか見えない。今、タイの脳を曇らせ、脳外科界のだれもがうらやむ両手を凍りつかせているのは、過信ではなく、不安だ。この強烈な不安はつい二週間前、脳動脈瘤のクリッピングで経験した。あのときはどのクリップを使えばいいかわからなくなっただけだったが、今回はそれどころではない。身動きがとれない。体の内側から怒りがこみあげてきた。

タイはシニアレジデントのマック・ライアンを見た。

「マック君、ＥＴＢＳをやってみるかい？」外科用マスクからのぞくマックの目に驚きが浮かぶ。

「もちろんです」予期せぬ贈り物だ。レジデントはつねにもっと仕事をしたいと思っている。しかし通常、手術をまかされる場合は事前に指導医から知らされる。特に、今回のような複雑

12

な手術の場合には。

「僕の指示に従って行ってくれ」

マックはこの手術についていろいろな文献を読んできたにちがいない。万全ではないとしても、緊張はしていない。マックはタイの隣に移動し、器具を手にとった。

「慎重に、内視鏡の感触をつかんで」

タイはマックに手順を細かく伝えながら、この若い医師の冷静さと忍耐に感心した——うらやましく思ったくらいだ。

サンディ・ショアがリカバリー室に移り、マックがシャワーを浴びて出ていっても、タイはしばらくロッカー室で座っていた。自分に怒っていた。意気地なさと、自信のなさに。自分が医学の世界に入った理由はふたつ。兄を救えなかった医師連中より優れた医者になるため、そして、患者の家族に自分のような経験をさせないためだ。血液チェックをせずにクインの手術を急いだことは、初歩的ミスだった。いや、それだけではない。少年とその母親が大きな代償を支払うことになった。

タイは手術室着を脱ぎ、部屋の隅の洗濯かごにほうりこんだ。服を着て、ロッカーの扉を閉める。あまりに乱暴だったので扉がはね返った。タイは再度たたきつけるように閉め、ロッカー室を後にした。

13

六時十四分、タイはまたMMの舞台に立っていた。しかし今回は汗と震えを抑えることができない。全身に汗をかき、震えている。階段席に目をやると、出席者は全員タイを指さして笑っていた。スン・パクも、シドニー・サクセナも、ティナ・リッジウェイまでが。ティナは口だけ動かして「ごめんね」といったかと思うと、おなかを抱えて笑いだした。「あの放蕩息子《ほうとうむすこ》が……やっぱりな」だれかがつぶやく。タイはフーテンのほうを見て、フーテンが話すのを待った。奇妙なことに、フーテンが口を開くたび、聞こえてくるのはブザー音だけ。まるで中に巨大な昆虫がいるかのようだ。フーテンがまた口を開き、ブザー音を出した。同じことのくり返しだ。ブー、ブー、ブー。恐ろしい。ボスに何かが乗り移ってしまった。

ティナが飛び出してきた。タイは動けなかった。しかし、ティナはフーテンのほうへではなく、こちらに走ってくる。すぐにそばに来て、両手でタイの肩をつかんで揺さぶった。ティナはタイをまっすぐ見つめ、そして、フーテンと同じようにブザー音を発した。その音がしだいに言葉に変わっていく。タイもティナの顔を見つめ、何をいっているか理解しようとした。「……て」ティナがいう。「お……て。起きて！」タイは自分のベッドの上で目をこすり、ティナが差し出したポケベルを受けとった。事情を呑みこむのにしばらくかかった。「悪い夢でも見ていたの？」ティナはほほ笑んでいるが少し心配そうだ。タイの濡れた髪を掻きあげる。「うん」タイはポケベルのメッセージを見た。〈外傷レベル1。硬膜外血腫。救急ヘリで二十分後ER到着予定〉タイは時計を見て時間を確かめ、ティナに軽くキスすると、ベッドから飛び出した。数分後、タイは革ジャン姿で、スズキ・ハヤブサの後部座席に載せてあるヘルメットをつかんだ。頭部外傷を治療する職業についていながらオートバイなんて、普通でないのはわかっている。しかし、このバイクが世界最速レベルだと聞いた瞬間、乗るのは運命だと思った。タイは愛車にまたがり、信号がまったくない美しい二車線道路、ウォッシュトノー通りを駆け抜けた。スピードをあげ、そして上を見た。救急ヘリが飛んでいる。タイの患者を搬送中だ。タイはスロットルを開けた――ハヤブサが瞬間的に反応する。バイクはほとんど車通りのない道路を数分間、上空のヘリコプターと並走し、ウォッシュトノー郡立病院のわきを駆け抜けた。爽快だった。少なくとも今は、体の奥底に潜む不安のことは忘れていた。

スン・パクはその郡立病院の放射線科待合室で、両手を組んで座っていた。窓の外を駆け抜けるバイクのエンジン音に、思わず悪態をつく。あとで私に手術されるはめになるぞ。ただし、脳死状態で臓器提供するつもりならべつだがな。ひっそりした待合室を見渡す。いつも通り、だれも見むきもしない『煙草をやめるには』、『脳卒中のリスクを減らすには』という小冊子が並んでいるかと思えば、さんざん読まれてぼろぼろのゴシップ誌や女性誌が並んでいる。どれも有名人のスキャンダル、やせる方法、セックスをもっと楽しむ方法、整理整頓術といった内容ばかりだ。スンは思った。アメリカは知的エネルギーを無駄遣いしすぎだ。

スンは一時間半前にMRIを行い、結果が出るのを待っていた。自分が指導するチェルシー総合病院の忠実なレジデント集団には、娘のチェロの発表会がある、と告げてきた。スンがオフをとるなど初めてだったので、全員喜んで送り出してくれた。しかし、その嘘が重荷になってきた。娘は歳のわりにはかなり上手だが、スンが病院を離れた時間を消化するには協奏曲を最初から最後まで演奏しなくてはならないだろう。

数分前、担当医が姿を見せた。

「ソンさん」スンは顔をあげなかった。「ソンさん」医師がまた呼んだ。こんどはもっと大きな声で。スンは妻の旧姓を記入したのを思い出し、顔をあげた。「MRIを拝見しました。これからすぐにお話しします」

スンはMRIのことをチェルシー総合病院に知られたくなかった。弱みを見せたくないからだ。結局のところ、六週間前に始まり、その後頻度を増してきた断続的な頭痛の原因はただのストレスである可能性が高い。最初は無視していた。スンは、精神力は肉体に勝る、と強く信じていた。自分は数年にわたる一日三十六時間のレジデント期間を一度といわず、二度も耐え抜いた。しかし気力で頭痛はおさまらなかったのでタイレノールを飲みはじめ、ウォッシュトノー郡立病院の予約をとる頃には、一日何度も口にほうりこむようになっていた。

ミルナーだかミラーだかという名の医師は、「またすぐに来ます」といってどこかに行って

13

しまった。スンは腕時計を見た。十五分が過ぎた。受付も人気《ひとけ》がなく、待合室でぼうっと待っているのはスンと、初老の夫婦だけだ。天井の蛍光灯が気になってきた。なぜちらちらしている？　腰をかがめ、小冊子をひとつ手にとる。『smoking cessation（禁煙）の手引き』cessationの意味は知っている。車の中でいつも流している英単語学習カセット集で覚えた。古いホンダ車を走らせながら、どのカセットもタイトルがすり切れて読めなくなるまで聴いた。全部暗唱できるくらいだが、今でも運転するたびにかけている。聞くと心が落ち着くのだ。〈cessation：休止、停止。chimera：キメラ、ライオンの頭・ヤギの体・蛇の尾を持ち火を吐く怪獣、つまらない空想。cognizant：認識している、気づいている〉

スンは小冊子を置き、待合室を歩きだした。気持ちが落ち着かず、座っていられない。スンにとって、何もしないことはモットーに反する。それが体に染みついている。スンはつねに何かしている。行動しなければ何もなし遂げられない。何もしない＝機会の浪費。何もしない＝糖尿病の肥満アメリカ人が診察を待つ間の過ごし方、だ。

長年暮らしてもアメリカ文化はいまだに理解しがたい。アメリカには、地球上で最も中毒性の高い物質とされる煙草を「やめましょう」と勧める小冊子に予算を出す病院がある――煙草のパッケージにかかれた警告も、常識も、家族の心配も、鼻カニューレにつながる酸素ボンベを手放せない肺気腫患者の姿も、喫煙者はかなりの確率で苦しい最期を遂げるという統計も効果がないというのに。小冊子？　そんなものがなんの役に立つ？

スンの生まれた韓国とは正反対のことばかりだ。アメリカの親は何より子どもを優先する。

自らの生活をわが子の課外活動や社交的活動に合わせ、カレンダーは子どもの予定だらけ。子どもは王様で、親はその侍従《じじゅう》か？　どの親もわが子のスケジュールがさまざまなスポーツや習い事で埋まるよう調整に必死だ。中にはミニヴァンの後ろの窓に、体操選手やアメフトのヘルメットやサッカーボールのシルエットのステッカーを貼る親までいる。ステッカーには〈ブリトニー〉、〈ケルシー〉、〈ブランドン〉など、名前も入っている。いいたいことは明らかだ。スポーツ万能のわが子を応援し、自慢している。くだらない！

スンにとって一番理解しがたいのは、ペットを飼っているアメリカ人かもしれない。大嵐でも犬に従順に付き添い、糞をていねいに拾い、ビニール袋に入れて大事に家に持ち帰る。宝物でもあるまいし。中には犬にも自分の名字を名乗らせる飼い主までいる。人間をばかにした、非文明的行為としかいいようがない。

スンは待合室を行ったり来たりするのにあきて、受付に行ってカウンターからのぞいてみた。担当医師、看護師、受付係、だれでもいいから文句をいってやろうと思った。受付の中はしんとしている。製薬会社の営業が全員にランチでもふるまっているのだろう。営業員は美人にちがいない。胸の谷間をちらつかせ、自社の薬を使うよう頼んでいるのだ。そういえば、以前、製薬会社の営業がスンに本をくれたことがあった。ヴァイアグラのセールスマンについて書かれた本で、題名は『しつこい売りこみ《ハードセル》』。そんな本などいるものか。

スンは〈これより先、関係者以外立ち入り禁止〉というドアを開け、廊下を歩きだした。検査室が並ぶ廊下の壁には、子どもが描いた額入りの絵が飾ってある。行き止まりの廊下の少し

13

手前のシャウカステン（ディスプレイ機器）にＭＲＩ写真が貼ってあった。脳の水平断だ。患者が動いたせいで輪郭が少しぶれている。普通なら撮りなおすべきだが、診断にはじゅうぶんだ。スンは少し近づいてみた。右大脳半球に腫瘤が白く写っている。塊ではなく、不明瞭で不均一で、辺縁は不整で、扇状の形をしている。〈間違いない〉スンはつぶやいた。〈典型的な多形膠芽腫《たけいこうがしゅ》〉だ。おそらく、脳に限らず全身で最も悪性の腫瘍だ。治癒不能。現在のところ効果的な治療法はない。この気の毒な患者がだれだか知らないが、すぐに手術したほうがいい。私でも手に負えない症例だ。余命は六ヵ月から一年。ミルナーだかミラーだか、のんきな医師にいってやりたい。この患者に早く教えてやれ、と。スンはもう一度ＭＲＩに目をやり、ふと下の端に記された患者名を見た。〈ソン〉。思わず見直した。妻の旧姓だ。奇遇なこともあるものだ。いや、違う。自分がこの病院で使うことにした姓だ。吐き気がこみあげた。

　タイがチェルシー総合病院に到着してからちょうど十分後、救急部の前にバイクを停めているところに、ヘリコプターが着陸した。タイはヘリポートに急いだ。「状況は？」開け放した病院のガラスドアにむかってストレッチャーを押すのを手伝いつつ、ヘリコプターの音に負けないよう声を張りあげる。

「三人が乗っていた自動車が事故を起こしました」救命士が叫ぶ。「運転していたのは父親で、即死でした。この十歳の息子は、硬膜外血腫《こうまくがいけっしゅ》と思われます。母親は前頭葉脳内出血で、五分後に到着します……危険な状態で、すぐに手術が必要と思われます」

タイはカルテを見た。姓は「アーマッド」。父親は小児科医のアーマッド先生だ。「なんてことだ」タイはいった。「僕の知り合いの先生だ」

救命士がタイを見つめた。「では、アーマッド先生がドラッグをやっていたことも?」一瞬言葉を切る。「そうなんです。みんなの人気者の小児科医の先生は、愛車のミニヴァンを運転中、かなりハイだったようです」

そのとき、アーマッドの妻を乗せたヘリコプターがヘリポートに近づいてくる音が聞こえた。「脳外科医をもうひとり呼んでくれ——今日のオンコールバックアップは?」タイが叫ぶと、看護師がうつむき加減でこたえた。「パク先生です」

約十五キロ離れた郡立病院で、スンはMRI画像を見つめ、今にも倒れそうだった。自分が何か勘違いをしているのではないかと考えてみた。しかし、間違いない。この五分間で、否定したい気持ちが怒りに変わり、次には受け入れるしかないとあきらめ、そして今、膝が震えだした。体を支えようと伸ばした手が壁にあたり、六歳の子が描いたチョウの絵が落ちた。ガラスが割れる音に、医師と看護師が飛び出してきた。

スンは大きな黄色い封筒入りのMRI写真を受けとり、チェルシー総合病院にむかってまた車を走らせた。目を泣きはらし、無意識に何度も涙をぬぐう。助手席に置いたポケベルが鳴っているが、スンには聞こえない。カーラジオから『ラプソディー・イン・ブルー』が流れている。スンはボリュームをあげた。初めて聞いたのは故郷の韓国にいるときだったが、この曲が

13

きっかけでアメリカに行きたいと思うようになった。この昔のジャズ風のクラシック曲にはスンを引きつける何かがあった。様々な人種が暮らすアメリカ、都会の狂気が渦巻くアメリカを映し出す音の万華鏡のようであり、強烈なリズムを、力強い打楽器の音が要所要所で断ち切る――スンはソウル郊外にあった学生寮の小部屋で、この曲を何度もくり返し聴いた。今、スンはハンドルの十時と二時の位置を正確に握り、制限速度で走っている。後ろからクラクションを鳴らされても気にしない。頭にあるのは、過去に診た膠芽腫の患者のことだけだ。診断後数年生存した患者もいたが、ほとんどは十四ヵ月以内に――正確には十四・六ヵ月――亡くなった。エドワード・ケネディがそうだったし、皮肉なことに、スンの悲しい未来を悼むＢＧＭとなってしまった『ラプソディー・イン・ブルー』の作曲者ジョージ・ガーシュウィンもそうだった。

ミルナーに――いやミラーだっただろうか――「私をなぐさめたり、もしかしたら良性かもしれませんよ、なんていう必要はありません」といった後、スンは電話をかけた。電話に出たフーテンの秘書アン・ホランドに「今すぐフーテン先生とお会いしたいんです」というと、秘書は最初「先生は本日はお忙しくて」といった。

「緊急なんです」スンはいった。

その後、もたつきながら上着をはおり、ＭＲＩ写真を抱えて病院を出たのだった。

スンはエレベータで十二階にあがり、外科部長室にいそいだ。ロスコの絵を見すえ、落ち着きを取り戻す。スンは若い頃から、自身の決断力と科学的思考を信じて生きてきた。今こそそれを活用し、勝ち目を少しでも増やしてみせる。頭のがんなどに二度の研修期間の苦労を水の泡にされてたまるか。

フーテンが待っていた。「やあ、スン先生」フーテンがいった。

スンが小脇に抱えていたMRIを手渡すと、フーテンは老眼鏡を上にずらし、それを光にかざした。

「たちの悪そうな腫瘍だ。この患者にかかりきりになりそうだな」フーテンは患者の名前を確かめた。「ソンさんには、マヨネーズの大びんは買わないよう勧めるね」フーテンは大きく首をふった。

「ソンは私です」スンは落ち着いた声でいった。「それは私の写真です」

「まさか」フーテンはあぜんとしている。

「先生にできるだけ早く手術をしていただきたいんです。明日か、明後日に」スンはフーテンにリストを渡した。「ここに手術に加わってもらいたい麻酔科医、看護師その他の名前を書いておきました」

「スン先生、一週間は待ったほうがいい。術前にいろいろ準備する時間が必要だろう?」

「手術が遅れればそれだけ余命が短くなります」

「確かに。だがせいては事を仕損じる」

「せいていません。論理的決断です」

13

フーテンはまたしばらく写真に視線を落とし、そしてスンを見た。「覚悟はできているね？」

スンは一瞬ためらったが、確固とした表情で前を見つめた。

「わかった。では、六時に手術準備室で」

スンは手を伸ばし、フーテンと握手した。

14

ジョージ・ヴィラヌエヴァは航空管制官＋オーケストラの指揮者＋サーカスの演技監督として、定位置であるERのスツールに腰かけていた。レーダースクリーン画面も、指揮棒も、鞭《むち》もいらない。太い手をふり回し、祭りのように大声で叫ぶだけだ。ここはジョージの本拠地だ。大腿骨頸部《だいたいこつけいぶ》骨折の患者、脱水症状の子ども、高熱を出した赤ん坊を次から次へとふり分けていく。

救命士が小便くさい酔っ払いを運んできた。髪も服も不潔で汚い。

「ありがたい土産を持ってきてくれたな」ジョージはいった。「だが、残念ながら、礼はやらんぞ」救命士は全員ほほ笑み、肩をすくめた。ジョージの決まり文句だ。

「では、また次の機会に」ひとりがジョークで返す。

「次にこういうのを拾ったら、郡立に運んでくれ」

そこにまたストレッチャーが運びこまれ、ジョージはそちらを見た。患者は白髪の男性。内縁の妻に殴られて意識を失った。ジョージは三番処置室を指さした。

内縁の妻も背中に痛みを訴えながら入ってきた。ジョージは夫婦の間にまた火花が散らないよう、妻を手術室の反対側に案内した。妻は「『あのバカ』が先にあたしをコーヒーテーブルにつき飛ばしたのよ」とぼやいている。ジョージは心の中で思った。これじゃまるでハリウッドのホテルの支配人だ。ライバル同士が顔を合わせないよう取り仕切らなくちゃならないなんて。

事例はこういうささいなものばかりではない。チェルシー総合病院にはギャングの縄張り争いで銃撃された負傷者が運びこまれることもある。両グループのメンバーが救急車で運びこまれた場合には、双方を数室分離れた処置室に入れるよう——さらには警察官を二名以上、間に入れるよう——指示する。チェルシー総合病院には警備員がいるが、ギャングには対処できない。できるのは、正面玄関に停めてある車に注意したり、チェルシーの迷宮で迷った患者やその家族に道案内したりすることだけだ。ジョージは救急部の警備員バーニー・ファイフに連絡した。バーニーはナルコレプシーの気《け》があり、シフト中もほとんど居眠りをしている。

「背中担当はだれだ？」ジョージは夫に突き飛ばされた女性のほうを示しながら、大声でいった。「スマイズ先生、頼む」

「かしこまりました。V先生」スマイズはロンドン生まれで、十二歳のときからノースカロライナ州で暮らしているにもかかわらず、いまだに中世の芝居みたいなしゃべり方をする。

「スマイズ君」ジョージは若い医師の上品なしゃべり方を真似しているが、全然似ていない。「なぜ私のほうがきみより二倍賢いというのに、きみのほうが二倍賢そうに見えるのだ？」

ジョージの後ろで看護師数人が笑いだした。「ヴィラヌエヴァ先生の仰せの通り」ひとりがいった。「スマイズ先生のほうが『いっとう』賢く見えますわ」

またべつの看護師がいう。「わたくしも誘われるならイギリス紳士に誘われとうございます」

「それくらいにしないと、ガトが怒りだすわよ！」三人目がからかうようにいう。

真面目そうな雰囲気のレジデントが戻ってきた。ジョージを避けるかのように目はカルテを見たままだ。

「イヤソノ先生、そう急ぐな」ジョージが声をかけた。この医師の本名はカウフマンだが、院内では「イヤソノ先生」と呼ばれている。ただし、面とむかってそう呼ぶのはジョージだけだ。

カウフマンが立ち止まった。

ジョージはカウフマンからカルテを取りあげた。「なんで逃げる？」

「いや、この患者さんが気になって」

「おれとのおしゃべりより大事な患者がいるのか？」

「血便が出るというんです」

「上司より血便が大事か」

看護師が笑う。

「いや、その」

「血便のほうが、おれとの貴重な数分より大事。そう聞こえたぞ」

カウフマンは顔が真っ赤だ。何かもごもごいっている。

「血便だって？」ジョージはいった。「そういうことはオシリ様にまかせておけ」ジョージの大好きなジョークだ。直腸肛門科科長リチャード・リンカンは優秀な医師であるにもかかわら

14

ず、オシリ様と呼ばれている。ジョージはカウフマンに視線を戻した。

「ところで、論文は全部読んでるらしいが、新情報はあるか？」

カウフマンはしばらく考えた。

「いや、その」口癖は治らないらしい。話が聞こえる範囲にいる医師、看護師計六名が目をそらして笑っている。「非侵襲的人工呼吸は慢性閉塞性肺疾患患者にも使用可能で――」

ジョージが割りこんだ。「知ってる。重篤な神経機能障害と七・二五未満のpHは絶対的な禁忌にはならない、とかなんとかだろう。最新の情報をくれ」

カウフマンはまた考えこんだ。顔に笑みが浮かぶ。

「いや、その、ビデオゲームが得意な腹腔鏡外科医がミスを犯す確率は四十七パーセント低いといわれ――」

「――仕事は三十七パーセント早い」ジョージが続けた。「アーカイブズ・フォー・サージェリー（医学雑誌の名称）。そんなのだれでも知ってる！」

カウフマンは、許してください、というように顔をカルテでおおった。しかしジョージは首をふった。

「どうした、期待の新人」

「いや、その、bedlam（「混乱」の意味）という語は、ロンドンにあった最古の精神病院、『ベスレム精神病院』に由来するというのはご存じですか？」

「いや」ジョージはカウフマンの背中をたたいた。「そいつは知らなかった」

そのとき、三番処置室に運びこまれた男が、鎮静剤が切れたライオンのように吠えて体を起こした。処置室にいた全員、ぎょっとした。

「女房のやつ、何でおれを殴りやがった？」男がいった。

「落ち着いてください、メリウェザーさん」神経内科医のジョンソンが男の肩に手をかけ、またそっと診察台に寝かせた。「壺か何かだったみたいですよ。さあ、ちょっと目を見せてください」

妻は背中の痛みや、ろくでなしの内縁の夫について医師に説明していたが、夫の声に反応した。

「ランプだよ」

ジョージはＥＲを見渡し、バーニー・ファイフをさがした。バーニー・ファイフは雑誌を顔に載せて居眠りしている。ジョージはスツールからすべりおり、険悪な状態の夫婦の中間地点に歩いていった。必要ならかつてのオフェンスラインの動きを思い出して、夫婦の乱闘を阻止するつもりだった。しかし、夫は本当に何で殴られたか知りたかっただけらしい。ジョージは交通整理をし、救急部オーケストラの指揮をしながらスツールに戻った。途中、看護師の机の上に三日前から置きっぱなしの、箱に入ったドーナッツをひとつつまみ、うれしそうにかじりながらスツールに腰かけた。二秒後、スツールが壊れた。まず、スチールで補強した木製の脚の一本にピシッとひびが入った。おやと思ったジョージが脚をのぞきこんだとたん、ほかの脚も一緒に真ん中から折れ、ジョージは座面ごと床に落ちた。なかなかの見物だ。体重一五〇キロ越えのヒスパニック系男性が、ぴちぴちの白衣姿で、ぶざまに床に転がった。ジョージは痛いより恥ずかしかったが、何とか立ちあがった。たいした怪我はなさそうなので、みんなくすくす笑いだした。

救急部の全員が見て見ぬふりをしようとしている。ジョージは白衣を整え、軽くおじぎしたが、後ろの人には尻をつき出す格好になった。看護師が何人か拍手した。

ジョージはスツールが壊れた原因を調べだした。と思ったら、顔をあげた。「ひとつ訊きたいことがある」大声でいう。「このスツールは不良品か?」くすくす笑いが大笑いに変わる。

ジョージは怒ってみせようとしたが、一緒に笑いだした。残りのドーナッツをほおばりながら。

15

ポケベルが鳴ったので、シドニー・サクセナは手術室を出た。あとは大丈夫。CABG手術はほとんど終わっている。CABGの意味なんてだれでも知っていると思っていた。ところがある日、経理課の新しい職員が電話をかけてきた。どうしてキャベツ《cabbage》が一万二千ドルもするんですか。シドニーは「冠動脈バイパス移植術《CABG》」のことだとていねいに説明した。「CABGは略語じゃなくて頭文字よ」とまで教えた。すると、相手がまた何かいった。シドニーは少しいらいらしてきた。「あのね、それくらい勉強しておいて」

　患者の胸は開いたままだが、シドニーはシニアレジデントのサンフォード・ウィリアムズにあとは任せ、手洗い場に出た。サンフォードは努力家で、今やチェルシー総合病院でもっとも優秀な若い外科医のひとりだ。シドニーは自分の指導するレジデントたちに大きな誇りを持っていて、実験室でも手術室でも熱心に指導する。サンフォードには七年前、マウスの背中の皮膚移植の方法を教えたのが最初だ。サンフォードは今、人間の目に見えないほど細い縫合糸《ほうごうし》を使い、拍動《はくどう》する心臓の上で血管と血管をきれいに縫合している。シドニーがポケベルの返事を返していると、手術室から叫び声が聞こえた。

　シドニーは携帯電話を切り、いそいで手術室に戻った。サンフォードと看護師のモニク・トランが顔をつき合わせて――モニクの身長があと三十センチ高かったら本当にくっついていたかもしれない――にらみ合っている。長身で南部出身の医師、サンフォードは手術室以外ではいつも「お坊ちゃん風の」服装をしている。今でさえ、アーガイル柄の手術帽をかぶっている。一方、モニクはビルケンシュトックのサンダルに、ぶかぶかのシャツを着た、小柄なヴェトナム人女性。ふたりはまるで正反対だ。どちらもマスクで顔がほとんど隠れているが、目つきと声の調子で――くぐもってはいるが――怒っていらいらしているのは明らかだ。

サンフォードとモニクの足元で、医療廃棄物用の赤いポリ袋の入ったごみ箱がひっくり返り、ビニールパッケージ、注射器、チューブ、ティッシュ、黒いしみのついた青い手術用のドレープ、手袋、血だらけのタオルなど、手術で使ったものが床に散乱している。その真ん中にあるガーゼカウント用のトレイの各区画には、血のついたガーゼが一枚ずつ入っている。

ふたりの後ろでジュニアレジデントがワイヤーを通した大きな縫合針を握りしめ、胸が開いたままの患者の横で立ちつくしている。

「かまわない」モニクがいった。

「かまわない、だって?」

「ええ。患者さんが一晩中そのままだって、知ったことじゃないわ」モニクは腕を組んだ。口でいうだけではなく、態度でも断固とした意志をしめそうとしている。「4×4ガーゼが見つからないかぎり、患者さんの胸は閉めさせない」

「体内にあるはずがない」サンフォードはほとんど叫ぶようにいった。「僕がそんなことをするはずがない」サンフォードもモニクも、シドニーが戻ってきたのに気づいていない。「きみは本当に――ガイ　フィエン　ニエウ」

「うるさい、ですって？　そんなお粗末なヴェトナム語使わないで。いい、優等生のサンフォード・ウィリアムズだって、患者さんの体内にガーゼを忘れた可能性はゼロじゃない……」モニクは大きく手を広げた。

サンフォードも腕を組み、頭を後ろにそらすと、モニクを見おろした。先ほどよりいくらか落ち着いている。

「いつからきみはそんなに感情的になったんだい？」

「ガーゼは二十二枚出したけど、戻ってきたのは二十一枚。X線をとるか、でなきゃごみ箱に4×4がないか一緒にさがして。見つけるまでだれも手術室から出さないから」

「冗談だろ」サンフォードはジュニアレジデントを見た。「閉創《へいそう》を頼む」

「感情的な子が好き？」モニクはサンフォードの胸を指でついた。「もっと感情的になってあげましょうか？」

「いい加減にしてくれ」

ジュニアレジデントは縫合針を手に、開胸された患者の横に立ちつくしたまま。まるで親に「いいというまで食べてはだめよ」といわれて待っている子どものようだ。

シドニーも黙ってふたりを見守るだけだった。目の前で何が起きているか解読しようとした。口論の原因は4×4のガーゼだけではなさそうだ。しかし、それが何かわからない。そして、

15

わからないがゆえに――上級の医師として――とるべき行動が決まらない。それはそうと、サンフォードはいつヴェトナム語を習ったのだろう？　シドニーは状況を見守った。今ここで何が起きているか、その答えはあっけなく明らかになるかもしれない。それが謎の本質だ。観察を続けていれば、ジョアンナ・ウィットマンのケースのように、見逃していた何かが見えてくるかもしれない。そう。口論の発端はガーゼが見つからないことだけじゃない。

でも、それじゃ、何？　ふたりとも感情をむき出しにしている。シドニーは突然、覗き見しているような居心地の悪さを感じた。ぴったりの言葉が見つからないが、何か「リアルな」ものを見ているような気がする。それが理由で、口をはさむのがはばかられた。看護師やレジデントはシドニーの前では期待通り、従順で真面目にふるまうことが多いからだ。

モニクはサンフォードをにらみつけている。天井のスピーカーからレッド・ホット・チリ・ペッパーズの『スカー・ティッシュ』の歌詞が大きな音で流れている。「南部なまりのある女の子……」

シドニーは手術の段階ごとにＢＧＭを変える。加刀前と手術開始時はブライアン・フェリーなど癒し系のボーカル。手術中はＵ２だ。Ｕ２を聞くとテンションがあがる。そして、手術が終わりに近づくとテンポの速いハードロックにする。

モニクは無言でしゃがみこみ、二時間の手術の間にゴミ箱にほうりこまれたすべてを――血だらけの組織や滅菌キットを――より分けてさがしはじめた。ヴェトナム語で悪態をつきながら。

「私がここに捨てたと思ってるんでしょ、知ったかぶりさん、いえ、知ったかぶり先生。じきにわかるわ。自分はお利口だと思ってるかもしれないけど、『フォー』さえちゃんと注文できないじゃない」モニクはそのヴェトナム料理を「フー」に近く発音した。

そのとき、サンフォードがシドニーに気づいた。見られていたことに気づき、慌てている。

「サクセナ先生」

モニクが顔をあげた。こちらもシドニーの姿に驚いている。

「ウィリアムズ先生、ちょっといい?」

シドニーはサンフォードにとやかくいいたくはなかった。自分が手術中に席をはずせばサンフォードがリーダーだからだ。しかし、万が一ミスが生じたら、記録に残るのは自分の名だ。それだけではない。物事には正しいことと間違っていることがあり、今回はサンフォードが間違っている。シドニーはサンフォードと共に両開きのドアから外に出ると、サンフォードを見すえた。

「モニクは本当に生意気で――」サンフォードは途中でいうのをやめて赤くなり、シドニーが何かいうのを待った。

「彼女のいう通りよ。いい? 手術中に患者さんの体内に何かを置き忘れた、というケースは毎年千例以上ある。正確には千五百例近い。もし忘れたとしても、手術が下手ということにはならない。ただ、チェックを怠ることは許されない。だって、手術記録には私の名前が記載されるのよ。明日またガーゼ捜索のための再手術をするのはお断り。訴訟も、来週の月曜日の早

15

朝にコロシアムで見世物になるのもお断り」最後のせりふでサンフォードがぴくっとした。

「あなたがX線をオーダーするか、私がするか。でなければ、一緒にさがしなさい」シドニーは、フーテンならこういうときはこう対処するだろう、という態度をとった。シドニーが外科部長の座を目指していることは周知のことだ。「閉創はガーゼが見つかってからよ」

サンフォードは口を堅く結び、鼻から息を吸った。そして、きびすを返して手術室に戻っていった。

「わかった。X線をとる」二十分後、行方不明の4×4のガーゼは患者の胸腔にあることが判明した。

16

アーマッドの息子の手術は滞りなく進み、無事に終わった。少年は麻酔から覚め、いろいろ質問しだした。タイ・ウィルソンは少年の両目の瞳孔をペンライトで照らし、両手をあげさせ、頭の弧状の皮膚切開線をチェックしながら、身体所見を小声でボイスレコーダーに吹きこんだ。これは後で電子カルテに記録される。「瞳孔は左右差なく、正円で、対光反射あり。四肢も正常に動き、人、場所、時間の見当識も正常」そして、心の中でこう付け加えた。〈少年は父親が亡くなったことをまだ知らない。優しい小児科医が息子を車に乗せる前にドラッグをやっていたことも知らない〉教えないほうがいいだろう。十二階フロアの聖域から、フーテンがアーマッドの妻の手術を手伝いにきた。驚いたことに、「スン・パクがつかまらないんです」と聞いてもまるで怒らなかった。妻はまだ麻酔で眠っているが、じきに目覚め、一家を襲った不幸について聞かされることになる。

サンディ・ショアのラトケのう胞の手術も問題なく終わった。マックは手先が器用で飲みこみが早く、うらやましいほど自信に満ちていた。今、あのときの状況をどう外科的に解剖してみても、タイは結局同じ結論にいたってしまう。自分はクイン・マクダニエルの頭に銃をあて、引き金を引いた。暗殺だ。単なる「不注意なミス」だったはずなのに。少し胃酸がこみあげてきた。クインの死はタイのパワーを、「輪」を、心理学者ミハイ・チクセントミハイがいうところの思考と行動の統合を、揺るがした。タイが持っていた何もかもが失われてしまった。さし迫った問題は、どうしたらそれを取り戻せるかだ。取り戻せなかったら、などと考えてはいけない。

手術室着から着替えながら思った。自信がこんなにたやすく消えてしまうとは。脊椎手術二件は何も考えずにこなせたのに、技術がもっとも必要なときに体が凍りついた。考えはじめた結果がこれだ。不安に襲われた。「考えすぎてはだめだ」と自分にいい聞かせ、思わず笑いそうになった。考えるな。そう思えば思うほど考えてしまう。バッティングのスランプに陥った野球選手や、フリースローラインに立ったバスケットボール選手に訊いてみればいい。

タイは高校時代、優秀なスポーツ選手だった。サンルイス・オビスポ高校ではピッチャーと外野手、バスケットボールチームのタイガースではシューティングガードだった。チームメートの中には精神的プレッシャーから、試合で実力を発揮できない者がいた。野球チーム仲間の一塁手ドン・ブランケンシップは、ほんの少しボールを投げるだけでも緊張し、手は前に出るのだがボールはほとんど真下に落ちた。チームにとって幸運なことに、一塁手はそう頻繁にボールを投げる必要はなかった。精神的プレッシャーは高校生プレーヤーに限ったことではない。ニューヨークヤンキースのチャック・ノブロックも同じ呪いにかかった。往年のメジャーリーグのピッチャーの中にも、突然制球がきかなくなってスランプに陥った選手が多くいた。

タイの高校のバスケットボールのチームメートに、トレント・ブラウンという体格のいいパワーフォワードがいた。地方大会の決勝戦でフリースローをミスし、それ以後フリースローが三本に一本しか決まらなくなった。ひどい確率だ。トレントはそれで奨学金を失った――四メートル離れたフリースローラインから、輪っかにボールを入れるという単純な動作ができないかもしれない、という不安を克服できなかったからだ。

ゴルフ選手はこういった緊張を「イップス病」と呼ぶ。スポーツ心理学者の中には、スポーツ選手が精神的問題を克服できるよう指導するのを生業としている人もいる。もちろん、緊張するのはスポーツ選手だけではない。自分がそのいい例だ。優秀なスポーツ選手だった昔を思い出しているうちに、べつのことを思い出した。この後、外傷性脳損傷に対するプロゲステロンというホルモンの使用に関する講義の準備をしなくてはならない。これはERのある同僚と一緒に考えた理論だ。タイたちは、同じような頭部外傷患者では、女性のほうが男性より回復が早いことが多いのに気づき、脳の保護に女性ホルモンのプロゲステロンが関係しているのではないかと考えた。研究の結果その通りであることがわかり、十五本目の論文を『ニューイングランド・ジャーナル・オブ・メディシン』に発表したのだ。タイは講義の準備はさぼり、バイクでアパートに帰ると、Tシャツ、短パンに着替えてハイトップを履いた。ちらっと鏡をのぞき、もみあげに生えてきた白髪をなでつける。コバルトブルーの瞳が、挑むようにこちらを見ている。タイはまたオークストリートを走り、地元の小学校にむかった。この小学校のアスファルトの校庭では放課後になると高校生が、ときには大人も混じってバスケットボールをしているのだ。ポケベルはアパートに置いてきた。

16

タイはチーム分けでいつも最後まで残るが、速攻の得意な高校生たちと互角にやり合ってみんなに驚かれる。タイは昔から無駄のないプレーが自慢だ。流れるような動きで素早くパスをカットし、空いているスペースを見つけてボールをキャッチし、シュートチャンスをねらい、お手本のようなジャンプシュートを決める。タイは頭脳プレーヤーでもあった。ボールの行く先を予想し、ゴール下に割りこんでリバウンドをとり、攻守の切り替えも早く、ボックスアウトもキックアウトもお手の物。シュートでもリバウンドでもパスでも、自分がチームで果たすべき役割を瞬時に判断し、実行した。その結果、タイのチームはいつも勝った。これは子ども時代を過ごしたカリフォルニア州で、絶えず練習していたおかげだ。タイはひまさえあれば何時間でもバスケットボールをしていた。万引きとバスケットボール漬けの日々はいつしか、理想の外科医を目指して勉学に励む日々に変わった。

しかし今日はリズムがつかめなかった。最初にウィングでボールを受けとったときは、あせりすぎてシュートがゴールを大きくはずれた。二度目はドリブルでゴールをねらったが、自分の半分の年の相手にボールを奪われ、逆に速攻でシュートを決められてしまった。

その後、自分にはもうだれもパスをくれないだろうと思ったので、パスカットやリバウンドをねらってコートを走り回った。ところが、コート内でのポジションやチーム内での役割を見つける感覚は失せていた。味方にぶつかってばかりなので、チームの全員が、押しつけられた「中年」にいらいらしだした。タイはリングの下に場所を見つけてキープするどころか、自分を邪魔者扱いするチームメートをよけて走る羽目になった。

普段のタイなら、遊びでも本気の試合は、疲れるけれど爽快だと思ったはずだ。しかし、相手のレイアップシュートを追って広いコートを走りながら、自分への罰として走り回っているだけだということに気づいた。息を切らしながら相手シュートのリバウンドをつかんだタイは、棒のように細い高校生とぶつかってしまった。相手が鼻を押さえて倒れた。

「いい加減にしろよ」タイの後ろでだれかがいった。高校生は車の屋根に座り、Tシャツで鼻を押さえている。

タイは大きなため息をついた。

「すまなかった」あやまりながら片手を出したが、はねのけられた。

タイはコートに背をむけ、手をふって校庭を後にした。バイクを停めた場所にむかいながら、体を酷使するいつもの喜びはまったく感じられなかった。どうしてだ？　そうだ、喜びではなく、苛立ちを胸にプレーしていたからだ。シュートを決めれば、体を動かすことに集中すれば、忍び来る心の中の悪霊を追い払えるかもしれないと思っていた。しかし、だめだった。自宅にむかってバイクを走らせていても、例の不安は居座っている。次の手術では手が動かないかもしれない――いや、大惨事を招いてしまうかもしれない。呼吸が浅い。バスケットボールをやったせいではない。何かしなくては。自分にとりついて離れない不安を――レトロウィルスのように自分を冒す不安をふりほどかなくては。いいことを思いついた。正確にいうと、一週間前に思いついたことを実行することにした。

タイはシャワーを浴びて着替え、財布に入れておいたメモがまだあるかどうか確かめた。あ

16

ったた。メモした住所をインターネット検索で確認して車に乗りこみ、自宅から五、六キロ離れたその住所を目指した。そしてクローガーというスーパーの裏にあるアパートの前で車を停めると、深呼吸して車からおり、そちらにむかった。

恐れに正面からむき合う、それは兄の死を経験して以来の信条だ。

タイは〈マクダニエル　5H号室〉という表札の下のブザーを鳴らした。

「はい?」

「アリソンさん、こんにちは。タイ・ウィルソンです」相手は黙っている。「チェルシー総合病院の外科医のウィルソンです。少しお時間をいただけますか?」

相手は黙ったままだ。と思ったら、ブザーが鳴ってオートロックがはずれた。タイはドアを開け、エレベータで五階にあがった。廊下のカーペットはすり切れ、照明は薄暗い。タイが5H号室のドアをノックすると、ほどなくドアが開いた。アリソンは少しいぶかしげな表情だ。待合室で会ったときは、グレーのパンツスーツを着て、髪はひとつに束ねていた。今日はミディアムヘアはおろし、シンプルなVネックのTシャツにジーンズで、素足だ。以前会ったときより若く見えるが、かなり憔悴《しょうすい》している。

「こんにちは」タイはドアが開いたらまず何をいうか、まったく考えていなかったことに気づいた。そして反射的に、なんてきれいな人だ、と思った。「お話をしたいと思ってうかがいました。あれからずっと息子さんのことばかり考えていました」

アリソンの後ろで子どもがふたり走り回っている。クインのきょうだいにしては幼い。アリソンがタイの表情を見てとった。

「姪と甥です。失業してしまったので、妹の子のシッターをしているんです」タイはどう返したらいいかわからなかった。アリソンが大きく深呼吸した。「この子たちの面倒を見なくてはいけないので、今日は無理です。コーヒーを飲む相手がほしくなったら連絡をください。近所にスターバックスがありますから」

アリソンは人差し指で「ちょっと待って」というジェスチャーをして家に入り、またすぐ戻ってきた。電話番号が書かれたメモをタイに差し出す。

「携帯電話の番号です」穏やかで事務的な口調だ。

「ありがとう」タイが受け取ると、ドアが閉まった。タイはドアの前で一瞬立ちつくした。車に戻りながら思った。いきなり会いにくるなんて、何を考えていたんだ？　何を期待していた？　彼女は何もかもなくした。こんなことをするなんて身勝手も甚《はなは》だしい。しかし、ここ数日で初めて、少し気がらくになった。

17

ティナ・リッジウェイはキッチンの大きな木製のテーブルで、高級なシャルドネの白ワインを飲んでいた。夫のマークは六口あるガスコンロの前に立ち、フライ返しを手にフライパンで舌平目を焼いている。カウンターの上の蓋付きキャセロールの中身はインゲンとアーモンドのソテー。六歳の娘アシュリーはふたりの中間に置かれた車椅子に座っている。この車椅子は小児麻痺の子ども用で、前にトレイがついている。アシュリーが頭を大きく傾げた。長女と次女はべつの部屋で流行歌をうたっていて、その声がキッチンまで聞こえる。

「今、ちゃんと聞いていなかったでしょ」ティナがいった。

「聞いていたよ」マークがいった。夫婦の間に緊張感が漂っている。ふたりを隔てる壁はここ数ヵ月でますます高くなり、それに合わせて双方の言葉遣いもきつく、ぞんざいになり、会話は不自然さを増した。しかし、ふたりはまだ夫婦であり、同居人だ。少なくとも、三人の子やそのスケジュールに関する情報を交換する必要があった。

マークのスケジュールはかなりシンプルになった。ミシガン州の経済状況が悪化して建築家の職を失い、今は専業主夫をしている。最初は再就職をしようと懸命だったが、今はその跡形もない。雇用市場で建築家にはほとんど職がない。建築作業すらないだろう。そこでマークは娘三人に情熱をそそぐことにした。朝は長女と次女の学校のしたくを手伝い、アシュリーをデイケアセンターに連れていく。午後は長女と次女がスクールバスで帰宅するまでアシュリーと家で過ごす。当初、午前のフリータイムは運動をして過ごすつもりだったが、結局またベッドにもぐり、寝て過ごすことが多い。運動にまわすエネルギーはなかった。ティナの話を聞くだけでも持っている以上のエネルギーが必要だった。

「ミシェル・ロビドーが手術でミスをしてしまったの。だれにでも起きる可能性があるミスなのよ。それなのに病院はミシェルを解雇しようとしている」

「よくあることだ」マークがいった。「会社をクビになったとき、僕にもそういっただろう」

「ちょっと！」ティナは手でマークに教えた。アシュリーがトレイに頭をぶつけたからだ。

「悪かった。けど、ミシェルって問題児だったんだろ？」

「それとこれはべつ」ティナは冷たく、見くだした口調でいった。「病院はスタッフの味方をして当然よ」

ふたりが結婚したのは十五年前だ。ティナがどんなに話しても、マークは医療について理解しようとしない。現実を直視しようとしないのだ。そんな調子だから、経費削減のために会社が自分を解雇しようとしていることに気づけなかった。

「人の話をちゃんと聞いて。適当に聞かないで。今、若い医師の話をしているのに、べつのことを考えていたでしょ。病院はそこで働く人を守るべきであって、問題を起こしたからといって切り捨てるのはおかしい」ティナは言葉に力をこめた。そうすれば夫にも理解できるとでも

17

いうように。

マークはまたガスコンロにむき直り、舌平目をひっくり返した。口は閉じ、目はフライパンを見ているが、あごの筋肉は緊張している。手を止め、またこちらを見ると、フライ返しの先をティナにむけた。きゅうに口調が荒くなる。

「妻や母親も、家族の味方をすべきだ」

「は？」

「自分は夫の味方をしたことがあるか？　子どもの味方をしたことがあるか？　この一年はすごく大変な一年だった。いろいろな問題があった。今もそうだ。それなのに、自分は何をしている？」

「なんの話？」

「いつも家にいないじゃないか。いてほしいときにいない」

アシュリーがまたトレイに頭をぶつけ、かん高い声で泣いた。ティナはアシュリーを、そしてマークを見たが、黙ったままだ。

「看護師やレジデントや医者に呼ばれれば、何時でも何曜日でも駆けつける。それなのに、こっちはいつもほったらかしだ。妻はひとりしかいないのに」

「どこからそんな話が出てきたの？」ティナはいった。

アシュリーがトレイに乗っていたおもちゃをひとつ落とした。マークはしゃがんで拾いあげた。立ちあがったマークの目に、苛立ちの涙が浮かんでいる。

「どこから来たって？　ここから。僕からだ」

マークはまたガスコンロの前に戻った。バーナーの火を消し、キッチンの入口にむかう。

「マディソン、マッケンジー、夕食ができたぞ」マークは娘ふたりを呼んだ。

ティナは唇を固く結び、冷たい表情でマークを見た。

マークは食卓に手早く皿を並べている。ティナの席に置くときはティナのほうは見ず、少し乱暴に置いた。そして紙ナプキン、フォーク、ナイフも並べると、ガスコンロの前に戻り、ソテーした魚を大皿に移した。

ティナとマークがにらみ合っていると、娘ふたりが飛びこんできた。キッチンに入った瞬間、ふたりとも両親の険悪なムードに気づいた。

「今日のお夕飯は何？」マッケンジーが訊いた。マディソンはガスコンロに近づき、フライパンを見た。

「やだ。またお魚？」マディソンがいう。

「何、そのいい方は」ティナはいった。声は落ち着いている。「パパに謝りなさい」

「ごめんなさい。でも嫌なんだもの」

「それなら——自分の部屋に行きなさい」ティナはいった。「早く」

「ママ！」

「いいんだ」マークはティナを見た。「わが家のほかの問題にくらべれば、たいしたことじゃない」ティナはマークをにらみつけた。

娘ふたりは両親の顔を見比べ、そしてそれぞれの席についた。目をふせたまま、黙って食べはじめる。マッケンジーが食べるのをやめて顔をあげた。なめらかな頬を涙が伝っている。

「パパ、おいしい」マッケンジーがいった。

「それはよかった」マークの声は抑揚がない。

「大丈夫なの?」マッケンジーがいった。涙声だ。と思ったら、マディソンも泣きだした。アシュリーはトレイに頭をぶつけた。マッケンジーの質問が宙を漂う。マークはこたえず、ティナのほうを見た。答えを求めるかのように。

ティナは娘たちを見た。

「マッケンジー、変なこと訊かないで」ティナはできるだけ優しい声でいった。「いつかわかるわ。結婚は……」いったん言葉を切る。「結婚生活には大変なこともある。でも、お父さんとお母さんはおたがいを大切に思っている」ティナは自分にいい聞かせるようにいった。「いらっしゃい。マッケンジーも、マディソンも」

ふたりがティナのところに来た。ティナは座ったまま横をむいて両手を広げ、ふたりのきゃしゃな体を抱きしめた。マークは唇を結んだまま、そんな三人を見ていた。

18

救命士たちがスイングドアからERに駆けこんできた。全員緊張した表情だ。ストレッチャーには高齢の女性が横たわっている。ブラウスは前が裂け、血だらけだ。小さな白いセーターは切って脱がされ、患者の足のほうに丸めて置いてある。茶色いポリエステルのズボンにも点々と血がついている。胸の傷口には粘着ガーゼが貼ってあるが、ほとんど役に立っていない。右の胸郭《きょうかく》から吸引音が聞こえている。白髪や顔も赤く染まり、ストレッチャーのマットに血がたまっている。救命士のひとりが患者の胸のガーゼを押さえながら、口につっこんだチューブにつながっている換気バッグを握っては空気を送りこんでいる。

「なんてことだ」ジョージ・ヴィラヌエヴァはスツールの上でつぶやいた。「八番だ！」ジョージの指示で救命士たちは救命チームが待つERの奥にストレッチャーを運びこんだ。ジョージは瞬時に患者を観察し、まずい、と思った。胸壁動揺。全身が青白く、まったく動かない。

「八十二」ジョージはつぶやいた。心臓はまだ動いているが、拍動は弱く、不規則だ。

ジョージはスツールから飛びおり、八番処置室にいそいだ。途中で看護師の手からペンライトを奪い、患者のまぶたをあげて瞳孔を確かめた。

「がんばれよ」

ほぼ同時にチーフレジデントが早口で告げた。「八十二歳、女性。銃で右胸を撃たれた。胸壁動揺があり、血流動態不安定、現場でほぼ全失血。乳酸リンゲル液二袋。一刻を争う。急げ！」レジデント二名、看護師および技師数名が中心静脈ラインを全開にしたり、輸血をしたり、血液ガス分析を行ったり、心室細動から不全収縮になったときに備えてエピネフリンやアトロピンを準備しはじめた。

ジョージは体を震わせながら後ろにさがった。救命士のひとりの袖をつかむ。

「とんだ土産だ」

「散弾銃で、至近からです。やったのは孫です」

「なんてことだ」ジョージはまたいった。「礼はやらんぞ」おなじみの軽口だが、いつもと口調が違う。

救命士がべつの処置室のほうを指さした。「孫はあっちです。祖母を撃った後、三十八口径で自分を」

その処置室に運びこまれたのは、やせた若い男だ。肌に血の気がなく、口の両端が吊りあがっている。法医学の病理学者が「悪魔の角」と呼ぶ、口に銃口をくわえて引き金を引いたときに生じる現象だ。そして、残った左目の下には涙の跡がひとつ見えた。

「くそガキめ！」祖母を、そして孫を見ているうちに、ジョージは怒りがこみあげてきた。鼻をふくらませ、のしのし男の処置室にむかう。「くそガキ、絞め殺してやる」

闘牛のような勢いで突進してくるジョージに気づき、看護師が慌てて飛びのく。男の運びこまれた処置室には医師や看護師が数人集まっていた。ジョージが入っていくと、小柄な女性レジデントが前に立ちふさがり、両手をあげた。私をぶたないでください、とでもいうようだ。

「ヴィラヌエヴァ先生、もう死亡しています。脳波計に反応はありません」ジョージは足を止め、その意味を理解しようとした。「すでに臓器摘出チームに知らせました」

プロトコルによると、臓器摘出まで十二時間患者を観察しなくてはならない。ジョージは再び男に目をやった。さっきより近くで見たので、銃弾がどこから抜けたかわかった。整髪料をつけた長髪に隠れているが、右側頭葉の少し上だ。頭蓋骨が一部大きく欠けている。ほかにも気づいたことがあった。右肩に「卐」のタトゥーがある。

「こいつを外に放り出せ」ジョージはいった。また怒りが湧いてきた。

神経内科医のスーザン・グエンがＥＲに到着し、処置室に入ってきた。

「ヴィラヌエヴァ先生、患者さんを診せていただけます？」

「患者なんかじゃない。クソの切れ端だ」ジョージは一歩も動こうとしない。

「とにかく、見せてください」スーザンは強い口調でいった。

ジョージがいきなり目の前に来た。スーザンは殴られると思い、顔をおおった。まわりで見ていた医師、看護師も息を呑んだ。しかしジョージは自分を抑え、スーザンをにらみ、そして横をむいた。「必要ない。脳死だ。神経内科医に教えてもらわなくてもわかる」

「そいつを放り出せ。おれの目のつかないところに」念のためにそういい、今度は小声でつぶ

18

やいた。「摘出チームがとりにくるまで、どこかに放りこんでおけ。なんかの役には立つかもしれん」

病棟勤務員《ヘルパー》ふたりが男を乗せたストレッチャーを押し、ERからメイン棟に運んでいく。グエンはまだERにいる。「ホルヘ先生、本人に臓器提供の意思があるか確認したんですか。それに、本当に脳死状態かどうかもわかっていないんですよ」

　ジョージはもう歩きだしていた。八番処置室に戻ると、孫に撃たれた女性はすでに息を引き取り、肌から血の気が失せていた。看護師たちが体につながれたチューブやモニターをそっとはずしている。ジョージはサングラスをとり、目をこすった。よろけるようにスツールに戻り、何度かふり返って女性を見た。女性は遺体安置室に運ばれていく。

　スツールに腰かけて遠くを見つめていたら、突然、故郷の小さな町が脳裏によみがえった。町のメインストリートを家族で歩いていると、恐怖、嫌悪、憎しみのこもった目でにらまれることがあった。ただ歩いているだけなのに。ジョージの父親にとってのぜいたくは、仕事がない日曜日の礼拝後、メインストリートにある大衆食堂に家族で食事にいくことだった。五、六歳の子どものジョージにも、両親やふたりの妹と一緒に歩く自分をにらむ目や、非難の表情はわかった。なんで？　自分たちの肌が、祖父母の代からデクスターに住んでいる人と違って茶色いから？　その人たちの先祖だって、ドイツやデンマークやイギリスからこの小さな町に移民として来たときは、この州の名称さえちゃんと発音できなかったはずだ。教会ではジョージの一家に親しげな表情を見せ、「平和があなたと共にありますように」といいながら笑顔で握手してくるカトリック信者でさえ、いったん埃臭く薄暗い煉瓦造りの教会の外に出ると、態度が変わるようだった。

ジョージの祖父はドゥランゴ出身のメキシコ人だ。その父である曾祖父はエル・パルミートの鉱山で働いていたが、四十歳半ばで馬に蹴られて亡くなった。ジョージは祖父に会ったことがない。ジョージがまだ赤ん坊のとき、五十代で亡くなった。祖父がなぜミシガン州南西部に移り住むことにしたかはわからない。祖父は最初の数年は鍛冶屋をしていたが、やがて荷馬車の車輪を修理したり、馬の蹄鉄《ていてつ》をつけたりする仕事は必要なくなった。そこで給料をもらう仕事に職を変え、そのうち地元の高校の用務員になった。

ジョージは食堂では「ビッグ・ブレックファスト・スペシャル」を注文することが多かった。するとと、父親はウェイトレスに冗談をいった。「うちの息子は大食漢だからな。そのうち雌鶏が残業しなきゃならなくなるぞ」とか「厨房に食材はたっぷりあるかい？」とか。そんなときの父親は誇らしげだった。寛大な父のおかげで、息子はあっというまに体格のいい、丈夫な子に成長した。

ジョージが十代になり、遺伝子と偶然の奇妙な結びつきによってばかでかく成長した結果、ヴィラヌエヴァ一家に大きな変化が訪れた。デクスターではスポーツが大人気だ。アメフトの一流選手になれば、その家族も尊敬される。ジョージの父親も、それまでは冷たかった人々から声をかけられるようになった。「チームの調子はどうだい？」「ジョージは元気にしてるか？」「ジョージにいっときな。金曜の夜の試合にそなえてウィーティーズ（米国大手食品会社のシリアル。一九三四年以

18

降パッケージにスポーツ選手の肖像を採用）を食べろ、って！　今年のパイアスは強いらしいからな」

ジョージ本人は移民の精肉加工工場従業員のばかでかい息子から、地元の警察も含めた町中のだれもが見守り、面倒を見たがる対象になった。一度、ジョージがアメフト仲間と一緒に試合後ビールを飲んで大騒ぎをしていると、ペダーソンという地元の警官がやって来ていった。少し声を控えめにして、ここから動かないように、と。

「両親に来てもらいなさい。全員酒を飲んだのはわかっている。私はこの少し先で待っている。逃げようとしたら逮捕する」

　ペダーソンはアメフトの大ファンで、ジョージには次の試合につねにベストコンディションで出場させたいと思っていた。今はジョージ自身が飲酒運転で事故を起こした若者の面倒を見てばかりいるが、そんな若者を見張るペダーソンはいない。ジョージは最終的には高校卒業後ミシガンのスター選手となり、さらにはＮＦＬで活躍し、町の誇りとなった。スポーツ専門チャンネルのＥＳＰＮでは今でもジョージがＮＦＬで活躍していた当時のハイライトシーンが放映されることがある。ＥＲの待合室のテレビにジョージが映ると、看護師も医師も集まってきた。そしてジョージがスイープでランニングバックの前に飛び出したり、突進してくるディフエンダーからクォーターバックを守ったりすると、手をたたいて喜んだ。ジョージは注目されるのは大好きなので、自分も観衆に交じって大きな身振り手振りで、大声を張りあげて解説することがよくあった。

　しかし、ジョージは少年時代に受けた中傷や侮辱を完全に忘れることはなかった。白人の子どもたちはジョージを誕生日パーティーに呼ばず、公園で一緒に遊ぼうとしなかった。ジョージが触った物は食べようとせず、家にも遊びに来なかった。

今でも鮮明に覚えている出来事がある。六歳のとき、父親の勤めていた工場が従業員とその家族のためにイベントを開いた。ポニーに乗れる乗馬コーナーや各種ゲームコーナーのほかに、ウィスコンシン州マディソンの本社からホットドッグ宣伝車も来ていた。それはホットドッグの形の車の上に、巨大な赤いウィンナーが乗ったスポーツカーで、運転席は宇宙船のコックピットのようだった。専用の制服姿の運転手が子どもたちを順番に乗せ、町をドライブしてくれる。三十分近く待ち、ようやくジョージの番になった。車に乗りこもうとしたら、スティーヴという同い年の男の子が前に割りこんできた。

「次、おれなんだけど」ジョージはいった。

「そう、順番だからね」運転手は肩をすくめた。

「ホットドッグカーにメキシコ野郎《ウェットバック》も乗っていいんだ。知らなかった」スティーヴがいった。

当時、ジョージはウェットバックの意味をまだ知らなかったが、ばかにされているのはわかったし、それが自分の生まれと関係があるのもわかっていた。スティーヴの言葉以上に忘れられないのがドライバーの反応だった。ドライバーはげらげら笑い、また肩をすくめた。「私も知らなかった」とでもいうように。ホットドッグカーの件は、ジョージには最悪の思い出となった。そして、ジョージの人種差別レーダーは、それ以来作動しつづけている。

チェルシー総合病院ＥＲに、おれのＥＲに、白人至上主義者が運びこまれた。ジョージの少

18

年時代の侮辱や差別をおおうかさぶたが引っぱがされた。男が運び出されてせいせいすると同時に、ジョージは、理性ではなく感情で行動してしまったことに気づいた。後でしっぺ返しが来なければいいが。

19

スン・パクは妻パットと娘ふたりに付き添われ、ストレッチャーで運ばれていた。ストレッチャーを押しているのは麻酔科医だ。ワックスをかけたばかりのリノリウムの廊下で、車輪がキュッ、キュッと音を立てている。乳酸リンゲル液の点滴バッグが、長身の麻酔科医の歩みに合わせて揺れている。スンは今日の手術の一番目だ。

パットは片手をスンの左肩に乗せ、黙ったままだ。娘ふたりは両側で、ストレッチャーの手すりに固定されたスンの手を握っている。五歳の娘エミリーの目は泣きはらして真っ赤だが、今は下唇を震わせながら涙をこらえている。

二歳の息子ピーターは家に残り、近所の十代の少女に面倒を見てもらっている。きっと父親の病状など知らず、今日も楽しく教会のプレスクールに行くことだろう。

鎮静状態だが覚醒している状態で、スンは病衣で天井の蛍光灯を見つめていた。麻酔前投薬のおかげで手術のことがあまり気にならない。天井の明かりが、流れ行く高速道路のライトのようだ。天井をもっと柔らかい色にすればいいのに。ストレッチャーに仰むけの患者には天井しか見えないんだから。対象実験に使ってみればおもしろいかもしれない。頭の中ではそんなことを考えていたが、黙っていた。

ストレッチャーを押していた麻酔科医レジナルド・カルブレスが沈黙を破った。カルブレスも、スンが昨日ハーディング・フーテンに渡した手術担当者リストに、脳外科レジデントのアイシャ・アリ、外回り看護師メリンダ・ブラウン、器械出しの看護師ラターニャ・スコットと共にあげたひとりだ。カルブレスは長身で、洋ナシ体型のアフリカ系アメリカ人。ジャズとだじゃれが大好きだ。

「さあ、患者さんの気持ちを味わうときが来ましたよ」カルブレスはそういってスンの肩を軽くたたいた。パットの小さな手が置かれているのとは反対の肩だ。スンは今まで一度も医者にかかったことがない。骨折したこともなければ、救急車で運ばれたこともなく、病気で欠勤したことさえない。正直、病気の人がどんな生活をしているのか想像もつかなかったが、ストレッチャーに横たわったことで新たな視点が開けた。スンが医師として手術室に入るのは、患者が全身麻酔をかけられた後がほとんどだった。今回の経験で、それを変えようかと思った。麻酔をかけられる前は、自分の自由がきかず、他人に頼りきりの感覚に苛立っていた。しかし今、ストレッチャーに横たわり、抗不安薬を投与されていると、どうでもよく思えてきた。

廊下の最後の角を曲がり、手術室が見えてきても、スンは無言のままだった。膠芽腫《こうがしゅ》の手術は何度も執刀したことがあるが、今回の手術はフーテンにとっても大変な手術のはずだ。まず、悪性神経膠腫《あくせいしんけいこうしゅ》の範囲は、MRIで見えるより広がっていることが多い。ゴムのような触手が周辺の細胞に侵入する、たちの悪い浸潤性《しんじゅんせい》の腫瘍だ。いわば、北部のハイウェイ沿いの木やフェンスにはびこる蔓性《つるせい》植物のようなものだ。スンは思った。このたとえは次回、膠芽腫について説明するときに使おう、と。しかし、麻酔のせいでうろ覚えになりそうだ。また心のどこかで、もう二度と医師として指導にあたることはないかもしれない、とも思った。本来ならそんなふうに考えたら絶望的になるはずだが、麻酔のかかった頭では気にならなかった。

数時間前、自宅のベッドに横たわり、予後に思いを巡らせていたときは怖くてしかたなかった。脳内に進行の速い腫瘍が存在するだけでは不十分だとでもいうように、悪性膠芽腫は患者の本質まで攻撃する。人格、発話、学習能力、記憶、認知能力に影響を与える可能性がある。スンは病名に対する論理的反応として一瞬、自殺も考えた。膠芽腫はチェックメイト（チェスの王手詰み）のようなものだ。行き詰まり、行き場がない。ゲームオーバーだ。しかしスンは簡単にあきらめるタイプではない。スン自身の基盤には、強固な意志が埋めこまれている。腫瘍と徹底的に戦うつもりだった。

スンのような腫瘍の平均生存期間は七十三・四週。妻のパットにはこの数字を教えなかったが、長年脳外科医と連れ添ってきた妻のことだ。夫婦がこの先一緒に暮らせる時間は月単位、場合によっては年単位かもしれないが、十年単位でないことはほぼ確信しているはずだ。家計は普段から妻にまかせておいてよかった。自分が死んでもそう困らないだろう。キャビネットの奥にしまってあるフォルダーの書類はすでにチェックした。パットの妊娠第三期に、夫婦で一緒に弁護士の話を聞いたときのことを思い出した。ふたりとも書類にそれぞれの意思をていねいに記入した。途中、弁護士がスンにたずねた。「末期になったらどうしてほしいですか？」スンは弁護士の顔をじっと見てこたえた。「われわれはみな、いずれ死にます」自分は死を真

19

正面から見つめ、びくともしない勇敢な人間のつもりだった。しかしあのときは、自分がそう簡単に死ぬはずないと思っていたから偉そうなことをいっただけだった。涙がこみあげてきたが、娘の手を離したくない。スンはさりげなく横をむき、枕の端で涙をぬぐった。

ストレッチャーは廊下の奥に着いた。両開きのドアに〈この先、手術関係者以外立ち入り禁止〉と大きく書いてある。カルブレスがパットと娘ふたりにいった。

「ここまでです。ご家族は手術室には入れません」家族は通常、手術準備室から手術室まで同伴することもできないが、カルブレスは今回特別にここまで付き添わせてくれた。

「ありがとうございました」

パットはそういうと夫の額にキスをし、ストレッチャーから顔をそむけた。泣き顔を夫や娘に見せたくなかったのだ。

「お父さん、がんばって」次女のナタリーが、両開きのドアから中に運ばれていくスンに声をかけた。中ではフーテンがすでに手術室着姿で手術用眼鏡をかけ、頭にヘッドランプをつけて待っている。

スンは返事の代わりにあごを軽くあげたが、ストレッチャーはすでにドアの中だった。

スン・パクが手術室に入った頃、ティナ・リッジウェイはフリー・クリニックの診察室にいた。フリー・クリニックは地図ではチェルシー総合病院から二キロほどしか離れていないが、いろいろな意味で世界ひとつ隔てたところにあった。チェルシー総合病院はこの町が誇るランドマークだ。その中心は通りに面して堂々と立つ、創設当初からの六階建ての煉瓦の建物で、その両側と後ろに増殖をつづける巨大な別棟や階層式駐車場は、それぞれが建てられた時代の好みを反映している。また、キャンパス——病院関係者はそう呼んでいる——の敷地は六ブロック、百エーカーもあり、建物や駐車場は迷路のような地下通路や渡り廊下でつながれている。

一方、フリー・クリニックはコンクリート製の低い、小さな建物だ。チキン専門のファストフード店とディスカウントストアにはさまれ、以前は印刷屋だった。床のカーペットはすり切れ、間に合わせの診察室はボランティア医師と寄付された備品でまかなっている。フーテンには——タイにさえ——まだ内緒だが、ティナは国内有数の医療機関での仕事を辞め、自らの能力をここで活かしたいと思っていた。確かに、自分は脳外科医だ。けれど、ここなら、切実に求められながら不幸にも欠乏している医療を提供できるはずだ。

ティナはダリル・レガットという名の患者の血糖値グラフを見た。記入できる上限を超えている。

「レガットさん、血糖値が高いです。約三百です。どうしたんです?」

「検査キットを買えなくてさ」レガットは少し恥ずかしそうにうつむいた。「ここ何日かギャンブルで負けてたんだ」

「お薬は?」ティナはキャビネットを開け、インシュリンと注射器を取り出した。

「キットも買えないのに薬が買えるわけないじゃん」

「じゃあ、今日来たのは?」

19

「なんか目がかすんできてさ」

ティナはレガットに注射をしながら、水の入ったコップを渡した。そして注射が終わると注射器を捨て、レガットのほうをむいた。

「ここにはインシュリンも検査キットもある。自分で買えなくなったら、ここに来ればいいと思っているのね」

「その通り。先生、ありがとう。助かるよ」

ティナはレガットにほほ笑んだ。〈ありがとう〉久しぶりに耳にする言葉だ。

フリー・クリニックに来るとティナは元気になる。ここでは事務手続きも、科の方針も、官僚制もない。弁護士もいなければ、つまらないプロトコルもない。ここで求められているのは、入り口から歩いて、這って、車椅子で入ってくる種々雑多な患者の症状に、医師としての知識と技術で立ちむかうことだけ。患者の大半は長いこと症状をほったらかしていることが多い。理由は、病院に行く余裕がない、仕事を休めない、病院に行く手段がない、どこに行ったらいいかわからない、などなど。ティナはときどき思った。フリー・クリニックに来る患者は、自分や――さらには――自分の健康よりもっと大事なものがあると信じこんでいて、そのために来るのが遅れるのではないか、と。

ティナの患者は何かと理由をつけて診察を先延ばしにする。レガットの後に来たパティ・スタインクラーという五十歳の女性は歯が五本、歯肉まで虫歯になっていた。ティナのフリー・クリニックでの経験によると、体の各部位に優先順位をつけるとしたら歯が最後だ。ティナはこの患者に、月に数件フリー・クリニックの患者を引き受けてくれる口腔外科医を紹介した。

次に来たのは高熱を発したエル・サルバドル出身の移民の赤ん坊。〈さあ、私にまかせて〉ティナは思った。〈私にはできる。変化を起こせる〉なぜか、この赤ん坊を見て自分の家族を思った。マークと一緒に暮らしていても現状は変わらない。長女も次女もどんどん離れていく。ふたりとも悩み事はマークに相談する。悲しいことに、ティナは家にいないことが多く、娘がどんな悩みを抱えているのかよくわからない。今度娘たちとそれぞれ一対一で話してみよう、と思ったそのとき、ふと窓の外が気になった。すぐそこで老人が苦しそうに胸を押さえている。

「ねえ、大変」ティナはこのクリニックの管理人であるデュシャンに声をかけ、一緒にドアから飛び出した。ティナははりきっていた。

20

ジョージ・ヴィラヌエヴァが「そいつを放り出せ」と怒鳴ってから十一時間五十九分後、アール・ジャスパーが運びこまれたＩＣＵの一室に臓器摘出チームが到着した。

祖母を射殺した白人至上主義の男は、大きな電動ベッドの上でぴくりとも動かない。心拍と血中酸素飽和度を示すモニターをつけられ、口に差したホースはベッドの反対側にある大きな呼吸器につながれている。呼吸器から数秒ごとにシュー、シューという音と共に空気が送りこまれ、それに合わせて胸が上下している。呼吸器が空気を送りこむたび、モニターが胸の動きを登録する。目標は毎分十四回。一回換気量七〇〇ミリリットル。呼吸器のほかに、通常ＩＣＵの患者につけられるはずの器具は何一つない。

部屋の片隅に置かれた椅子で警察官がうたた寝をしている。ジャスパーは死亡宣告されるまでは第一級殺人犯だ。警察官が見張っていなくてはならない。しかし、犯人逃亡の可能性は低いと考えた警察官は、うたた寝しているとき以外、ほとんどナースステーションかカフェテリアにいる。カフェテリアのピーチジュースが気に入ったらしい。

この病棟の看護師たちは早朝に運びこまれたジャスパーを、悔しく、信じられない思いで迎えた。まるでだれかに自分の車に傷をつけられた、もしくは、だれかの犬に自分の家の芝生で糞をされたかのような心境だ。看護師の多くはアフリカ系アメリカ人で、白人至上主義のネオナチ患者の受け入れは倫理的挑戦そのものだ。夜勤と日勤の交替時刻になると、ナースステーションは看護師でごった返す。だれもが「ていねいに扱ったら、ううん、ここに受け入れるだけでも、ネオナチの世界観を黙認することになるんじゃない？」といい合うと同時に、受け入れを拒否すればどうなるかも心配していた。それは正しいこと？　拒否したらべつの病院に搬送される？　それとも自分たちがクビになるだけ？

看護師が困っていると、看護部長ナンシー・ウォルドリッジが突然やって来て、騒ぎをしずめた。ウォルドリッジは背が高くやせた女性で、白髪はいつもきちんと整えている。子どものときの自転車事故が原因で、足を引きずって歩く。ナースステーションにいた看護師たちはウォルドリッジを半円に囲んだ。全員腕を組み、唇を固く結び、眉をひそめている。上から命令されるつもりはない。特に、アール・ジャスパーのような人種差別主義者の問題に関しては。

「私は、あそこにいる男性患者の治療を強要するつもりはありません」ウォルドリッジがいった。言葉に少し南部方言が混じっている。看護師たちは驚いて顔を見合わせた。

「じゃあ、寂しくひとりで我慢してもらいましょう」看護師のひとりが皮肉をいった。全員、ウォルドリッジまで笑いだした。笑いがおさまると、ウォルドリッジは集まった顔を見渡しながら話をつづけた。

「ここにはチェルシー総合病院の中でも特に優秀な看護師がそろっていて、これまで非常に難しい状態の患者さんに対しても、真摯《しんし》な態度で治療にあたってくれました。ここにいる全員、

20

プロ中のプロといえます」ウォルドリッジは一呼吸置いた。

「あそこにいる患者の治療を強要するつもりはありません」最初にいった言葉をくり返す。「ですが、あなたがたのプロ意識に期待します。優秀な看護師として、これまで何百もの細かい作業をていねいにこなしてきたプライドに期待します。強要するつもりはありませんが、自発的に申し出てくれる人がいることを期待します。もちろん、あの患者に好意や理解を示しなさいとか、ましてや、敬いなさいと頼むつもりはありません」一瞬言葉を切る。「あなたがたが自発的に治療にあたることを期待します」

ウォルドリッジの細面の顔がひとりひとりのほうをむく。「ですが、自発的に治療するだけでなく、自分の家族に対するように最善を尽くす心づもりのある人は手をあげてください。そうすることで、自分はあの患者よりはるかに立派だと証明できると思います」

ウォルドリッジは集まった看護師を見渡し、手があがるのを待った。全員顔を見合わせている。ついに、ＩＣＵ看護師長のニッキ・ハンプトンが手をあげた。すると、ふたり、三人と手があがり、結局全員が手をあげた。

「ありがとう。皆さんを誇りに思います」ウォルドリッジは名指しで礼をいいながら全員と握手すると、また足を引きずってエレベータに戻っていった。

ウォルドリッジの説得の結果、移植科科長の外科医ジョン・マギーがジャスパーの様子を見にきたときには、ジャスパーの頭部の傷は洗われ、包帯が巻いてあった。この病棟の看護師全員に嫌われている患者には見えなかった。

しかし、たとえ包帯がきちんと巻かれていても、頭部の右半分がないのは明らかだ。右目も包帯でおおわれているが、シリコンカテーテルから血の混じった脳脊髄液が流れ出ている。

「連れていっていいかい?」マギーがたずねた。小太りで背が低く、しかめ面だ。すでに手術室着を身に着け、小脇に移植プロトコルの本を抱えている。ICUにむかう途中で手術室と連絡をとり、器具や臓器摘出チームの準備が整っているのは確認ずみだ。

「と思いますけど」ニッキ・ハンプトンがいった。「念のため、レジデントのロビドー先生に訊いてみます」脳死の最終判定が必要だ。マギーが見るからにいらいらしているのをよそに、ハンプトンはベッドから離れた。

ミシェル・ロビドーがジャスパーに近づいた。まるで気の荒いコブラに近づく動物園の飼育係のようだ。脳死判定は初めてにちがいない。マギーは腕を組み、右手の指で左の腕をたたいている。

「どうぞごゆっくり」マギーがいった。「急に近づいたら患者が驚くかもしれませんからね」ハンプトンは手で口をおさえ、笑いをこらえた。まわりで数人が遠慮なく笑った。

「ジャスパーさん、医師のロビドーです。目を開けられますか?」ミシェルはドアのむこうにいる人に話しかけるかのような口調だ。マギーがあきれて両手を広げた。ほかの医師たちも大きく首をふっている。

「ちょっとスピードアップしてもらえますか。国内で六人の患者さんが移植を待っているので」ミシェルはびくびくしながらジャスパーに顔を近づけ、左の目を開けると、約二・五センチ

20

の距離からペンライトをあてた。

「左の瞳孔は散大、対光反射なし」ジャスパーの手を持ちあげ、爪のつけ根をつねる。ジャスパーはぴくりともしない。

「疼痛《とうつう》刺激に反応なし」

マギーは目を丸くしてせせら笑った。ミシェルは真っ赤な顔でジャスパーに近づき、耳元でいった。

「ジャスパーさん、聞こえたら指を二本出してください」

「おいおい」マギーのあきれた口調がまた笑いを誘う。

ジャスパーの右手があがった。指が二本立っている。笑い声が止んだ。隅に座っていた警察官が立ちあがる。

「きゃっ」ミシェルは悲鳴をあげて後ろに飛びのいた。死人が生き返った。一瞬――論理的思考で冷静さを取り戻す前に――自分は呪術使いかと思ってしまった。

ジャスパーの手の指には安っぽい青のプリズンタトゥーが入っている。左手の人差し指から小指にはＬＯＶＥと一文字ずつ、右手はＨＡＴＥが一文字ずつだ。ジャスパーが立てた二本の指に――人差し指と中指に――刻まれた文字はＨとＡだ。

ミシェルは呼吸を整え、再びジャスパーに顔を近づけた。「ジャスパーさん、ありがとう。では、今度は三本出してみて」

腕はあがったまま、人差し指が折れ、中指だけが残った。臓器摘出チームを侮辱するように、中指をつき立てている。

マギーは顔を真っ赤にし、無言で病室から出ていった。

「今度呼ぶときは、患者の死亡を確認してからにしてください」

ミシェルはショックから立ち直り、今度は目まいがしてきた。

「危うく心臓、腎臓、肝臓、左目の角膜を摘出してしまうところだった――まだ生きていたなんて」ミシェルは一瞬考えこんだ。「最初に脳死と判断したのはだれなの?」

「ガト先生がここに運ぶようにいったそうです」看護師のハンプトンがいった。「いったいどの神経内科の先生に診てもらったのかしら」

21

ティナ・リッジウェイはチェルシー総合病院のロビーで、パーキンソン病に対する外科的・非外科的アプローチに関するレジデントの質問にこたえていた。そのとき、心臓外科科長のバック・ティアニーが、病院のＣＥＯモーガン・スミスと一緒に正面玄関から入ってきた。ティアニーがそっくり返って歩いているのはいつものことだが、今日はさらに上機嫌で、スミスの背中をバンバンたたいている。まるで重要なアメフト試合観戦に行く途中の、ミシガンの市民同士のようだ。

ティナはまわりを見渡し、この上機嫌ぶりの理由を知っていそうな人をさがした。ティアニーも、ティアニーの自己中心癖も信用できない。ティアニーがこれ見よがしにＣＥＯと一緒だなんて、何かあったにちがいない。目の端で、内科科長のニコラス・ブレンコフスキーがエレベータのほうに歩いていくのが見えた。

「ちょっとごめんなさい」ティナはレジデントに断ると、早足にブレンコフスキーを追った。ブレンコフスキー夫妻とは家族ぐるみのつき合いだ。両家ともマーサズ・ビニヤード（マサチューセッツ州南東、ケープコッドの南西沖にある島。高級避暑地）のエドガータウンのサウスビーチに別荘を持っていて、ときどき一緒にカクテルとロブスターを楽しんだりする。ティナはエレベータの手前でブレンコフスキーに追いついた。

「先生、ちょっといい？」

ふたりはエレベータに乗り降りする人の流れから出た。

「ティナ、久しぶりだね」アメリカで二十年以上暮らしているにもかかわらず、ブレンコフスキーの英語にはロシア語なまりが残っていた。

「さっきティアニー先生とＣＥＯが恋人同士みたいに親しげにしているのを見たの。先生は病院内のことはなんでも知っているでしょ。何があったの？」

「知らないのか？　われらが同僚バック先生は、総額四千万ドルの新しい心臓病病棟を建てるようＣＥＯを説得したんだ。これから役員会議にかけるらしいけど、ほぼもう決定だろう。当院はミシガン州一の、いやひょっとしたらアメリカ中西部最高の心臓病専門病院になる」

「でも、どうやって説得したの？」

ウィットフィールド・ブラッドフォード・ティアニー三世がぜいたくな暮らしをしているのは周知のことだ。チェルシー総合病院の心臓外科科長はいかり肩で、四角いあごをした元アメフトのスター選手で、バックという愛称で親しまれていた。この愛称は六歳の誕生日の数週間前に五枝角の雄鹿《バック》をしとめたことに由来する。バック・ティアニーは一九七〇年のミシガン州最優秀高校生アスリートに選ばれ、ミシガン州立大学ではクォーターバックを務めた。そして、ミシガン州立大学での活躍とローズボウルでの勝利を経て、ウェイン州立大学（ミシガン州デトロイトにある総合大学）医学部に進み、元ミス・アナーバーと結婚した。一流外科医としての名声を得るかたわら、

21

容姿端麗な三人の子をもうけ、自身も理想の体型を保っている。人にそれを誉められると肩をすくめて見せるが、この体型は自宅地下にあるジムでの鍛錬《たんれん》の賜物《たまもの》だ。

ティアニーはすでに五十代だが、いつでもヘルメットをつけ、アメフトグラウンドで活躍できそうだ。心臓外科手術がないときは、その運動能力のほとんどをゴルフにそそいでいる。結果、ハンディゼロのゴルファーとなった。

ティアニーはゴルフの腕を由緒あるレイク・クラブで磨いた。レイク・クラブはオーガスタほど有名ではないが、少なくとも、同じくらい高級だ。こんなジョークがある。「レイク」といわれて首を傾げる人は——実際このエリアには湖がたくさんある——会員になれない。ティアニーは百五十名の会員のひとりだ。名簿にはミシガン州の古くからの資産家が名を連ねている。フォードやGMのCEOも、このクラブの排他性と美しいキャバノー湖を囲むコースを気に入り、会員になっている。チェルシーの由緒ある家柄出身のティアニーは、医師として働きはじめてすぐに会員になるよう誘われ、おかげでたいした努力もせず上流社会の仲間入りをした。最初の五年間の会費は大学アメフトの大ファンの後援者が納めてくれたが、相当な金額だったはずだ。修繕費や維持費をまかなうための会費は毎年異なる。八千ドルの年もあれば、八万ドルのこともある。金額は年間必要経費÷一五〇。会員のだれも会費がいくらだろうと気にしない。

会員にはチェルシー総合病院のCEOモーガン・スミスもいた。スミスはクラブ初のアフリカ系アメリカ人だ。スミスはチェルシー総合病院のCEOになる前、デトロイトのアフリカ系アメリカ人向けの政府関連投資会社で財産をなした。チェルシー総合病院に移ったことは、政治家への第一歩と見られている。スミスも大のゴルフ好きだが肥満体型で、ティアニーのように身体能力に恵まれていない。スミスは大学時代、アルバイトをしているとき以外は図書館で会計学や経営学、マーケティングの勉強に励んでいた。スコアは九十を切れば上出来のほうだが、それも何度か打ち直しを認めてもらったうえでの話だ。

ティアニーとスミスは土曜日の朝によくクラブハウスで顔を合わせた。美男ティアニーはいつも、「一緒にまわりましょう」と太っちょスミスに声をかけた。そしてふたりは『ゴルフダイジェスト』いわく、「知る人ぞ知るアメリカ最高のゴルフコース」で気持ちのいい十八ホールを楽しむ。

つい先日のこと、ティアニーは水曜日にスミスに連絡し、土曜日に一緒にまわる約束をした。こんなことは初めてだったので、スミスは驚き、不思議に思い、少し疑いさえしたが快諾《かいだく》した。名ゴルファーのティアニーと十八ホールを回れば、その間にゴルフのコツをいろいろ教えてもらえる。当日、ティアニーが四百八十ヤード、左に曲がったコースの四番ティーでいったん間を置いたときも、スミスは何かアドバイスをくれるのだと思った。

「ご存じのように、私ももう年です」ティアニーはティーにボールを載せ、三百ヤードのロケットのようなショットを放ち、フェアウェイをキープした。

「まったく、ご冗談を」スミスは笑った。

「私くらいの年になると、遺産をどうしようか考えはじめてしまいます」

21

「全員がそうではないでしょう」

スミスはボールをティーアップし、思い切り打った。ボールは地面を転がって松の大木の前を通過し、深い下草の中に飛びこんだ。

「もう一度打ちましょうか。ふりあげたところで、ひと呼吸置くといいですよ」

スミスはもう一度ボールをセットし、ティアニーの助言通りにショットした。ボールが高く、まっすぐフェアウェイに飛んでいく。

「いやあ、よく飛んだ」スミスがいった。

「お上手です」ティアニーはくすっと笑い、スミスと一緒にカートに乗った。「さっきの続きですが、このところずっと考えているんです。自分が死んだ後、子どもたちだけでなく、病院に何が残せるかを」

「なるほど」スミスはとりあえずうなずいた。

「何人かに相談しました」ティアニーはスミスのボールの近くでカートを止めた。「正直にお話しします。新しい心臓病病棟のために、二千万ドルの資金調達をしようと思っています。役員会を説得していただけませんか？　チェルシー総合病院を、米国中西部最高の心臓病病院にするんです」

スミスはレイク・クラブのキャップをとり、手の甲で額の汗をぬぐった。

「いいですね」

「もちろん、ウィットフィールド・ブラッドフォード・ティアニー三世心臓病センターと名づけていただけたら、こんなに嬉しいことはありません」

「長いですね」

「いい響きだと思いませんか？」

「ですが、ちょっとわかりにくい」

「代案がありますか」

「バック・ティアニー心臓病センターはどうでしょう」

「さすがです」ティアニーはくすっと笑い、カートのペダルを踏んだ。カートがフェアウェイを移動していく。


その翌週、スミスは病院で役員会を開いた。その後、ティアニーとスミスが外でのマーケティング担当者や広報担当者との会合を終え、病院に戻ってきたところをティナが見かけ、ブレンコフスキーを追い駆けることになったというわけだ。ティナはブレンコフスキーから話を聞いて、平手打ちを食らった気がした。

「不満そうだね」ブレンコフスキーがティナにいった。

「心臓病ケアの利益が大きいのは知っているけど、そんなことになったら息が詰まると思わない？　心臓病専門の病院になったりしたら、他の患者さんは、特に金銭的に余裕がない患者さんはどうすればいいの？　心臓科以外は予算縮小になるに決まっているわ」

ブレンコフスキーは肩をすくめた。ティナは思った。ここで文句をいっても仕方ない。でも、最近うまく行かないことばかり。レジデントのミシェル・ロビドーは訴えられ、夫のマークとはけんかばかりだし、タイさえ遠くなった気がする。

「もうごたごたはごめんなの」ティナはいつも冷静な表情を曇らせた。

「心配してもしかたない」ブレンコフスキーはティナの両肩に手を置いた。「考えすぎないほうがいい。週末、マークと旅行にでも行ったらどうだい。人生を楽しまなくちゃ」

「そうね」ティナはそういってブレンコフスキーと別れたが、わだかまりは残ったままだった。

21

その日の夕方、ティナはまたフリー・クリニックにいた。診察室で、引きしまった体つきの男性患者の背中に聴診器をあてていた。男性は「ライズ。日の出《サンライズ》からサンをとったやつ」と名乗った。今日最後の患者だ。ティナはブレンコフスキーの助言には従わなかった。夫と週末を過ごす必要なんかない。気分転換にはフリー・クリニックがいちばんだ。ティナはますますフリー・クリニックにいる時間が長くなっていた。

心臓病新棟の話を聞いた後、ティナはすぐにクリニックの管理者であるデュシャンに電話した。状況をたずねると、大忙しで困っている、という返事が返ってきた。初めてボランティアに来た若いレジデントが診ているが、診察が滞っているとか。しかも、その日は金曜日——週末に病気を持ち越したくない人がクリニックに詰めかけていた。ティナはいそいで手伝いに行った。

「はい、では大きく息を吸って」ティナはいった。ライズが鼻から大きく息を吸う。「吐いて」ライズは息を止めたままだ。「吐いて、えっと、ライズさん」ライズは困ったように顔をあげた。

「息を吐いてください」ライズが息を吐く。

ティナはここでボランティアをするようになって初めて、病気になったら救急車を呼ぶしかないと思っている人が多いことを知った。そういう人には予防薬を処方すると喜ばれた。また、ティナより年下のボランティア医師もティナが手伝いにくると嬉しそうだった。

政治家はよくこんなことをいう。ERに行ったらただの鼻風邪だったという人が多いんです、と。しかしティナの経験からすると、フリー・クリニックに来る患者は治療を――ERでも、それ以外の医療機関でも――先延ばしにしすぎる。病気で仕事を休んだらその分給料が減ってしまう仕事についているからだ。以前、四十代前半の男性患者が幼い娘連れで来たことがあった。男性は側頭部に増大中の線維性の腫瘤があり、片目が開かなかった。

「なぜ今日来ることにしたんですか」レジデントはできるだけさりげなくいった。

「こっちの目が見えなくて困ったからだ」男性は当たり前のようにこたえた。

また、ヘルニアを長期間放置していたため、睾丸《こうがん》がバレーボール大に肥大してしまった患者が来たこともあった。レジデントはこの患者にも同じ質問をした。

「ジーンズが全部はけなくなっちゃってさ」

これらは極端な例だが、一年以上血便を放置し、立てないほどの腹痛になってやっと診察にきたらステージ四の大腸がんだった患者もいれば、歯槽膿漏《しそうのうろう》の膿が脳内に入りこむまで放置していた患者もいた。

このような患者を診るも診ないも自由だ。しかしティナはていねいに診察した。金曜日にゴ

21

ルフをしたり、ミシガン湖や上部半島（スペリオル・ミシガン両湖の間の半島）の家に帰宅するために早めに仕事を切りあげたりする同僚医師を尻目に、ティナはボランティア医療に励んだ。自分の努力は微々たるものかもしれないが、満足感を味わえるし、診察した人たちに変化をもたらすこともできる。ティナにしてみれば、フリー・クリニックを訪れる人を助けない理由がなかった。

ティナはライズの背中にあてた聴診器の位置を変えた。

「もう一度大きく深呼吸して」そこにポケベルが鳴った。メッセージは〈311・6〉それだけだった。

22

ジョージ・ヴィラヌエヴァは少し皺が寄った白いYシャツに、一九八〇年代に流行った細めのネクタイを締めていた。明らかに長さが足りない。古いツイードジャケットを選んだのは、持っている中で着られるのがそれだけだったからだ。薄くなりかけた髪は後ろになでつけてある。ディナーをする予定の店にむかって息子のニックと一緒にのんびり歩いているだけで、汗だくだ。ベルトにつけてあるポケベルが鳴った。しかし、その音は太鼓腹に妨げられてくぐもっている。しばらくの間、〈311・6〉というメッセージが点灯した。ジョージは今日はオンコールではないが、先ほどニックと観た午後五時開始の映画に集中できなかった。映画は脳に注射されたせいで猟奇殺人者となった男が主人公のホラー映画だった。悲鳴ばかりでストーリーに集中できなかったのかもしれない。この映画を選んだのも、ベジタリアンピタが食べたいという理由で今晩のレストランを選んだのもニックだ。

流行の店がひしめき合うこのエリアには駐車場が少なく、ジョージも店から数ブロック離れたところに停めるしかなかった。ニックを連れて身の引きしまるような秋の空気の中、香の工場かと思うような臭いのオーガニックフード店、妊娠した若い女性の丸くなった腹部にヘナ染料で絵を描く店などが並ぶ通りを歩いた。ジョージは今晩行く店の名を知らなかったが、ニックによるとベジタリアンの店らしい。

「肉を食べるのは、環境によくないんだ。一キロの肉を作るのに、穀物がどのくらい必要だと思う？」ニックはいった。「それに、温室効果ガスのことも考えなくちゃいけない。牛がげっぷしたりおならしたりするたびに、オゾン層が破壊されるんだ」

人が数分おきに惨殺される映画を選んでおきながら、ベジタリアンなんてどうかしている。ジョージはそう思ったが黙っていた。今夜はニックが主役だ。

「なんでもいいさ」ジョージはいった。しかしつい、こうつけ足してしまった。「前にタコ・トニーズで一緒に食事した後、父さんもオゾン層にでっかい穴を開けたんだろうな」

この日、ジョージは昼食にフルサイズのチーズ&ビーフサブサンドを食べた。家に帰るまで肉禁断症状に陥らないように。そして今、ドレッドヘアの白人の若者とすれ違いながら、ようやくポケベルのメッセージを見た。

「くそっ」ジョージはいった。

「何？」

「父さんは今度の月曜日の早朝会議で餌食にされる」

「父さんが？　なんで？」ジョージは息子を見おろした。驚いたことに、ニックが興味を示している。というより、心配している。ジョージは息子の不安げな表情に驚き、胸が熱くなった。

そして、アール・ジャスパーのことを説明した。

「思わずかっとなって、判断が鈍った」ジョージはいった「神経内科医に診させ、できる限りの治療をさせ、それから首を絞めてやるべきだった」

ニックは心配そうな顔で見ている。

「冗談だ」ジョージはニックの肩に手を置いた。軽くやったつもりなのに、ニックはつんのめって転びそうになった。

「だよね」ニックはむりに笑って、肩をさすった。

ふたりは角を曲がり、小さな広場に入った。さまざまな打楽器を演奏する年のいったヒッピー数人のまわりに、白人のラスタファリアンや、デッドヘッズ（アメリカのロックバンドGrateful Deadのファン）や、十代のホームレスが集まっている。パチョリ油の臭いに混じって、マリファナの臭いがしている。ここで頻繁に売買されているにちがいない。

「いやににぎわってるな」ジョージはいった。

「いつもだよ」ニックがいう。

「よく来るのか？　何しに？」さりげなく訊いたつもりだが、つい責め口調になってしまった。

「ときどき」ニックはそういってすぐにいい直した。「たまに来るだけ」

ジョージは返事に困った。自分は息子のことをほとんど何も知らない。反省しかけたところに、女性の声が聞こえてきた。

「やめて。放してよ」

行く手に小さな人だかりができていた。二十代前半のアフリカ系アメリカ人女性が、ボーイフレンドらしき男の手をふり切ろうとしている。迷彩柄のジャケットを着た男も二十代前半で、

22

目つきがきつい。女性が逃げようとするたび、袖や腰をつかんで引き止める。女性が逃げようとすればするほど、男は乱暴になっていく。

「やめて、ＫＣ。放して」

「逃がさねえぞ」もみ合っていると思ったら、男が拳で女性の頬を殴った。女性は逆らうのを止めた。

ジョージもニックも少し歩くペースを落としてこの争いを見ていた。なぜか、男がニックの視線に気づいた。

「何、見てんだよ」男がニックにいった。脅すような口調だ。「おい、聞いてんのか」ニックは言葉を失っている。

ジョージは野次馬の輪から出て男の正面に立った。ニックは父親が何をしようとしているか気づき、止めようとした。

「父さん」手遅れだった。

女性も男も、ジョージを見てきょとんとしている。女性は頬が腫れて真っ赤だ。

「なんだ、このデブ」男がジョージにいった。

「放してくれといっている。放してやれ」ジョージがいった。まるで世界一当たり前のことをいうような口ぶりだ。

「おい、ドクター・フィル（米国の人生相談番組で有名なカリスマ心理学者）かなんかのつもりか。おれとやって勝てると思ってんのか」

女性はパニックになっている。ジョージにいった。「関わんないほうがいい。こいつ、頭おかしいから」

「逃げたいなら逃げろ」ジョージは女性にむかってそういうと、驚いた表情のふたりの間に割って入り、男をにらみつけた。ガールフレンドと思われる女性はしばらく男を見ていたが、くるっと背をむけ、足早に歩きだした。そして、野次馬の輪から出たとたん、そのまま走って逃げた。

男がジョージをにらんだ。口元がぴくぴく痙攣《けいれん》している。

「余計なことすんじゃねえよ。今すぐここでやってやろうか」

男はジャケットの前をはだけ、ピストルをつかんだ。

「父さん、やめて」野次馬の中からニックがいった。怖くて涙ぐんでいる。

そのとき、パトカーのサイレンが聞こえ、サーチライトの光が躍りだした。男はピストルをしまい、拳でジョージの胸にパンチしてきたが、ジョージはすでに身構えていた。ディフェンスラインマンがラインをはね返そうとするときと同じだ。びくともしない。男は目を丸くしてジョージを見ている。威嚇的な表情を作ろうとしているが、明らかに動揺している。ジョージはにらみ返した。

「覚えてろよ」

パトロール警官が近づいてきた。男はジョージから目をそらし、いそいで立ち去った。ジョージはしばらく男を目で追っていたが、離れていく人波の中にニックを見つけた。

22

「父さん、どうかしてるよ」

「父さんが育った町にはああいうのが大勢いた」

「そういうことじゃないよ」

ジョージは胸に手をやった。「なかなかのパンチだった」

「撃たれたかもしれないんだよ」

「で、息子とのベジタリアンディナーを逃すところだった、か?」

「冗談じゃないって」

ふたりは角を曲がり、お目当ての小さなレストランに入った。

23

手術後、スン・パクがストレッチャーでＩＣＵに運びこまれると、すぐに外国籍の忠実なレジデント集団が集まってきた。ナースステーションのコーヒーポットと電子レンジの横に、彼らのだれかが用意した数種類のティーバッグが並んでいる。パキスタン人、インド人レジデントはアールグレイ、韓国人レジデントは緑茶、アフリカ人レジデントはルイボスティーだ。レジデントたちは温かい飲み物で気持ちを落ち着けながら、異国における自分たちの揺るぎない道標である指導医が、手術室から出てくるのを待っていた。ＩＣＵに集まり、それぞれなまりのある英語で、考えうる合併症や、手術後のシナリオについて小声で話し合っていた。「少なくとも、ブロードマンエリアの四十四・四十六からは離れている」ひとりが医学的な視点からいった。「そうだけど、手術に必要な細かい手の動きはどうなる?」イギリス英語なまりのレジデントがいった。すると、スンに似たなまりのある、べつのレジデントがいった。「フーテン先生がどこまでやったかによると思う。すべて摘出したのか、それとも、運動機能は残そうとしたのか」しまいには全員、ナースステーションの看護師に「静かにできないなら出ていって」といわれてしまった。

約十二時間の手術の後、ハーディング・フーテンは病院を出て、愛車のボルボに乗り、家にむかった。すっかり消耗していたが、スンの膠芽腫を可能な限り摘出するために最善を尽くし、満足していた。昔なら手術後は研究室に戻り、デスクワークをしたものだが、今日はへとへとだった。いつにも増して疲れたのは友人であり、同僚であるスンの手術をしたせいだ。自分にそう言い聞かせようとしたが、本当は違った。フーテンにはどんな手術の際も――無影灯がつき、青いドレープが腫瘍を囲み、自分の両目が患者の上に据えられた巨大な顕微鏡をのぞいているときに――相手が人間なのを忘れる瞬間がある。顕微鏡に映る小さな長方形の組織の中に、医学的問題、つまり摘出すべき腫瘍やクリップをかけるべき脳動脈瘤だけを見ている。今回の疲労の理由は単純で、歳のせいだ。チェルシー総合病院の外科部長になりたてのときのように、長時間の手術に耐えられなくなった。

　とはいえ、手術には満足だった。スンの頭に開けた小さな穴の上に据えた顕微鏡越しに硬膜を切開し、シルビウス裂を剝離《はくり》した後、慎重にスンの腫瘍に到達した。中頭蓋窩《ちゅうとうがいか》を露出させ、側頭葉を拳上《きょじょう》する。腫瘍が露出すると、バイポーラー摂子《せっし》（先端で電気凝固して止血するピンセット）、吸引管、小さな綿花を用いて周囲の正常脳から腫瘍を分離し、超音波吸引装置を用いて同僚の腫瘍を少量ずつ摘出した。位置を確認するには料理用温度計のような定位的プローベを用いる。定位的プローベには光を反射する小さなボールが二個ついていて、手術台の近くに置かれた一対のＣＣＤカメラがそのふたつのボールを感知して、三次元のＭＲＩと比較する。術前に撮影したＭＲＩ上に、プローベの位置が示されるので、腫瘍をどこまで摘出したかがわかる。脳内ＧＰＳといっていい。腫瘍は周囲の組織とは異なり、くすんだ紫に見える。自らの目とプローベが摘出可能な腫瘍はすべて取り去ったと告げたとき、フーテンはそっと手術器具を看護師に手渡した。レジデントたちはこの3Dナビゲーションシステムを「ヘッドゲーム」と呼ぶ。当初フーテンは、手術器具に似たビデオゲームにすぎないといって、この新しい手術器具を拒否した。しかしこの数年でかなり使いこなせるようになった。こんな年寄りでも新しい技術の学習能力はある。

五分間、フーテンは無言で顕微鏡のレンズを見つめ、細いカテーテルから少しずつ灌流液《かんりゅうえき》を出して洗浄した。自身の経験豊富な目で、画像器具が見逃したかもしれない腫瘍はないか注意深く調べる。また、将来悪性腫瘍になりそうな、赤みを帯びた微細な部分はないかもさがす。この五分間、手術室のだれもが静かに待っていた。フーテンはすべて確認したうえでチーフレジデントに閉頭させた。

しかしフーテンは知っていた。膠芽腫の範囲は見た目以上に及んでいる。膠芽腫には他の脳腫瘍と違って明瞭な境界がない。頑固で意志の固い、尊敬すべき同僚を形成する組織の皺《しわ》や襞《ひだ》をどんなに見つめても、悪性腫瘍はまだどこかに潜んでいるかもしれない。カーラジオのCNNニュースに耳を傾けながら、フーテンは膠芽腫摘出手術を終えるたびに感じる不安に襲われた。最善は尽くしたが、スンの腫瘍をすべて摘出できたわけではない。摘出しきれなかった小さな腫瘍が、手術という侮辱に激怒して突然膨大することがある。摘出を逃れた腫瘍はしばらく身を潜めているが、そのうち突然膨れあがり、怒りのままに増殖しはじめるのだ。

カーラジオからアフガニスタンの対テロ戦争の最新ニュースが流れてきた。フーテンは思った。目に見えない膠芽腫はアルカイダの潜在スパイ組織のようなものだ。暴力的復活にそなえ、

23

脳のどこかに身を潜めている。従来のどんな放射線療法や化学療法を行っても、膠芽腫の再発の確率は百パーセント。再発するか否かではなく、いつ再発するかが問題だ。残念ながら多くの場合、悪性腫瘍は数ヵ月以内に――最初に発症した場所から遠くない場所で――再発する。一年たって再発しなければラッキーだ。膠芽腫の患者の一年生存率は三分の一未満。五年生存率は二パーセント。しかも、この二パーセントは誤診ではないかとフーテンは疑っていた。

しかし、医師は膠芽腫に降参したりはしない。化学療法の新薬は生存期間を延ばす可能性がある。フーテンはただちにスンをその治験に登録した。ワクチンの治験だ。スンの腫瘍の細胞は採取し、保存してある。チェルシー総合病院からこれを研究機関に送り、スンに合わせた特別ワクチンを作ってもらう。このワクチンはスンの腫瘍と戦うための免疫システムを活性化する。異常な細胞に立てる旗のようなもので、白血球が発見して攻撃しやすくなる。スンは三ヵ月間この治療を受ける予定だ。

ワクチンは、膠芽腫のもうひとつの有害な性質――腫瘍に対する体の自然な抵抗力を停止させ、膠芽腫が野放図に成長すること――に対抗するための武器でもある。

膠芽腫のこの性質について医学生に説明するとき、バードウォッチングが趣味のフーテンはいつもカッコウを引き合いに出す。カッコウのメスはほかの鳥の巣に卵を産み、その鳥に卵を孵化《ふか》させる。このため、カッコウの卵は托卵《たくらん》する鳥の卵とよく似ている。その後、カッコウの卵は先にかえり、卵を抱かされた親鳥が運ぶ餌まですべて独占してどんどん育つ。そして最後の事件が起こる。大きくなったカッコウのひな鳥は、巣の卵や小さなひな鳥を外へ落とし、占有権を主張する。

膠芽腫は患者の防御者である白血球を締め出す、という点ではカッコウと同じように冷酷だ。しかし、カッコウと違い、膠芽腫はダーウィンの進化論の極端な例ではない。膠芽腫の場合は、急激に分裂をくり返す細胞が、人体でもっとも大事な場所である脳内をひたすら暴走しているにすぎない。

フーテンは膠芽腫の患者の手術をするたび、ＭＲＩやプローベで確認できるより広い範囲の脳を摘出したい衝動に駆られる。そうすれば潜んでいるがん細胞を少しでも除去できる。しかし、それが徒労に終わるのはわかっていた。摘出する部分を増やせば目に見えない悪性腫瘍を除去できる一方、スンが麻酔から覚めたときにスンらしさを失っている確率が高くなる。組織のどこかに、スン・パクの本質である記憶・個性・能力を形成している複雑極まりない神経単位網がある。また、必要以上に摘出したからといって再発の可能性を低くできるわけでもない。

フーテンは手術、放射線治療、化学療法、特性ワクチンによりスンの存命期間が延びることを祈った。もしかしたら、このワクチンは膠芽腫治療を大躍進させるかもしれない。早すぎる死に抗う戦いにおいて一歩前進する医学の潮流に、スンも運よく乗ることができるかもしれない。

パット・パクは昼食をすませ、待合室で灰色のマフラーを編みながら、夫の手術が終わるのを待っていた。四時に一度、音楽教室に通っていた娘ふたりを迎えにいき、その後また待合室に戻ってきた。

23

スンがストレッチャーでリカバリー室に運びこまれると、レジデント数名はまず生命徴候や経過表を念入りにチェックしたうえ、待合室のパットに「手術は終わりました」と伝えた。パットはこんなに大勢の人が夫の手術に関わってくれたことに感動すると同時に、少し驚いた。ひとり静かに泣いているところに、フーテンがやって来た。

フーテンは病院を出る前に、待合室に寄ってパットと話をすることにしたのだ。パットが泣いているのを見て、フーテンは近づいてハグした。パットとはほぼ初対面だ。スンは休日でもオンコールを引き受けてしまうので、家族同伴でパーティーに来たことがない。休日であっても、妻や子どもと過ごす余暇を犠牲にしても、脳外科医としての能力をアピールしたいのだ。フーテンはパットと会おうと思ったことを後悔した。正直、手術は計画通りうまく行きました、という以外にパットにかける言葉を思いつかなかった。手術や楽観できない予後についてパットはすでに夫から詳しく聞いているにちがいない。無駄な期待を抱かせてはいけない。

フーテンは説明した。スン君はラッキーです。腫瘍は脳の非優位半球にありました。つまり、話したり理解したりする能力が失われる危険性は少ないでしょう。手術は滞りなく行われました。動いたり話したりする能力はほぼ問題ないと思います。

「もし何かあったら、連絡をください」フーテンは名刺の裏に自宅と携帯電話の番号を書き、パットに渡した。そして、かつてない疲労を感じながら病院を後にした。

24

スン・パクが目を覚ますと、ベッドの横に妻と娘ふたりがいた。視界も頭もまだぼんやりしていたが、家族に会えて嬉しかった。三人の笑顔を見て、スンは大きく深呼吸した。みょうに満ち足りた気分で、いつになく心が和んだ。

「カムサハムニダ」スンは韓国語でいった。ありがとう。かすれて弱々しい声しか出ないが、三人にはちゃんと聞こえた。なぜ妻と娘に礼をいったのか、なぜ韓国語でいったのかはわからない。スンは妻とふたりだけのとき、または娘たちの前で妻と内緒の話をしたいとき以外は、家でも英語を使う。しかし、自然と韓国語が口をついて出た。伝えたかったこととは少し違うが、かなり近い。「感謝している」といいたかった。

声に力がないのは長時間の手術のせい、かすれているのは喉に挿管されたせいだ。しかし、考えをまとめ、言葉を発し、意思を伝えることはできる。スンの父親は八十代で脳卒中になり、地名が思い出しづらくなった。それに苛立ち、よく涙を流していた。スンには手術による脳の損傷も知覚の変化もないようだ。脳の手術にはつねにそのような危険が伴う。脳はそれだけ複雑な器官なのだ。〈望みはある〉とスンは思った。

「お父さん!」五歳のエミリーがいった。「やっと目を覚ました」飛び跳ねている。「お父さん!」ナタリーもいった。

パットが手を握ってきた。目に涙を浮かべている。

「スン」夫の名を口にできることが奇跡であるかのようないい方だ。「スン」またくり返す。

「今日は何曜日だい?」スンは英語で訊いた。声はまだ紙やすりのようにかすれている。

「土曜日よ」パットはこたえた。

スンは軽くほほ笑むと、目を閉じ、また眠った。


モニク・トランの自宅はアナーバー市内のアジア系住民が多い地区にある。小さな一軒家のリビングで、モニクはサンフォード・ウィリアムズと並んで座っていた。サンフォードはアイロンがけした白いボタンダウンのシャツにジーンズ。モニクは花柄のブラウスに灰色のパーカーをはおり、ジーンズにサンダルだ。両手はパーカーのポケットにつっこんでいる。ふたりは、教会に行くときのように正装したモニクの両親に挟まれて座っている。小さなリビングはモニクの妹たち、祖父母、おじ、おば、いとこ——総勢十八名——でぎゅうぎゅうだ。全員正面からサンフォードを見つめている。若々しい医師の顔は、激しい腹痛をもよおしたかのように歪んでいる。モニクはサンフォードの膝に手を置いた。

「大丈夫? 今にも吐きそうな顔してるわよ」モニクは家族・親戚一同にむかっていった。「ねえ、みんな、そんなにじろじろ見たら失礼なんだけど」

一同は一瞬目をそらしたが、すぐまたサンフォードを見つめた。

「みんな集まってる？　ママ、これで全員ね。グエンさんのとこは来てないみたいだけど、いいの？」サンフォードの隣でモニクの母親が立ちあがろうとした。「冗談よ」母親がまた腰をおろす。「じゃあ紹介するわ。こちらはサンフォード。チェルシー総合病院で働いてるの。私たち……婚約したの」

モニクはポケットから左手を出し、すっと前に伸ばした。薬指に大きなダイヤモンドの指輪が光っている。モニクはテレビショッピングのように、端から端まで全員によく見せた。

「素敵でしょ？」

家族・親戚がざわついた。指輪に感心する声と婚約のニュースに驚く声が混じっているが、ほとんどは後者だ。サンフォードはモニクの父親を見た。相変わらず険しい表情のままだ。だれかが握手を求めてくるか、「おめでとう」と背中をたたいてくるのを期待しつつ、集まった顔を見渡したが、ほほ笑んでいるのはモニクの祖母だけ。祖母はつい先日手術を終えたばかりで、まだ車椅子を使っている。サンフォードは一同が何をいっているのか耳を傾けたが、すべてヴェトナム語なのでわからない。

「みんな、なんていっているんだ？」サンフォードはモニクにそっと訊いた。

「大丈夫。よけいな心配しないで」モニクはまたサンフォードの膝をたたいた。サンフォードはまた腹痛がしてきた。

「ママ、パパ」モニクは最初に母親を、そして父親を見た。一同がしんとなる。「見ての通り、サンフォードはヴェトナム人じゃないの。でも、サンフォードも私たちと同じで外国生まれ

24

……アラバマ州出身なの」全員きょとんとしている。「冗談よ。結婚するなら絶対ヴェトナム人の青年、って思ってたんでしょ」モニクはまた両親の顔を順に見た。「でも、彼はお医者さんなの。ね、サンフォード。なんていうか、心と頭はべつなのよね」モニクは言葉を切り、けらけら笑った。「ってわけないか！　とにかく、今、サンフォードにヴェトナム語を教えてるところなの。サンフォード、自己紹介して」

サンフォードは咳払《せきばら》いした。長時間勤務で顔色が悪いのはいつものことだが、今日はいっそう青ざめている。

「チャオ。トイ　テン　ラー　サンフォード・ウィリアムズ」サンフォードがいった。初めまして、僕の名前はサンフォード・ウィリアムズです。これだけいうのに必死だ——モニクへの思いを伝えるにはこの言葉しかない、とでもいうように。

幼いいとこふたりがくすくす笑った。

「上手でしょ？」モニクがいった。

「私をなんて呼んでるか教えてあげて」

「バン　ガイ」ガールフレンド、という意味だ。

何人かが「よしよし」というようにうなずいた。サンフォードは部屋を見渡した。風向きが変わってきた。

「じゃ、今度は私になんて呼ばれてるか、教えてあげて」

サンフォードは少しうろたえ、またみんなの顔を見た。

「ここで？」

「私がつけたニックネームを教えてあげて」

「だめだよ」

「みんなサンフォードのヴェトナム語を聞きたいのよ。なんか、かわいいんだもの」モニクは一同を見渡した。「そうよね、トラン一族のみんな？」返事を待たず、またサンフォードのほうをむく。「早く」

「いわなきゃだめ？」

「もちろん」

「恥ずかしいよ」

モニクはサンフォードの頰をつねった。サンフォードが赤くなる。

「みんな、白人の青年がヴェトナム語を話すのを聞きたいの」

「わかったよ」サンフォードは肩をすくめた。「そんなにいうなら」咳払いする。「ブ　イニュコン　グア」モニクが目を見開き、頰が真っ赤になった。おばが思わず口に手をあて、子どもたちも目をまん丸くしている。催涙ガス弾が落ちてきたかのように、全員が後ずさった。サンフォードは訳がわからず、おろおろしている。

モニクの父親が立ちあがり、サンフォードの腕の裏側、上腕三頭筋をつかんでソファから立たせた。

「帰ってくれ」サンフォードが来てから父親が口を開いたのは、これが初めてだ。

24

モニクもサンフォードも家からそそくさと出て、ポーチの階段をおり、サンフォードの車にむかった。

「どういうつもり？」モニクがいった。

「いえっていうからいったのに」

「あっちのニックネームじゃないわよ」

「けど――」

「サンフォードはお医者さんでしょ。なのにあんなことというなんて」

「だからいやだっていったのに」

サンフォードはリモコンキーでホンダの鍵を開けた。トラン一族は全員、ポーチの上からこちらをにらんでいる。モニクのために助手席のドアを開けながら、サンフォードは恐る恐るポーチを見た。全員、今にも干し草をつき刺すフォークとたいまつを手に襲いかかってきそうだ。

サンフォードは運転席側にまわり、車に乗りこんだ。

「ブ　イニュ　コン　グアのほうをいっちゃうなんて」モニクがいった。

「だって――」サンフォードは前を見たままエンジンをかけ、山火事か銀行強盗から逃げるかのように走り去った。一ブロック走ったところで、またモニクがぼやいた。

「本当におばかさん。婚約者の両親の前で『馬並み』っていうなんて」モニクは笑みを浮かべ、そして大声で笑いだした。「アラバマではみんなそうなの？」

サンフォードも笑いたかったが、大頬骨筋《だいきょうこつきん》が麻痺してしまったかのように引きつっている。

「ニックネームって？」

「ガウ　トラン。白クマさん」

「そんなの初めて聞いた」

「私も」

それから一、二ブロック、ふたりは黙ったままだった。

「本当におバカさん！」モニクはまた大声で笑い、サンフォードの肩をたたいた。今回はサンフォードも笑ってしまった。「今度からそう呼ぶわ。おバカさん、って」

25

タイ・ウィルソンは、アンジェロズ・レストランの入口から入ってきたアリソン・マクダニエルに手をふり、自分が座っている席に呼んだ。アンジェロズはブルーベリーワッフルとレーズントーストで有名な、朝食専門の小さな食堂だ。先日の電話で、アリソンは「日曜日の午前なら妹の子のシッターをしなくていいから時間があります」といってくれた。タイは今日もまたアリソンを待ちながら、自分は何をしているんだろう、と思っていた。常識的に考えれば、間違っている。フーテンも、顧問弁護士も、病院のだれもが反対するに決まっている。しかしなぜか、タイはアリソンに会わずにいられなかった。自分への罰のつもりか？　それとも、ほかに理由があるのか？　個人的贖罪《しょくざい》のためか？

携帯電話でアリソンの番号を押す指を見つめながら、魂が体から離脱しているような気がしていた。驚いたことに、アリソンは会ってくれることになった。

「マクダニエルさん、おはようございます」

「アリソンでかまいません」アリソンはタイのむかいに座った。

店員が近づいてきた。

「コーヒーでいいですか？」タイはアリソンに訊いた。

「はい」

タイはカフェインレスの紅茶を飲んでいた。同僚はコーヒー好きが多く、濃ければ濃いほどおいしいというが、タイにはまったく理解できない。しかし、カフェインを摂取しなくても、店に着いたときからデート前の高校一年生みたいにそわそわしていた。これも一種のデートだからな。タイは思った。

アリソンはブラックコーヒーをひと口飲むと、顔をあげてタイを見た。「あの、どうして私に会おうと？」できるだけさりげなくたずねる。

「正直、よくわかりません」タイは少し口ごもった。「そちらこそ、どうして？」

「生きている息子を見た最後の人だから。息子とつながりのある人だから。それと、訊きたかったんです。手術中に亡くなったのは、息子が初めてじゃないですよね」アリソンは一瞬口をつぐんだ。「正直、わかりません。チェルシー総合病院の偉い先生が、なぜ私なんかに連絡をくださったのか」髪を耳にかけ、服を見おろす。「ひどい恰好《かっこう》」アリソンはため息をつき、またコーヒーを飲んだ。

「こんなこと、ここでいうべきじゃないのかもしれませんけど、あの後——息子が亡くなった後、数日、これは夢なんだって思おうとしました。何もかも夢で、自分は眠っているだけ。早く目を覚まさなくちゃ。あと一分もすれば、あれは悪い夢だったとわかるからって、自分にいい聞かせようとしました」

話すうちに、感情がこみあげて声がかすれていく。

25

「数えはじめました。一、二、三……十数えるまでに、犬が吠えるか、だれかがクラクションを鳴らすか、どこかからカーラジオが聞こえて、目が覚めるはずだと」

アリソンは、自転車の車輪に巻きこまれた落葉のように声を震わせ、そして目を閉じた。両目から涙があふれ、薄いそばかすのある左右の頰を伝った。

「夢でないのはわかっていました。でも、その数秒間、現実を見ずにいられました」アリソンは小さな声で笑った。じつに寂しそうな、自嘲的《じちょうてき》な笑いだ。あわてて両手で涙をぬぐう。「本当に、ひどい恰好。眠れないんです。母親の職を失いました。私の人生を照らす明かりを失いました」

アリソンは大きくため息をつき、タイを見つめた。鋭い視線だ。「私になんの用ですか？訴訟の心配をしているんですか？」

「まさか」

「そうですか……でも、私からお話しすることはもう何もないはずです。何か、そちらがお話ししたいことがあるんじゃないですか。なぜ私に連絡をくれたんです？」

タイも店に入ったときからずっと、その答えを考えていた。ふさわしい言葉をさがしながら話しだす。「手術をして、こんなにつらかったのは初めてなのです。クイン君が息を引き取った後、あの手術の手順がすべて気になりました。それだけではありません。あれ以来、手術にまったく自信が持てなくなったのです」

アリソンはコーヒーをすすった。迷子の犬を見るような目でタイを見る。

「お気の毒に……でも、私にどうしろと？」
「わかりません」突然、クイン・マクダニエルの母親に連絡したのは間違いだった気がしてきた。「申し訳ありません、そういいたかっただけかもしれません」
「わかっています。大丈夫です」

この瞬間、タイはこめかみを締めつけられているような気がした。顧問弁護士がオビ＝ワン・ケノビ（SF映画『スター・ウォーズ』に登場するフォース〔念力〕を操る騎士）の真似をしてタイを懲らしめているのかもしれない。一医師が、医師としての道を逸脱しようとしているからか？　チェルシー総合病院の医師は患者に謝罪しないことになっている。亡くなった子の母親に謝罪するなどもってのほかだ。チェルシー総合病院の弁護士は、黙って過ちを認めることすら容認しない。それがどんなに公正で、善意に基づくものだとしても。彼らの見解によれば、「ごめんなさい」といわなくていいのは愛の世界だけではない。医学の世界も同じだ。チェルシー総合病院では、少なくとも月曜午前六時の三一一号室以外の場所で、謝罪はありえない。

積極的に謝罪するようにした病院もある。状況を整えたうえで真実を話し、事故や失敗に遺憾の気持ちを表明することを医師に推奨しているところもある。謝罪は正しいだけでなく、実際訴訟コストを削減すると考える向きもある。いわゆる「ごめんなさい運動」に参加する病院がある一方、チェルシー総合病院の顧問弁護士は——裁判に持ちこまれたときに病院が雇う弁護団も——謝罪は裁判官の指示があったときのみ、という考えを断固曲げようとしない。「ご

25

めんなさい運動」はニューエイジ志向のくだらないスローガン、保証なきガードの放棄か何かだと思っている。

注文した品が運ばれてきた。アリソンはストロベリーワッフルで、タイは白身だけを使ったほうれん草入りオムレツだ。ふたりとも無言で何口か食べた。いつの間にか雨が降りだしていた。「雪じゃなくてよかった」タイは気まずい沈黙を破ろうとしていった。

「いつも日曜日はどう過ごしているんですか？」

アリソンにそう訊かれ、タイは自分の趣味はバイクとバスケットボールであること、また、最近瞑想のレッスンに通いはじめたことを話した。ふたりとも思わず笑った。「それと……日曜日は、月曜日の早朝会議のことを考えていることが多いかな」タイはそうしめくくった。アリソンにその深い意味がわかるはずはない、と思いながら。

アリソンがほほ笑んだ。「訊きたいことがあります」

「どうぞ」

「先生が手術をなさらなくても、息子は長くはもたなかったんですよね？」つらそうな表情。今にもくずれそうだ。

「ええ」タイは優しくいった。「何もしなければ、六ヵ月か八ヵ月はもったかもしれませんが、悪性腫瘍で亡くなったと思います」

これが外科と内科の違いだ。もしタイが手術不能と判断していたら、クインは脳腫瘍で亡くなっただろう。内科患者の場合、さまざまな病気が併発し、それが複合的な原因となって患者は弱っていく。患者はおそらく肥満で悪化した心臓疾患や糖尿病で亡くなる。内科医は病気の進行を止めることを目的として治療を行う。運がよければそれに成功し、症状の頻度や程度を軽減することができる。完治はまずありえない。外科は違う。外科医は手術のたびに賭けをしているようなものだ。腫瘍であろうと、血液が逆流する弁膜症であろうと、故障した膝関節であろうと、病気に対して技術で賭けをする。もし手術が失敗して腫瘍が広がったり、心不全になったり、膝の痛みが消えなかったりすれば、執刀医の負けだ。患者の死因は心臓疾患やがんだとはだれもいわない。患者は手術のせいで、あるいは手術をしたにもかかわらず亡くなったという。内科と外科では力学がまったく異なる。

「じつは、僕も大切な家族を失ったことがあります。だから……許せない気持ちは……」その先がいえない。

「許してほしいんですか?」

タイはどう返事をしたらいいかわからず、自分の皿を見つめた。

その後、タイとアリソンは料理について少し言葉をかわしただけで食事を終えた。店から出る際、タイはアリソンに「今日はありがとうございました」といった。アリソンは両手を広げ、タイをハグするかに見えたが、握手にとどまった。「こちらこそ。ワッフル、とてもおいしかったです」タイの手を握ったまま、つづける。「先生が何を求めていたのかわかりませんが、それを見つけたことを願っています」

アリソンと別れた後、タイは何か仕事をやり残したような気がした。アリソンの後姿を見送

25

りながら、呼び止めたい衝動に駆られた。しかし、そうしたい理由がわからない。「アリソン」

タイは独り言のようにつぶやいた。

26

ハーディング・フーテンは廊下のテーブルから鍵をとり、玄関にむかった。大きな木製のドアの横に置かれた大型の振子時計で時間を確かめる。十二時半だ。

「すぐに戻る」フーテンはいった。

「本当?」妻のマーサは信じていない。

フーテンは病院から帰宅すると、昼食にサラダを食べ、三十分昼寝をした。その後、妻とトランプをし、いつも通りフーテンが圧勝した。立ちあがった夫を見て、マーサはポーチで本か新聞でも読むつもりなのだと思った。日曜日の午後だもの、今日はもう仕事はしないのだろうと期待した。研修を終えたばかりの医師でも、日曜日の午後は休むのだから。

フーテンは今年の七月で六十七歳になった。マーサは、仕事を辞めるまではせめてもう少しのんびり仕事をしたら、と勧めている。退職を勧めるのはやめた。友人の夫の例があったからだ。その男性は小さな会社のCEOで、大変社交的だった。六十五歳の誕生日に退職し、何をするでもなく家でぶらぶらしていたところ、一ヵ月後、心臓発作で亡くなってしまったのだ。

同僚はだれも知らないが、フーテンには働く必要などまったくない。父親の莫大な遺産の四分の一を相続したからだ。外科部長室にあるオーデュボンの版画をじっくり見て、それが複製ではなく本物だと気づくスタッフなら、フーテンには外見以上の何かが――少なくとも金銭的余裕に関しては――あることも見抜けるかもしれない。もちろんフーテンは、医師が外科部長室でだらだらしていたら、「早く仕事に戻りなさい」と叱るに決まっている。J・J・オーデュボンというサインのAの横棒が、カザリキヌバネドリの尾羽のように姓をまっすぐ横切っていることに気づく暇はだれにもない。

フーテンの父、メイヒューもかつては医師だった。しかし医療訴訟の増加に目をつけ、白衣からピンストライプのスーツに着替え、医療過誤訴訟保険を扱う商売を始めた。そして第二次世界大戦後の数年で莫大な財産を築いた。子どもはフーテンを含め男四人。四人は現在、マキノー島（ミシガン州ヒューロン湖に浮かぶ島）の別荘を共有している。別荘は水上に張り出して建つ、下見板張りの白い大邸宅だ。まわりを一周するポーチがあり、三階の窓の上は切り妻屋根になっている。

フーテンがマーサと出会ったのは、ニューヨークでレジデントをしていた一九六〇年代後半だ。あるとき、フーテンはマーサを別荘に招いた。その週末はハードスケジュールから少し息抜きをすると同時に、マーサを両親に紹介するつもりだった。

フーテンが飛行機のチケットを買い、ふたりはケネディ国際空港からパンナム機に乗った。当時この空港は改名されたばかりで、旧名のアイドルワイルド空港と呼ぶ人も多かった。ふたりがデトロイト空港に着くと、迎えの車が待っていた。フーテンが当たり前のように車に乗りこむのを見て、マーサは知った。真面目で、勤勉で、尊敬に値する恋人には、蝶ネクタイと、キスするときに頬に触れる優しい手以上の何かがあることを。

車は立派な別荘の前で止まった。この別荘を見れば、フーテンが医学の道に進んだのは高収入を得るためではないことは明らかだ。マーティン・ルーサー・キングの暗殺、その後の暴動、ロバート・ケネディの暗殺、ヴェトナム戦争反対運動、一九六八年のシカゴ民主党大会後のアメリカの大混乱を尻目に、フーテンはひたすら研修に励んだ。気分転換はマーサとのデートか野鳥観察。後者は趣味をはるかに超えていた。睡眠はほとんどとらなかった。

フーテンの仕事の理念は親の財産にも、下宿から近いコロンビア大学の「鍋とフライパン革命（鍋やフライパンを打ち鳴らして行う抗議運動）」にも左右されなかった。フーテンの医学に対する情熱と愛情は、本人が五十代になっても六十代になっても精力的に仕事を続けていることが証明している。

マーサは思った。出会ってから四十年たった今も、フーテンの生活の中心は病院だ。退職したら、友人のように退屈で死んでしまうかもしれない。一日のわずかな時間しか家にいないことで元気でいてくれるならそれでいい。マーサは家にひとりきりのときは自分にそういい聞かせた。

「気が進まないが片づけなくてはならない仕事があってね」フーテンは玄関先で蝶ネクタイを整える妻にいった。

病院に着いたフーテンはミシェル・ロビドーのポケベルを鳴らし、外科部長室に来るよう連絡した。ミシェルは十二階にやって来た。先ほどの「死んだと思った患者が生きていた」件でまだ興奮している。症例研究としてアール・ジャスパーに興味を示す医学雑誌があるかもしれない、と思ったのだ。『ニューイングランド・ジャーナル・オブ・メディシン』には症例研究

26

がよく掲載されている。『ニューイングランド・ジャーナル』の筆者名に自分の名が載ると思うだけで、目まいがしそうだ。すでにタイトルも考えている。『症例研究：グラスゴー・コーマ・スケール（意識障害の分類）では評価不可能な最小限の脳の意識状態』タイトルについては再考が必要だが、人種差別殺人犯のおかげで少し昇格するかも。今回のことが自分の転機になるかもしれない。

　フーテンの秘書に中に通され、数秒後、ミシェルは偉大なボスの目の前に立っていた。フーテンと正式に面会するのは、オリエンテーション以来だ。〈私の名前を覚えてもらえた。意識のある男性がナマズのように切り刻まれるのを阻止したレジデントとして〉ミシェルは漁師がナマズの内臓をかき出す場面を想像し、くすっと笑ってしまった。

「ロビドー君、忙しいところ申し訳ない」フーテンがいった。

「どういたしまして」ミシェルは期待で落ち着かなかった。フーテンの深刻な表情と厳しい口調にはまだ気づいていない。しかし、この表情からレジデントを誉める言葉が出てくるはずがない。ミシェルは完全に勘違いしていた。

「呼ばれた理由はわかっているかい？」

「と思います。アール・ジャスパーの件で、ですね？」

　フーテンは一瞬きょとんとした。「いや。メアリ・キャッシュという患者に行った髄膜腫の摘出手術の件だ」

　今度はミシェルがぽかんとする番だった。思ってもいなかった。ミシェルは返事に困った。

「覚えていると思うが」フーテンが続けた。「手術により重大な合併症が生じ、嗅覚を失った。シェフとしては致命的だ」

ミシェルの期待は一気にしぼんだ。その手術を思い出して狼狽《ろうばい》し、胃が収縮し、皮膚直下の血管が拡張し、血液が流れこみ、顔が真っ赤になる。

「も、もちろん、覚えています」ミシェルはようやく悟った。伝説的外科部長の部屋に呼ばれたのは、まだ意識のある男性を死なせるという大失態からこの病院を救ったことに対する感謝の言葉をもらうためではない。自分が執刀し、合併症が生じた手術が理由だ。ミシェルは体じゅうの酸素を絞りとられたように息苦しくなった。

「わかっていると思うが、患者は当院に対し訴訟を起こすつもりだ。訴訟それ自体は珍しいことではない。しかし今回はこちらも積極的に、また当院の弁護団の助言通りに対処しようと考えている」少し間を置く。はっきりいうしかない。「残念ながら、当院ときみの契約を即刻、打ち切ろうと考えている」

またもやミシェルにはなかなか理解できなかった。まるでプールの底にいて、言葉が届くまで時差があるかのように。

「打ち切る?」

フーテンがこたえる前に、パンツスーツ姿の女性が外科部長室に入ってきた。書類の束を抱え、眉間に皺を寄せている。あぜんとした表情のミシェルを、そしてフーテンを見て目を見開いたかと思うと、怒りで顔を真っ赤にした。

26

「フーテン先生？　私が来るまで待ってくださいとお願いしたはずです」

「約束の時間は午後二時。今は二時十分だ」

女性は大きく息を吸い、独り言のようにつぶやいた。「日曜日に？　信じられない」ミシェルのほうをむく。

「初めまして。ローウェンスタインです。この病院の人事課職員です。移行手続きを滞りなく進めるのが私の仕事です」

「移行？　解雇っていうことですか？」

ミシェルは今にも泣きだしそうだった。両親や兄、図書館員のトゥルークスや後援者にどう説明したらいいのだろう。

フーテンが立ちあがった。

「ローウェンスタインさん、後のことはよろしく」

フーテンは白衣をつかみ、ドアから出ていった。

27

午前六時ちょうど、ハーディング・フーテンは三一一号室に集まった外科医を見渡した。どの顔も寝不足で目が充血している。

「本題に入る前に、ひとつ報告があります。われわれの同僚であるスン・パク君は、順調に回復しています。ＩＣＵから院内の個室に移りました。皆さんも私と同様、彼が一刻も早く元気になるよう、祈っていることと思います」

フーテンはいったん言葉を切り、ジョージ・ヴィラヌエヴァのほうを見てうなずいた。ジョージは最前列に座っている。校長室に呼び出された特大の小学生のようだ。

「今日は、ジョージ・ヴィラヌエヴァ君に、アール・ジャスパーさんの件について説明していただきます」

フーテンはシドニー・サクセナの隣の席に戻った。しゃきっとしているのはシドニーとほんの数人だけだ。じつをいうと、シドニーは今朝すでに十数キロ走ってきた。今日はオンコールでいつ呼ばれるかわからないからだ。

ジョージは立ちあがり、前に出た。正直に話し、間違いを認め、次の仕事に生かす。ＭＭではそれが正しい。つらいが自分の至らなかった点について説明し、集まった外科医連中の質問にこたえ、この経験を糧《かて》にする。ソクラテス的「私の過失」から何か学ぶことさえあるかもしれない。今回のアール・ジャスパーの件は手痛い経験だった。あの人種差別野郎に救済はありえない。蚊と同じで、この世界に存在する意味などない。

約二十年前、ジョージはミシガン大学のヒル・オーディトリアム・ホールで右手をあげ、アールデコ様式の美しいアーチ舞台の前で宣誓した。誇りに胸を膨らませ――夜食に食べたドーナッツで満腹の状態で――「自らの能力と判断に従って患者の幸せのために治療法を選択し、決して害は与えないことを誓います（『ヒポクラテスの誓い』中の一文）」と。救急部で神経内科医にジャスパーの診察をさせなかったのは、明らかに正しい治療法ではなかった。しかし、やつは助かった。害を与えたわけじゃないからいいだろう。

気楽に行こう。ジョージは自分にいい聞かせた。手順に従え。批判を受け入れろ。NFLの試合翌日の月曜日と同じだ。ブロック・アサインメントを間違えると、コーチはそのVTRを何度も巻き戻して再生する。セットして、スタートして、ブロックに失敗。その映像を何度もくり返す。アサインメント・ミスは危険だ。クォーターバックやランニングバックが激しいタックルを食らうことになる。しかし、アサインメント・ミスを犯してもだれも死なない。少なくとも、前例はない。

MMは神聖だ。人命を救うため、間違いから学ぶため、人知の範囲で最高の医療を行う重要性を出席者に再確認させるためにある。ジョージにもそれはよくわかっている。しかし、ジャスパーの祖母の姿が頭から離れない。至近距離から胸を撃たれた。どうして祖母のほうが死ななくてはならなかった？　新聞によると、ジャスパーは祖母に育てられた。二十ドルの小遣いをねだって断られ、激怒し、銃で撃ったそうだ。

「ヴィラヌエヴァ先生、経緯をお話しください」フーテンがいった。

ばあさんは運が悪かった。ジョージはそう思い、話を始めた。

「早い話、ばあさんを銃殺したネオナチのガキが、おれのＥＲに来やがった」

フーテンがさえぎった。「ヴィラヌエヴァ先生、医療過誤検討会は由緒ある院内会議です。言葉遣いに気をつけてください」

タイ・ウィルソンは、隣の席のティナ・リッジウェイをつついた。「さすが、親愛なるジョージだ」

「さすが、親愛なるフーテン先生ね」ティナもいった。

ジョージは肩をすくめ、話を続けた。先ほどよりはいくらか語気が弱い。

「アール・ジャスパー氏は頭部に銃弾を受け、ＥＲに運びこまれました。銃弾は硬口蓋《こうこうがい》、下鼻甲介《かびこうかい》、中鼻甲介、上鼻甲介、篩骨《しこつ》から前頭葉に進入、右目上部の頭蓋骨から後ろへ抜けました。だれが見てもあのくそガキは——失礼、ジャスパー氏は——鉛弾ですでにくたばって——」

「ヴィラヌエヴァ先生」フーテンがまた注意した。今度は口調が冷たく、きつい。本気で怒っている。

「どうやって確認したんですか？　すでに死亡していると判断した理由は？」後ろの席から質問が飛んできた。

27

　ジョージはまた深呼吸した。押されたら押し返したい——激しく。戦いを挑まれたら、挑戦者をたたきつぶしたい。アメフトのフィールドで故意のラフプレーを受けたら、チャンスを見つけ次第そいつに仕返しする。ジョージは「頭にあんなでっかい穴が開いてりゃだれだって——」といいかけた。いや、自分が悪い。だから正直に話す。ジョージは両手をあげて「降参」のポーズをした。

「わかった。そっちの勝ちだ」

「勝ち負けの問題ではありません」フーテンがいった。ジョージはフーテンの言葉は無視し、足元を見つめて話を続けた。これではまるで先生に叱られた小学生だ。

「感情的になりすぎて判断が鈍った。ナチのタトゥーが目に入り、患者に集中できなかった」

「治療を始める前に、治療の価値があるかどうか判断する必要がありますか？」後ろの席からだれかが質問した。

「そうです」ＥＲの医師だ。「医者のいうことを聞かない、口の悪いアルコール中毒の人でも、患者は患者です」

「わかった、悪かった」ジョージはいった。「わたくしが、わるう、ございました」部屋中しんと静まり返る。ＭＭの歴史の中でも記念すべき瞬間だった。ジョージ・ヴィラヌエヴァが頭をさげ、話を続けようとした、そのときだった。

　三一一号室の後ろのほうから拍手がぱらぱら起こり、じょじょに大きくなった。わけがわからず、ジョージは顔をあげた。間違いを認めて拍手が起こるなんて前代未聞だ。全員立ちあがって拍手喝采している。ジョージは一瞬とまどったが、両手を挙げて拍手にこたえようとした。ところが、出席者たちはジョージに拍手しているのではなかった。全員後ろをむいている。彼らの視線の先にいたのは、スン・パクだ。妻に腕を支えられ、席につこうとしている。頭に包帯を巻き、青白く弱々しげだが、にこやかにほほ笑んでいる。

ジョージも一緒に拍手した。

フーテンもようやく立ちあがり、何事かとふり返った。スンの姿に気づき、ボクサーのように両拳をあげる。

「お帰り！」フーテンがいった。「よく来てくれた」

どの医師も席を立ってスンにむらがり、握手を求めている。スンはみんなに囲まれて少し恥ずかしそうだ。妻のパットはその横で、大粒の涙を流しながらほほ笑んでいた。

ＭＭ後、スンは妻に付き添われて自分の研究室に戻った。タイ以下、出席した外科医の多くは一日の仕事に備えたカロリー摂取のため、院内のカフェテリアにむかった。カフェテリアはかなり広い長方形の部屋だ。数年前に改装されたが、長方形で広いところは変わらない。オムレツ、シリアル、コーヒーのコーナーはそれぞれ独立しているが、それ以外のメニューはステンレスの長いカウンターからとっていくようになっている。カウンターには卵、グリッツ（粗びきのトウモロコシで作った粥のようなもの）、パンケーキ、ハッシュポテト、ベーコン等、心臓科医のほとんどが患者に摂取を禁じるメニューが並んでいる。さらには、この病院で治療する多くの疾患の原因と

27

なる超高カロリーのシナモンロールやドーナッツもある。レジのある中央付近に天井からスクリーンがさがっている。仕切りと防音のためだ。しかし、繁華街のカフェテリアに、セキュリティレベルが中程度の刑務所を合わせたような雰囲気は変わらない。

タイはシリアルと緑茶を買い、奥の席に座った。スンの登場には驚いた。予想外だったし、つねに睡眠不足かつ皮肉な同僚医師たちが、偏屈脳外科医のスンをあんなに温かく迎えるなんて思ってもいなかった。さっきの場面を思い出し、タイはなぜか久しぶりに気持ちが明るくなった。それでつい、小学校以来口にしていなかったカラフルなシリアルを選んでしまった。

ティナがコーヒーを手にタイのむかいの席に座り、着色料たっぷりのシリアルを二度見した。

「食べる物が人を作るっていうでしょ。どういうつもり？」ティナがからかうように笑った。

タイもつい笑ってしまい、気の利いた返事をし損ねた。「そうかい？」

「そうよ」

タイは黄緑の小さなリング状のシリアルをつまみ、ティナのコーヒーにぽとんと落とした。カップの真ん中にシュガーコーティングしたリングが浮いている。浮き輪のようだ。

ジョージも同じテーブルに来た。Ｌサイズのコーヒーと、目玉焼き、ベーコン、ハッシュポテトが山盛りの皿を持っている。タイはジョージを見た。

「居残りかと思った」

「パク先生にいくらでＭＭの途中で入ってくれるよう説得したの？」ティナはジョージにたずねた。

「おたくがそんな皮肉をいうとは」

「リッジウェイ先生の本性を知らないね」タイがいった。深い意味はなかったが、ついティナを見てしまった。ふたりとも赤くなって目をそらす。

ジョージはデニッシュをほおばり、そしてふたりをじろじろ見た。このふたりには何かある。間違いない。そういう芝居をしているだけだろうか。可能性はいろいろある。しかし、芝居ではないだろう。タイのような男はどんな女も意のままだ。ティナ・リッジウェイはとても魅力的な女性だが、結婚して子どももいる。もちろん、結婚して魅力がなくなるわけではない。白黒写真しまった体軀とカリフォルニア気質をうらやんだ。ジョージは目の前の若い医師の引きつきでジョージの不倫に関する完璧な証拠書類を作成した元妻の弁護士に、その後のふたりの関係を訊いてみるといい。

シドニーは、トマトとピーマン入りの白身オムレツを運んできた。「私も、いい？」

「もちろん」

「ジョージ先生、パク先生に救われたわね」シドニーがいった。

「パクの膠芽腫に救われた」とジョージ。

「パクノ・コウガシュ、どこかのバンドの名前みたい」タイがいう。

「医学用語にはバンド名にもってこいなのがいろいろあるからな」ジョージがいった。「『ショクシン・デ・シコリ』売れそうだ」

「確かに」タイがいう。「『ミオクローヌス』はどう？」

27

「いいわね」とシドニー。
「カノー・ジクジク」ジョージがいった。
「ちょっと気持ち悪いわ」ティナがいう。
「ベン・ベンピー」タイがいった。
「もうそのへんにして」シドニーが笑いながらいった。

28

十分後、シドニー・サクセナは病棟にいた。シニアレジデントのメロディ・マッケンリーが、眠たげな目をしばたたかせながらナースステーション前でシドニーを待っていた。マッケンリーはこの四十八時間内に手術を行った患者の、術後経過表をチェックしていた。

たった今思い出したかのように、マッケンリーがいった。「そういえば、小児科から外科に診療依頼がありました。頭部を軽く打撲した五歳女児が、昨日の午後、時間外外来に来ました。過去に腸捻転《ちょうねんてん》で外科手術を受けたことがあるそうです。嘔吐《おうと》、便秘、嗜眠《しみん》を認めました。昨夜レイサム先生が診察しました。腹部X線と尿路系《KUB》X線検査により、腸管の拡張を認め、早期の部分的な腸閉塞と考えられたため、二五〇ミリリットルの生理食塩水の急速投与を二回、および五パーセントグルコースと〇・四五パーセント食塩溶液を時間四〇ミリリットルで持続投与し、経鼻胃管を挿入して入院させたそうです。数時間前に診察を頼まれたんですが、ほかの患者で忙しくて」

聞くうちにシドニーの表情が心配そうになっていく。

「てことは、昨日の夜からまだだれも診ていないの？　今どこ？」

「5Aです」

「行きましょう」

シドニーはマッケンリーを連れ、来た道を引き返した。マッケンリーは遅れないよう必死だ。

「容体は安定していると看護師から訊いています。腹部が膨張している様子もなく、腹膜炎の徴候もないそうです」

「ＫＵＢは再検した？」

「いえ。感染症の専門医に意見を訊いてみました。小児外科医にも診てもらおうと思っています」

「血液検査はどうだった？」

マッケンリーはこたえない。知らないのだ。

シドニーはマッケンリーにかまわず、先を急いだ。外に通じるドアを押し開け、患者用乗降スペースを横切り、両開きのドアからまた建物に入る。

「部屋番号は？」

マッケンリーがこたえる前に、廊下で看護師に呼び止められた。この看護師もシドニーのように深刻な表情だ。

「二四五号室の女の子の様子がおかしいんです」

「二四五。今お話しした子です」

「様子は？」シドニーはたずねた。

「本当にぐったりしています。針で刺しても反応がありません」小児科の看護師ならたいてい経験がある通り、子どもは点滴をするとき、嫌がって泣くことがある。しかし、針に反応しないのは、それよりはるかに深刻だ。

シドニーとマッケンリーは看護師を従え、二四五号室に入った。シドニーはベッドの足元にあるカルテを手にとり、聴診器を取り出した。少女はやせていて、褐色の肌は乾燥している。大きなベッドの上でいっそう小柄に見える。シドニーは聴診器を少女の胸にあて、腕時計で心拍数を確かめた。

「一九二」シドニーはカルテをめくった。「白血球の左方移動を認める」責めるようにマッケンリーを見たが、コメントはしない。「手術をしなくては。今すぐに」マッケンリーが病室を飛び出していく。

シドニーは看護師にいった。「手術の承諾をもらうから、この子のご両親かだれかに連絡して第七病棟に来てもらって。今すぐ抗生物質を投与して、手術準備室に運んでちょうだい」

シドニーは急ぎ足で廊下、連絡通路を抜け、一階上の手術室にむかった。

それから一時間もしないうちに、少女は気管内挿管され、麻酔をかけられ、開腹された。シドニーは小児外科医とともに手術室に入り、約三十センチにわたって壊死《えし》した腸管の場所をつき止めた。ベッドからストレッチャーに移すときに少女が意識を失ったとの報告を受け、シドニーも小児外科医も診断が正しかったのを確信した。シドニーは壊死した腸管の両側にクランプ鉗子《かんし》をかけた。三十センチの患部の切除を始めようとしたところ、心電図の曲線が平らになったのに気づいた。麻酔科医が読んでいた本を落とし、慌てて立ちあがる。心電図のリード線

28

がちゃんとつながっているのを確認すると、カートに手を伸ばし、ガラスの小瓶をつかんだ。

「エピネフリン〇・一ミリリットル静注します！」

麻酔科医は注射器で小瓶の中身を吸いあげ、その透明な液体を点滴ルートに挿入した。

シドニーは心臓マッサージを始め、麻酔科医は中心静脈カテーテルを挿入しようとしている。

「除細動、いそいで！」シドニーはいった。

外回り看護師が除細動器をとり、少女にかけてあった青い覆い布をめくり、胸にパドルをあてた。

「離れてください」

小さな体が大きくのけぞった。しかし、心電図は回復せず、アラーム音が続く。

シドニーも麻酔科医も半歩後ろにさがった。麻酔科医は新たな注射器をつかみ、べつの薬を吸いあげた。

「アトロピン、〇・五ミリグラム追加します！」

シドニーは心臓マッサージで、麻酔科医は投薬で、心肺蘇生を続けた。小児外科医が少女の腹部に湿らせた滅菌タオルをかけた。

看護師はパドルをこすり合わせ、チャージされるのを待っている。

「離れてください」

看護師は少女の胸に再びパドルをあてて、ボタンを押した。再び、少女の体がのけぞる。

すると、心電図が正常な電子音を刻みはじめた。シドニーは大きく、ゆっくり息を吐き、少女の心臓が動きだすのを待った。

その後の手術は順調だった。手術後、シドニーは手術室着のまま外科部長室にむかった。止めようとする秘書を無視し、中に入る。

フーテンは電話中だった。

「スミスCEO、折り返し連絡します。急な来客なので。サクセナ先生、何だね?」

「当院はたるんでいます。今、手術をしてきた女の子ですが、危険な状態だというのに、レジデントが悠長にかまえていて、診断が遅れて命に係わるところでした」

「サクセナ先生、きみは指導医だ。レジデントやインターンはまだ勉強中の身だ」

「今回が初めてではありません。それに、自分の科だけではありません。検査をオーダーしたり、ほかの医師の意見を求めたりすることは、総合病院では簡単なはずです。若い医師にも責任を持ってもらいたいんです。医師としての誇りを持って仕事をしてほしいんです」

「なるほど。今週の土曜日、若手医師対象の必修セミナーがある。そこできみに話してもらおう。遠慮なく話してくれ」

「わかりました。ありがとうございます」部屋から出ていこうとするシドニーに、フーテンがいった。

「覚えておくといい。思想と現実の狭間、衝動と行動の狭間に影がさす」

シドニーは笑った。「T・S・エリオットの詩ですね」

シドニーは廊下に出た。シドニーもフーテンも相当な完璧主義だ。そしてどちらも、大学では文学・生物学の両方を専攻した。

フーテンは受話器をとり、短縮ダイヤルを押した。

「スミスCEO、先ほどは失礼しました。以前、私の退職後の後任候補をさがしているといっていましたね。適任者を見つけました。この話は次の昼食の席で」


ティナはまたフリー・クリニックにいた。今では貧困層の患者の治療ができるのが楽しみでしかたなく、病院に戻るのが嫌なくらいだった。「フリー・クリニック」の「フリー」は、「無償の医療を提供している」というより、自身の自由を意味しているように思えてきた。ティナはこのボランティア医療を、チェルシー総合病院近辺に住んでいながら治療を受けられない人への往診のようなものだと考えていた。本当はどの病院もこうすべきじゃないの？

ティナはチェルシー総合病院の仕事を怠けているわけではない。相変わらず医学生に教え、外来や手術を行っている。しかし、余分な仕事はしない。義務は果たしている……かろうじて。チェルシー総合病院では、ティナのような勤務スタイルは異例だ。この病院は医師が最先端の臨床的試みをする場所であり、院内感染のような事態を予防するために革新的改革を行う場所だ。チェルシー総合病院は多くの医師が一度は登頂を夢見るエベレスト山。しかし、ティナは違う。チェルシーはティナの夢ではなくなった。

フリー・クリニックでのびのびと働くうちに、ティナの美しさは輝きを増した。ここにいると表情筋の緊張が知覚できないレベルで解けるらしい。充実度が増すとともに、すれ違う人々が思わずふり返る回数も増えた。特におしゃれをしているわけではないが、貧困層の多いフリー・クリニック近隣でも、白衣にハイヒールのティナは人目を引いた。小さな診察室で働くティナは現役医師というよりは、医師に扮したポスターのモデルのようだ。今もモデルさながらの姿で、痰《たん》を伴う咳の症状で訪れた少女の喉を見ている。

「『あー』っていってみて」ティナはいった。両頬の内側に水ぶくれがある。手足口病として知られる、コクサッキー・ウィルスだ。そのとき、玄関の呼び鈴が鳴った。

「手を見せて」ティナは優しく少女の手をとり、手のひらを両方上にむけさせた。

「診察ですか？」管理人のデュシャンがたずねるのが聞こえた。

「医者はいるか？」

「こちらに座ってください」

「医者はいるかと訊いてるんだ」

ティナは手を止め、耳を傾けた。

「とにかく、座ってください」デュシャンがいう。「診察は順番です。今日は女医さんがひとりで診ているので」

「女医？　女か」

「お静かに」

フリー・クリニックは小さな医院だ。ティナにも、少女やその母親にもすべて筒抜けだ。ティナは思った。敵意帰属バイアス――物事が自分の思い通りにならないと、まわりが協力しな

28

いせいだと考える典型的偏執病だ。しかし、今は診察の途中だ。見ると、少女の母親の目が怯えている。どうしたらいいかわからず、ティナを見ている。ティナは赤くなった。

「少しお待ちください」

ティナは診察室から出た。二十代前半の男が腕組みして立ち、デュシャンをにらんでいる。短めの茶色い髪はたいした手入れもせず、着古した緑の迷彩柄のジャケット姿。黄ばんだTシャツの襟ぐりからヘビのタトゥーがのぞいている。

「申し訳ありませんが、乱暴な言葉は控えてください」

「乱暴な言葉」男がくり返す。

「私は大人ですから平気ですが、ここには子どもも来るんです」

「大人」男はティナをなめるように見た。分厚いステーキを前にした飢え死に寸前の人間のようだ。「なるほど」

デュシャンが立ちあがった。

「申し訳ありませんが、お帰りください」

男がデュシャンをにらみつけた。身長はデュシャンよりずっと低いが、あごは引きしまり、ボクサーのような体つきだ。殴り合いは得意にちがいない。一方、デュシャンは地元のクラブで用心棒をしていたことがある。普段ならひとにらみで相手はひるむはずだ。

ティナは一歩前に出た。

「私は医師のリッジウェイです」そういいながら片手を差し出す。男が一瞬ひるんだ。

「ＫＣだ」男もしかたなく名乗り、ティナと握手した。

「ＫＣさん、次に診察しますから、もうしばらくお待ちください」

「もういい。帰る」ＫＣは入り口にむかった。「そこのボーイフレンドがいないときにまた来る」

「ボーイフレンドではありません。このクリニックの管理人です」

「ボーイフレンドはいるのか？　ほしそうな顔してるぜ」またじろじろティナを見る。「楽しませてやろうか」

「私はこのクリニックの医師です。ボランティア医師の治療を受けたいなら、またいらしてください」

「わかった。また来る」

ＫＣはドアから出ていった。

29

タイ・ウィルソンはフライパンで豆腐とブルーベリー、赤パプリカ、パイナップル、ショウガを炒めながら、ペントハウス（マンション最上階の特別設計の部屋）の窓の外に目をやった。雨が滝のように窓ガラスを流れ、近くの建物の明かりがぼやけて見える。タイはひとりが好きだ。だから恋人ができても二ヵ月以上続いたためしがない。相手がどんなに美人だったり、頭がよかったり、思いやりがあったりしても遅かれ早かれ、たいていの場合は早々に、息苦しさを感じはじめる。そして、病院に逃げこむ。病院にいれば仕事に没頭し、気ままな独身貴族生活から自分を引きずり出そうと企む恋人に煩わされずにすむからだ。

タイはフライパンに少量の醬油を加え、浅めのボウルに移すと、窓際のガラスとスチール製の食卓に座った。箸を使って食事をしながら――このほうがゆっくり食事ができてヘルシーだ――激しい雨が洗う窓の外に目をやる。しかし、いつもこうしてひとり静かに食事をしているときの平穏さは感じられない。静かなのが嫌でテレビをつける人もいるが、タイはつけない。静けさを好んだ。

しかし、今晩は落ち着かなかった。ひとりで考えるにはもってこいの四連休が始まったばかりだというのに、不安で、胸騒ぎがした。椅子から立ち、リモコンをとり、テレビをつけ、バスケットボールの試合を放送しているチャンネルをさがした。デトロイト・ピストンズ対ダラス・マーベリックスの、シーズン初めのやる気に欠ける試合だった。タイは数分間、食事をしながら観た。試合は二クォーター目で、選手たちは適当にプレーしているようにしか見えない。勝敗を決める四クォーター目を待っているにちがいない。タイは思った。こんなふうに、ベストを尽くさなくてもだれも死なない仕事もある。いや、仕事とは普通そんなものだ。

タイはまた立ちあがり、テレビを消した。耳障りなアナウンサーの声が消えても心の平穏は訪れない。そのとき、理由がわかった。自分は今、本当の意味でひとりではない。ここ数日、つねに頭の中でだれかが責めている。おまえは無能だ。自分を、まわりを欺いている。おまえは詐欺師だ、と。この不愉快な自己批判が不安を生んだ。タイは疑いにかき乱されていた。これまで順調に仕事を続けてきたというのに、たったひとつの手術がこれほど強い反応を引き起こすなんて。ばかげている。しかし、笑い飛ばし、汗とともに流し、消えるのを待とうとしても、不安は居座っている。調べてみると、ある論文が見つかった。それによると、無意識に間違いを避けようとすると、さらに間違いが多くなるらしい。無意識の意識をどう消せばいい？幻覚について考えるのはやめろ、というようなものだ。負のスパイラル。不安を抑えようとすればするほど、思考の中心にしゃしゃり出てくる。

落ち着かない理由はほかにもある。ＥＴＢＳを行ってから十五日たつが、それ以来手術はしていない。外来は行い、ＭＭには出席しているが、人生初の強烈な不安のせいで、執刀は避けている。もう二週間以上たつ。研修プログラムを終えて以来、こんなに長く手術から遠ざかっていたことはない。タイの指導するレジデントはみな、手術を経験できて喜んでいる。一方、タイは毎日病院には行くが手術はせず、臆病風に吹かれているだけだ。もどかしい。困難から逃げ回るために医学を目指したのではない。その反対だ。

タイはまた窓の外に目をやった。雨はおさまり、雨雲は東に移動している。夜空を駆ける雲の合間からときどき月も見えている。そうだ。タイはパソコンに近づき、Delta.comと打ちこむと、腕時計で時刻を確かめた。使った食器は水で軽く洗い、食洗機に入れる。そしてベッドルームに移動して手早く荷造りをし、部屋を出た。

29

スン・パクは、放射線治療は夜に受けることにした。日中、患者として病院に行くなんてごめんだ。医師スン・パクの顔と、患者スン・パクの顔は分けておきたい。まったく論理的ではない。自分は医師であると同時に、患者でもある。それはわかっている。とはいえ、毎晩、病院への送迎はレジデントに頼んでいる。いつ発作が起きるかわからないので、保険会社に車の運転を止められているからだ。最初、妻が送り迎えをするといったが、妻は家事をしたり、子どもを寝かしつけたりしなくてはならない。レジデントに頼むほうが簡単だった。

大仰な放射線機械が陣取る広い一室で、スンは、放射線技師が「カウチ」と呼ぶストレッチャーに横たわる。スンの頭の形に合わせ、特注で作ったプラスティック製のメッシュのマスクがつけられ、クリップで固定される。以前、若いがん患者がこれを「ジェイソン（映画『十三日の金曜日』に登場する白いマスクをかぶった不死身の殺人鬼）マスク」と呼んでいたことがあったが、当時のスンには意味がわからなかった。

いわゆる「カウチ」の上段がスライドし、スンの体が機械の円形窓の真下に移動する。窓は巨大な目のようにスンを見おろしているが、「見ている」わけではない。ここから強いX線が出る。機械にある複数の目はパネルで、放射線技師たちはこれを「アーム」と呼んでいる。スンは英語カセットを思い出した。〈anthropomorphism：擬人化、生物や非生物を人間になぞらえること〉

明かりが暗くなり、機械がスンのまわりを回りだす。スンの顔はまっすぐ上を見るよう固定されている。「アーム」は、マスクの耳・首・額部分につけられた点を記録していて、放射線を正確にあてていく。放射線治療が始まると、耳に小さな電子音が聞こえてくるが、ほかは何も感じない。今まで医師として患者に手術後放射線治療を受けさせたことはあったが、それだけだった。治療の一方法でしかなかった。

自らの目で見たものしか信じない現実主義のスンにとって、患者として受けた放射線治療は驚くことばかりだった。機械がまわりを回転しながら、X線エネルギーで脳内の細胞を三次元攻撃している。手術で摘出しきれなかったがん細胞のDNAを——合わせて健康な細胞もいくつか——光子《フォトン》が破壊していく。こうすれば細胞分裂を阻止《そし》できる。しかし、本当のところはわからない。放射線は目に見えない。

平らなストレッチャーに固定され、いつもは行動・実行・結果重視のスンが珍しくじっとしている。特注マスクの下でスンは解放され、自由にさまよい、瞑想している。どんな状態でもすることはあるものだ。今までは、瞑想など時間の無駄だと思っていた。

29

今回、スンは知覚と現実について考えている。この瞬間も見えない光線が自分の脳を細胞レベルで破壊しているのだと考えつつ、実体はないが幸福にとって欠かせない要素に思いをめぐらせた。たとえば、愛。妻は自分を愛し、自分は妻を愛している、それは間違いない。もしパットがいなくなったら、人生の喜びは減少する。パットはスンの幸福に欠かせない。子どもたちも同じだ。スンの母親は脳卒中で去年亡くなった。母親とは一年に数回話すだけだったが、深い喪失感を味わった。ふたりの間に存在していた愛と絆は永遠に絶たれた。

毎晩明かりが落ちると、スンの思考はモーツァルトの『バイオリン協奏曲第五番イ長調』に合わせて解放される。この曲をＢＧＭに選んだ理由のひとつは、これを聴くと気持ちが高揚するからだ。ドーパミンの放出が助長され、治りが早くなるような気がする。それだけではない。この曲はスンの人生で重要な役割を果たした。昔、韓国の名門音楽大学の入学試験を受けようとしたことがあった。しかし課題曲であったこの曲をマスターできず、両親の長年の夢であったバイオリンの道をあきらめ、医学を志すことになった。

スンはつねに物事を直線的に考える。入力と出力はまっすぐに結びついている。努力には結果が伴う。人生は連続した単純な代数方程式に分割される。もしｘがｙを生むなら、２ｘは２ｙを生む。このようにして望む結果を生むことができる。スンの屈強な仕事倫理はこの信念の産物だ。韓国でもこれを基盤に、貧しい教育環境を乗り越えて医科大学に入学し、医学の中でもっともハイレベルな脳外科専門の医師になった。そして、アメリカで二度目のレジデント期間を終え、脳外科医として認められた。

仰むけに横たわり、見えない光線で脳を攻撃されながら、自分の直線的思考が疑わしく思えてきた。自分の人生は論理的道筋をたどっていない。ヨーロッパで約二百五十年前に書かれた曲をマスターすることができなかったせいで、人生の道筋が変わった。膠芽腫もまた、直線的入力がないのに生じた結果だ。食生活は良好。健康のためにウォーキングもしていた。発がん物質は極力避けてきた。ところが、ある人生を歩んでいると思ったら、翌日、まったく違う人生を歩んでいた。想像もしていなかった変化だ。シンプルな公式の結果ではない。

医師として、膠芽腫の患者が話すのを聞いたことがある。この病気になったとたん、人生が変わってしまった、といっていた。近所をドライブしていると思ったら、次の瞬間、家に帰る道がわからなくなる。車庫を掃除していると思ったら、次の瞬間、左半身が動かなくなる。だれかとおしゃべりをしているかと思ったら、次の瞬間、言葉が出なくなる。

ソウル大学で一般教養科目として量子力学を勉強したことがあったが、そのときは懐疑的だった。何かが、ある環境において別物に変わるなんてありえないと。しかし今の自分がいい例だ。もしかしたら、人生はてこや滑車のように操作できるものではなく、ついたり消えたりするスイッチの連続なのかもしれない。

毎晩、放射線治療機の電子音が止まり、ストレッチャーから体を起こすとき、協奏曲だけが静かに流れる瞬間がある。その短いひと時に、これまでの人生では考えたこともなかった様々な問いに思いをめぐらせる。そして、みょうに爽やかな気分で病院を後にする。

30

シドニー・サクセナは仮設ステージの横で、体が冷えないよう軽く飛び跳ねた。気温は五度くらいだが、「チェルシー総合病院　十キロ」と書かれたTシャツに、短パン姿。吹きさらしのステージの両側に置かれたイベント用の大型スピーカーからABBA《アバ》の『マンマ・ミーア』が流れ、集まったランナーたちが女性インストラクターにならって準備運動をしている。曲が終わり、DJがマイクを握った。

「皆さん、今日は寒いですね。ウォーミングアップは十分に行ってください！　スタートラインにお並びいただく前に、チェルシー総合病院のCEOであり、今回の大会のスポンサーでもあるモーガン・スミスさんにひと言いただきたいと思います。手袋はしたままでけっこうですから、拍手をお願いいたします」

ぱらぱら拍手が起こる中、スミスはマイクを握った。

「ありがとうございます。チェルシー総合病院のCEO、モーガン・スミスです。皆さん、本日はご参加ありがとうございます。今大会もスポンサーを務めさせていただき、光栄に思っております。十キロマラソン大会は今年で八回目を迎えます。今日は寒いですが、水分はじゅうぶんに摂ってください。コースには数ヵ所、給水所があります。チェルシー総合病院はランナーの皆さんを全面的にサポートします。これは通常の病院業務でもまったく同じです。当院は中西部で最高の新生児集中治療室から老人介護まで、すべて網羅しています」

スミスがシドニーのほうを見た。シドニーは左右の片足で軽く飛び跳ねながら、スミスに手をふった。

「当院の若手医師――」スミスはマイクを手でふさぎ、シドニーのほうに身を乗り出した。名前を思い出せないらしい。

「シドニー・サクセナです」シドニーは教えた。

「シドニー・サクセナ医師も今大会に参加しています。救急救命法について少しお話しさせていただきましょう」

スミスはシドニーにマイクを差し出した。シドニーはかじかみ、赤らんだ手に息を吹きかけ、マイクを受け取った。

「おはようございます。シドニー・サクセナです。皆さん、早くスタートして体を温めたいですよね。その前にひと言。大切な家族、友人、見ず知らずの人の呼吸や心臓が止まっていた場合でも、命を救うことができます。だれにでも、簡単にできます。人工呼吸ではありませんので、ご心配なく。心臓マッサージをするだけで、救急車が来るまで、脳や心臓に血液を送ることができるんです」

シドニーは高校時代のライフセービングの訓練を思い出した。マネキン以外のものに口移し式蘇生法をしなくてはならないと思うとぞっとした。頭と胸部だけのマネキンが相手でも嫌だ

30

った。瞳のない不気味な目はまっすぐ前を見つめ、肌色の唇はライフセーバー志願の若者が実践するたびに「口」を洗浄するリステリンの味がした。

ランナーは全員、体を冷やさないように跳んだり、ストレッチをしたり、おしゃべりしたりしている。ほぼだれも話を聞いていない。前にいる小さな集団に目をやると、ビル・マクマナスがいた。ビルがシドニーにほほ笑み、軽く会釈した。いつも通り疲れた顔はしているが、短パンと長袖Tシャツ姿のビルは、よれよれの白衣のときより生き生きとしている。

「呼吸が止まってしまった人を見つけたら、まずあなた自身で、もしくはだれかにたのんで救急車を呼んでください。次に、近くに除細動器がないかさがしてください。なければ、心臓マッサージを行います。心臓マッサージにより心臓や脳に血が流れます。両胸の真ん中に、片方の手ともう片方の手を重ねて置き、腕をまっすぐに伸ばして押します」シドニーは両手を重ね、腕を伸ばし、実際にやって見せた。「押すときは遠慮せずに、力強く押してください。汗をかくくらい。救急車が来るまで続けてください。何か質問はありますか？」

シドニーはランナーたちを見渡した。ビルが手をあげた。シドニーはそれを無視し、笑いをこらえた。

「では、これで終わります。皆さん、待ちくたびれていることでしょう。どうぞ今日のレースを楽しんでください！」

拍手がぱらぱら起こった。

シドニーはマイクをだれに渡したらいいか迷った。ＤＪは放送機器の下にしゃがみこみ、ドーナッツをほおばっている。両手の粉砂糖を払ったＤＪにシドニーがマイクを渡すと、後ろから声をかけられた。

「無視したね」ビルがいった。「質問があったのに」

「マクマナス先生、どんな質問かだいたい想像はつくけど」シドニーは「先生」を強調した。口元に笑みが浮かんでいる。

「したかったら口移し式蘇生法をしてもいいんですか？」

ビルは水色の目のまわりに皺を寄せ、茶目っ気たっぷりにほほ笑んだ。シドニーはあきれた顔をして見せたが、頭の中では、この生意気な医師とキスする場面を想像していた。驚いたことに、ちょっとどきどきした。マクマナス医師とキス。悪くないかも。

「じつは」ビルがいった。「昔ライフセーバーをしていたことがあって、そのとき、かわいい女の子を救助して人工呼吸することになったらどうしようと、わくわくしていたんだ。たとえば、先生みたいな子と」

「楽観主義者なのね。私がライフセーバーをしていたときは、ひどい心筋梗塞の後で口がすごく臭いおじいさんだったらどうしようって、びくびくしていたわ」

ビルが笑った。「現実主義者だね」

ふたりとも笑いながら、しばらくその場でウォーミングアップを続けた。ビルの何かが、シドニーの奥深いところを刺激した。それは、婚約寸前だったロスに別れを告げられて以来封印していた感情だ。あと一分もたてば、「こんな気持ちにさせないでよ」と怒りたくなるに決ま

30

っている。自分の気を引いたり、感情を引き出そうとする男は詐欺師——私の医師人生を狂わせる悪しき陰謀者だ、と思っているからだ。失敗が見えている関係に感情をゆだねたくない。

ビルが体を傾けてきた。横目でさぐるように見ている。

「僕が神経内科医だったら、この中で今、何が起きているかわかるのになあ」ビルはシドニーの頭を指さした。

「根暗なこと考えているの。すごーく根暗なこと」

「根暗？」マクマナスの問いに、シドニーは肩をすくめた。「先生みたいに若くて、頭もよくて、美人で、スタイルもいい人が？」

「口がうまいのね」

「本気だよ！　今度、蘇生法の説明にマネキンが必要になったら、ぜひ僕をどうぞ」ビルは胸を張った。

「マネキン？　いらないわ」

「念のためにいっておくけど、その際は口移し式蘇生法のデモンストレーションも忘れずに」

ビルにはかなわない。

「マクマナス先生ったら！」シドニーは大げさに驚いて見せた。こんなふうに男性にからかわれたのは久しぶりだ。正直、邪念《じゃねん》を退けるため、これまで仕事を砦《とりで》にしてきた。しかし今、その砦がくずれかけている。この長身で、いつも寝不足みたいな医師にはどこか魅力的なところがある。それが何かはわからない。ここしばらく睡眠時間は四時間以下、という顔だし、肌は蛍光灯焼けしたみたいに青白い。姿勢は悪いし、髪は何日もとかしていないようだ。どこがいいのかよくわからないが、一緒にいると心が安らぐ。そう思ったら、こんなことは初めてというくらい大胆になれた。シドニーにしては。

「じゃあ」シドニーはいった。「今日私に勝ったら、マネキンに採用してあげる」

「本当?」ビルもいいことを思いついた。「もしそちらが先にゴールしたら、僕が頑張り過ぎて途中でぶっ倒れていないかさがしにきてくれる?」一瞬、間を置く。「もし呼吸困難で倒れていたら……」シドニーはビルが何をいいたいかわかり、思わずほほ笑んだ。「蘇生させてくれる?——その——人工呼吸で」

シドニーは笑った。「知能犯ね」

そこでアナウンスの声が響きわたった。「ランナーの皆さん、スタートラインにお集まりください」

「健闘を祈るわ」シドニーはそういい、ビルとともにランナーの流れに加わり、スタート地点の大きな横断幕の前に移動した。

「ありがとう」

「訂正。ほどほどの健闘を祈るわ」

ビルが笑った。

街を走る道路が急な上りになり、ティナ・リッジウェイはファミリータイプのミニヴァンの

30

アクセルを踏みこんだ。マークは助手席でぷんぷん怒っている。ネクタイを締め、ツイードのジャケットを着ている。後部座席の「上のふたり」とアシュリーも、それぞれ教会用の正装だ。ティナはいつも頭の中でそう呼ぶ。「上のふたり」とアシュリー。まるで、小児麻痺の三女は分類がべつだというように。

「教会に行くのにこんなに飛ばすなんて」マークがいった。

「家を片づけてから行きたかったのよ」

「教会の時間を優先しようとは思わないのか？」

「あれかこれかって問題じゃないのよ。うちに何人子どもがいると思っているの？」

「日曜の朝から文句か」

「意地悪いわないで」

「ママ、パパ！」マディソンが後部座席からいった。

「家の中が散らかり放題だっていうのに、よく新聞なんか読んでいられるわ」ティナがいった。

マッケンジーが泣きだした。マークは手を伸ばし、マッケンジーの頰をなでた。

車が教会の車寄せに入った。ティナは首をふり、何もいわない。空いているスペースを見つけ、駐車した。

マークが車からおりて後部座席のスライドドアを開け、ティナはバックドアを開けてアシュリーの車椅子を出す。マディソンとマッケンジーはさっさと、煉瓦造りの大きな教会の建物にむかって歩いていく。マークはアシュリーを車椅子に座らせ、安全ベルトを締めた。

マークがやけくそみたいに鼻歌をうたいだした。「こころが、うれしくて、うれしくて、たまらないんだ。どこが？　こころが（子ども向けのゴスペルの歌詞）」アシュリーが喜んでトレイに頭をぶつけている。

「嫌味な人ね」ティナは独り言をつぶやき、上のふたりの後を追って歩きだした。マークは置き去りだ。ティナは頭にきすぎて涙も出なかった。そういえば、いつから泣いていないだろう。

31

タイ・ウィルソンはデラノ・ホテルにいた。全身にSPF30の日焼け止めを塗りたくり、プールサイドのデッキチェアで推理小説を読んでいる。自由世界の運命は、反抗的態度を理由にCIAをクビにされた無骨な一匹狼にかかっている。空港の売店に置いてあるペーパーバックの推理小説のヒーローは、つねにアウトサイダーだ。マイアミの太陽と潮風のおかげで、タイは夢うつつの、至福のひと時を過ごしていた。

タイは本から目を離し、波のような曲線でできたプールやプールサイドの幾何学的タイル模様、プールの底できらめく模様を眺めた。デラノ・ホテルは個性的なアールデコ様式で有名だ。小さな丸窓のある円形のプールハウスもレトロな造りで、どこかほっとする。まわりはほとんどがカップルで、プールのまわりにはデッキチェアが二脚ひと組でずらりと並んでいる。若いカップルはうつ伏せでお互いの背中に手をまわして日光浴をしたり、寝そべって読書をしたり、モヒート（ラムベースでミントの入ったカクテル）を飲んだりしている。モヒートもこのホテルの名物で、注文すると、ゆったりした白いシャツに長ズボンをはいたコーヒー色の肌のウェイターが運んでくる。年配の夫婦は、パラソル付きのテーブル席を選ぶことが多い。パラソルの色は一九五〇年代のキッチンのリノリウムの床のような青緑だ。

トップレスの女性もいる。同じアメリカだが、飛行機で移動するだけで外国に旅行したような気分だ。トップレスの女性や仲睦まじいカップルを見ているうちに、少しさびしくなってきた。話し相手になってくれる、趣味のいい女性はいないだろうか。ふとティナ・リッジウェイのことを思った。ティナは既婚者だが、タイはティナと不思議なつながりを感じていた。もちろん、黒髪美人のティナには年齢に左右されない本質的美しさがあることも否定できない。タイは想像した。ティナと一緒にプールか海で泳いだ後、部屋にあがってシャワーを浴び、そしてベッドに入る。シンプルなホテルの一室で、薄地のカーテンから差しこむやわらかな光がふたりを包む。

タイは妄想にひたった。そのとたん、南フロリダの強い日差しにエネルギーを吸い取られ、疲労感に襲われた。タイはデッキチェアの背を倒した。本を下に置き、サングラスをしたまま目をつぶると、眠くなってきた。なぜか、突然モニク・トランのことを思い出した。駐車場で祖母と一緒のところを見かけたとき、いつもと雰囲気が違って見えた。頰をバラ色に染め、どこか満ち足りた表情だった。ひょっとして……妊娠している？　そう思いながら、眠りに落ちた。

サンフォード・ウィリアムズは裁判所の一室に、モニク・トランと並んで立っていた。サンフォードはスーツ、モニクは午前十一時にもかかわらずサテンのイブニングドレスを着ている。室内にはほかに裁判官と、証人ふたりしかいない。

31

もちろん、モニクもサンフォードも正装する必要はなかった。裁判所での結婚にドレスコードはない。しかし、ふたりはこの日を特別なものにしたかった。

「タトゥーを入れたTシャツ姿の女子が裁判所で結婚なんて、いかにもできちゃった婚みたいで嫌なのよ」数週間前、モニクがいった。

「タトゥーは僕と関係ないけどね」サンフォードがからかった。確かに。モニクは肩に小さなピースフロッグ（Vサインをしたカエルのキャラクター）のタトゥーを入れている。高校時代の親友と、高校卒業後の夏におそろいで入れた。当時、ピースフロッグは自分たちの象徴のように思えた。

サンフォードはネイビーブルーのスーツの上着を整え、モニクの小さな手をとった。このスーツを着るのは大学の卒業式以来だ。着られるか心配だったが、なんとか着られた。レジデントのサンフォードは食べられるときに、自動販売機のお菓子でもなんでも食べる。次にいつ食事ができるかわからないので、お菓子をおかずにお菓子を食べることもある。ろくに味わいもせず、胃に流しこむだけだ。皮肉なことに、チェルシー総合病院でさえ、医師の自分や心臓病患者が利用するカフェテリアは高脂肪・塩分過多のメニューだらけだ。スーツのズボンがなんとかはけてラッキーだった。

モニクの紫のイブニングドレスは、腹部が少し膨らんでいる。妊娠中期に入り、白衣以外は何を着ても目立つようになってきた。

敬虔なバプテストの家に生まれたサンフォードは、結婚前の性交渉がばれてしまい、恥ずかしくてしかたなかった。といっても、ここには自分たちふたりと証人二名、裁判官しかいない。

証人のひとりはモニクのいとこ。黒ずくめの恰好をした大学生で、自称マリリン。今日はカメラマンを務めている。もうひとりはサンフォードのルームメイトであり、同僚でもあるカーター・ロートンだ。

ウォッシュトノー郡裁判官アン・マットソンは、黒いローブにテニスシューズでサンフォードとモニクの間に立っている。ふたりの婚姻は土地賃借争議裁判と小切手詐欺裁判の間に押しこんだ。

ふたりがアナーバーの裁判所での結婚を決めるまでには少し時間がかかった。どちらも結婚式は両家族を大勢招待し、聖職者が執り行うものだと思っていたからだ。サンフォードはバプテスト、モニクはカトリックだ。しかし、どちらの家族もふたりの結婚や妊娠を喜ぶはずがない。そこでほかの選択肢を考えた。ひとつ目は、中絶し、ふたりが別れること。そうすれば厳格なヴェトナム系一族の面目を保つことができる。ところがサンフォードは「そんなの考えられない」と反対した。とはいえ、しばらくはほかの選択肢を思いつかなかった。どちらも中絶は反道徳的だとみなす家庭に育ったにもかかわらず、今回の妊娠はなんとかしなくてはいけない問題だった。

養子も考えたが、モニクは他人に赤ん坊を渡すためだけに四十週間も我慢するのは嫌だった。産む気もなかった。自分は二十二歳で、独身で、一生懸命仕事をしている。それも不規則で、変更だらけのシフト制で。子どもを背負って二十代を過ごすなんて考えられない。自分がどこに行くにも子ども同伴の若いシングルマザーになるなんて、想像したこともなかった。二十代

31

の親子を見るといつも、かわいそうに、と思っていた。

ところが、クイン・マクダニエル少年が手術中、タイ・ウィルソンの必死の努力にもかかわらず息を引き取ったのを見て、すべてが変わった。命の尊さとはかなさを思い知らされ、赤ちゃんを産まなくてはいけない気がしてきた。モニクも、ある意味少年の死に関わった。少年の命を救おうと必死なタイの手伝いをした。少年が助かりそうにないのを見て、モニクにはおなかの子が生まれ変わりのように思えてきた。手術中の少年が亡くなったことで、選ぶべき道が明確になってきた。産もう。年齢も、生活の変化も、両親や相手の両親の反対も関係ない。そして、もし赤ちゃんが男の子だったら、名前はクインにする。こんなことを人に話したら――たとえサンフォードでも――感情的すぎるとか、非論理的だといわれるにちがいない。だからだれにも黙っていることにした。

タイがマイアミでモニクのことを考えながら深い眠りについた頃、モニクもタイのことを考えていた。タイとまともに話をしたのは、駐車場で祖母の手術の話をしたときくらいだ。モニクは〈タイ先生が私の人生にこんなに影響を与えるなんて運命は不思議ね〉と思い、くすっと笑ってしまった。サンフォードがモニクを見て、口だけ動かして「しーっ」といった。

「モニク・トラン、サンフォード・ウィリアムズ、ミシガン州の法のもと、これからあなたがたふたりの結婚式を行います」

マリリンが右に左に動きながら、大きな一眼レフカメラで写真を撮っている。

産むことにした、とモニクが話してから、サンフォードも何かが変わった。それまで以上に優しくなった。モニクがつわりで変なものばかり食べたがっても、買ってきてくれた。モニクは以前はカッテージチーズなど見むきもしなかったが、今は毎朝食べている。

プロポーズは病院の屋上だった。サンフォードはモニクの夜勤明けを待ち、「プレゼントがあるんだ」といった。婚約指輪は素朴で、ダイヤは一カラットもなかった。しかたない。サンフォードは医学生のときに借りた奨学金が十万ドル以上あるうえ、レジデントの給料では少額のローンしか組めなかった。

いったん結婚を決めたふたりは——両家族の反対は無視し——すぐに籍を入れることにした。意外と簡単だった。ふたりは郡に二十ドル支払い、結婚許可証の申請から発給まで三日間待ち、裁判官に予約を入れた。裁判所には十ドル支払った。

今、ふたりは両手を握り、見つめ合っている。モニクは恋人同士になる前から、手術をしているときにマスクからのぞく、サンフォードのきらきらした青緑の目が好きだった。

「サンフォード、あなたは法に基づいてモニクを妻としますか？」

「はい」

「モニク、あなたは法に基づいてサンフォードを夫としますか？」

「とりあえず」

サンフォードはあきれて笑った。と思ったら、驚くことが起こった。きゅうに涙がこみあげてきた。モニクのことは大好きだ。が、正直、モニクが妊娠していなかったらプロポーズはしなかった。妊娠したから結婚する。サンフォードは少し後ろめたい気持ちで今日の結婚式にのぞんだ。しかし今、初めて、モニクとともに歩む将来が見えてきた。モニクに対する愛情はますますふくらむだろう。これからふたりで冒険のような人生を歩んでいくのだ。サンフォードは横目でちらっとモニクを見た。モニクも大粒の涙を流している。サンフォードは身をかがめ、モニクにキスした。

31

日曜日の夕方、タイがサウスビーチのレストランのテラス席で黒豆とライスが付け合わせの魚料理を食べていると、ポケベルが鳴った。メッセージは〈311・6〉。タイはポケベルを切った。今晩マイアミを発ってミシガンに深夜到着予定の飛行機のチケットを握りしめる。これはキャンセルだ。まだチェルシー総合病院のだれにも知らせていないが、タイは次の予定があった。

32

院内でトイレ中に携帯電話が鳴り、ジョージ・ヴィラヌエヴァは即座に受信キーを押した。仕事のかけ持ちはお手の物だ。それに、便座に座りつつ電話でしゃべると、なぜかテンションがあがる。一種の悪ふざけのようなものだ。〈こっちが今なんのさいちゅうか知ったら、「クソッ」と思うだろうよ〉しかし今回の場合、相手の番号を見て、無視すればよかったと思った。

「リサか。ずいぶん早起きだな」

「トイレ中ね」

「まあな……」

「ねえ、どういうつもり?」

「いきなりそれか。『お元気? 小切手を送ってくれてありがとう。おかげで五千平方フィートの豪邸は安泰だし、愛車は満タンだし、つま先のネイルもきらきらよ!』とでもいったらどうだ」

「冗談はやめて。ふざけている場合じゃないのよ」

「わかった、話を聞く。なんの騒ぎだ?」

「殺されかけたんですって? 息子の目の前で。それでも親?」

「なんの話だ?」そういいながら思い出した。「あれか」

「そう、それよ。何を考えていたの?」

「わかるだろ。おれは平和と愛の塊だ。どっかのバカ野郎を矯正《きょうせい》してやりたくてな」

「よけいなお世話よ。警察にまかせておけばいいでしょ。ニックは、すごく怖かったって」

「怖かった?」

「そう」

ジョージは腕時計を見た。元妻の小言はまだ十分は続きそうだ。現在五時五十五分。ポケベルに救われた。

「話を聞きたいのは山々だが、MMの時間だ」

「そうですか。いっておきますけど、自殺するならひとりのときにして! 敏感な年頃の息子の前ではやめて」

「了解。自殺はひとりのときに」ジョージが切る前に電話が切れた。

ジョージが三一一号室に入ると、外科医が並ぶ階段席の正面にバック・ティアニーが立っていた。ティアニーは手を後ろで組み、「休め」の姿勢で立っている。ROTC(予備役将校訓練部隊)に在籍したことなんてないくせに、何かと軍隊の真似をしたがる。まるで部隊を率いて戦いに挑む将校みたいな顔つきだ。ティアニーにしてみれば、似たようなものなのだろう。人生はまわりをどれだけ味方にできるかが勝負だ。

「皆さん、おはようございます。本来なら豪華な朝食でもてなしたいところです」いつものジヨークだ。外科医たちはなんの反応も見せない。ティアニーはつま先を軽くあげ、話を続けた。

「前回のサクセナ先生のご提案に、お返事したいと思いました。覚えておいでですか。サクセナ先生は、医療機器メーカーの営業担当を手術室に入れるべきではない、とおっしゃいました。ただし、最初に申しあげますが、今日の議題はサクセナ先生ではありません。先生が立派で優秀な医師であるのは疑問の余地がありません」

フーテンの隣でシドニーが顔をこわばらせた。

「それと、勘違いしないでいただきたい。私は、治療法を決定する権利があくまで医師にあるということは、すべての前提であると考えています。しかし、事実は事実です。また、サクセナ先生はお認めになりたくないかもしれませんが、実際のところ、医療機器メーカーの営業は場合によっては外科医よりステント（血管内手術で動脈を広げる道具）や、移植や、股関節についてよく知っています。最新の心臓弁についても、サクセナ先生、あなたより詳しいかもしれません」

シドニーは立ちあがり、信号無視の車を止めようとするかのように両手をあげた。「ティアニー先生――」

ティアニーはかまわず続けた。「彼らはわれわれより手術器具に詳しいし、それを使った手術もたくさん見学しています。手術中に二時間ほど立ち会ってもらえれば、手術器具をさらに有効に使えるでしょうし、われわれにとっても大きなプラスになるはずです」

「ティアニー先生、お話の途中で申し訳ありませんが」シドニーはできるだけ丁重にいった。「患者の治療法を決めるのは、われわれ医師です」

32

「医療機器メーカーのいうことを聞けとはだれもいっていませんよ」

「ティアニー先生は認めたくないかもしれませんが、医療機器メーカーは厳正であるべき医学的決定に影響を与えます。しかも、自社の利益がからんできます。一年ほど前に当院でTKAの手術中、営業担当が執刀医に対し、脛骨《けいこつ》をもう少し削ったほうがいい、といったことがありました。自社の義肢に合わせるためでした。間違った助言でしたが、当の外科医は真に受け、望ましくない結果が生じました」

何人かがうなずいている。その手術を執刀した整形外科医のジョゼフ・ポランスキは、まっすぐ前を見たまま、何もいわない。

「そうそう。片足が不自由になってしまったんだ」数列後ろの席からだれかが大きな声でいった。

ティアニーが両手をあげる。

「サクセナ先生、それは極端な例です。営業担当の助言が医学的に正しかったばかりか、悪い結果まで回避した例なら、すぐに十はあげられます」

また数人がうなずいた。後ろのほうの席からだれかがいった。「確かに、誠実な者もいますよ。皆さんも、ブラボー・デバイス社のトロイ・リチャードソンはご存じでしょう。私が踵骨《しょうこつ》をスクリューで固定するとき、角度が不適切なことがあって、ちゃんと指摘してくれました」

ティアニーはシドニーを見たまま、今発言した医師のほうを手でしめした。法廷で証拠をあげるときのように。シドニーはそれを無視し、まわりの医師を見渡した。

「皆さんがお忙しいのはわかっています」シドニーはいった。「ですが、元アメフト選手や元女子学生クラブ会長に指図を受けなくても、手術室で何をすべきか、すべきでないかは判断できるはずです」

「彼らは医療機器の専門家だ」ティアニーがいった。

「専門家。手術室に一、二時間いる間に、今回は弊社の器具を使うのがベストです、とそそのかそうとしているだけです。他社の器具を使おうとしたら、なんていうと思います?」

「サクセナ先生、あなたはどうかわからないが、私は営業担当にふり回されたりはしない」ティアニーがいった。いいたいことは明らかだ。あなたは自分がだまされやすいから、医療機器メーカーを締め出したいのでしょう、だ。

「患者にどの薬が最適か思案しているさいちゅう、製薬会社の営業担当を診察室に入れますか?」シドニーはいった。

「今度は内科の話ですか。内科の連中はそろって押しに弱いし、賄賂《わいろ》も大歓迎ですからね」

部屋中に笑いが起こる。

「われわれは」ティアニーが声を張りあげた。「外科医です!」ほぼ男性からなる出席者たちが賛成の声をあげた。

「そのとおり!」だれかが叫んだ。

シドニーは首をふった。ティアニーにうまくのせられている。悔しい。

それまでほとんど動かず、でんと座ったままだったジョージが立ちあがった。シドニーの表

32

情がぱっと明るくなる。

「バック先生、まさか、ブラボー・デバイス社から一千万ドルの寄付を受けるから、そんなことをいってるんじゃないだろうな。おたくの心臓病新棟には、『ブラボー歩行治療センター』もできるんだっけ？」

ティアニーが赤くなる。

「ヴィラヌエヴァ先生、憤りを禁じえません。失礼な。あなたであれ、だれであれ、私の名誉を傷つけることは許しません」

「何様のつもりだ？　英国皇太子でもあるまいに」

ティアニーが一歩前に出た。フーテンが立ちあがる。

「皆さん、お静かに！」

フーテンは集まった医師たちを見渡した。「多数決をとります。医学機器メーカーの営業担当の手術室への立ち入りを禁止することに賛成の方、手をあげてください」

シドニー、ティナ、ジョージを含む六名が手をあげた。

「反対に、現状維持でかまわないという方は？」

残りの約四十名が手をあげた。

「けっこうです。結論は出ました」フーテンはきっぱりいい切った。

その日の昼過ぎ、妻が研究室にスンを迎えにきた。妻に運転させることに気後れはない。毎日パットが来るのが楽しみだった。

スンは、手術や放射線治療が自分の宝——積み重ねてきた知識——に影響することを懸念していた。これまでのところ、頭の回転は変わらない。しかし、まもなく月単位の化学療法が始まる。そうしたら脳の働きが鈍るかもしれない。

パットは「一歩ずつゆっくり」とか、「毎日ゆっくり」という。

スンは妻の助言を信じようとした。自分が受けている化学療法に関する最新の医学文献は読んでいない。また、最新のデータとこれまでの治療の成果をもとに自分の平均余命を計算したりもしていない。

それより大事なことがあった。スンは研修病院での日々に感謝した。同僚と自分の能力を比較するのはやめ、同僚の才能に注目するようになった。また、患者と接するときは医学的問題だけを抜き出して検分するのではなく、人として見るようになった。

同僚医師の態度も変わった。以前のように、スンを不愉快だが仕事上必要な存在とみなすのはやめ、親しく接してくれるようになった。スンの家族についてたずねることもあれば、「力になれることがあったら遠慮なくいってくれ」ということもあった。放射線腫瘍医師エドゥアルト・エルナンデスは、放射線治療のたびにスンの両手を握り、「頑張ってください」といってから部屋を出ていく。大病をしたおかげで、スンはようやくチェルシー総合病院に温かく迎え入れられた。これまでつねによそ者だったのに、患者になったとたん、なぜかチェルシー総合病院の一員になった。スンは感謝するとともに、これもアメリカ人の奇妙な行動の一例だと

32

思った。

　パットがスンの腰に手をまわした。スンの病気がわかってからするようになった愛情表現だ。以前は妻が病院に来るのを禁じていた。昔のスンなら病院で――それ以外の場所でもパットがべたべたしてきたら叱ったはずだ。しかし今はその逆だ。夫の体をいたわる妻の細い腕に安らぎを感じた。

「家に帰ったらお昼寝ね」

「うん」

　ふたりは駐車場にむかって歩きだした。

「夕食は外食にしよう」スンがいった。「ふたりきりで」

「デート？」デートなんて何年ぶりだろう。パットは驚くと同時にほほ笑んでいる。まるで少女のようだ。口には出さなかったが、妻の幸せそうな顔を見て心から嬉しかった。

　数歩歩いたところでスンはたずねた。「子どもたちはどうする？」家族以外のだれかにシッターを頼んだことはない。スンの父親は韓国、パットの家族――両親と弟――はニュージャージーに住んでいて、なかなか会えない。だからふたりはつねに子ども同伴だった。同僚の家で開かれるパーティーは子ども連れで早めに訪れ、正式なパーティーや病院の行事であれば、スンひとりで出席した。

「近所の学生に頼めばいいと思うわ」

「そうだな」

「今晩は無理かも」

「そうか」スンは少しがっかりした。

「でも、シッターが見つかったらすぐにデートしましょう。ね?」スンの腰に手をまわしたま
ま、パットが寄り添ってきた。

「もちろん!」スンはいった。

33

タイ・ウィルソンはMMに間に合うようミシガンに到着する便はキャンセルし、翌朝マイアミを発ってヒューストン経由でフェニックスに着く便に搭乗した。スカイハーバー国際空港に着くと、レンタカーを借り、ファウンテンヒルズへの分岐点までアリゾナ州道八十七号線を北上した。

タイは今まで一度もMMを欠席したことがなかった。自慢するほどのことではないかもしれない。MMは毎週あるわけではないので、三年前にイタリアで、昨年南カリフォルニアで休暇を過ごしたときはMMを避けて日程を組んだ。また、ある夏の休暇で二週間、上部半島のコテージを借りたときは、滞在先からMMのために日帰りで往復した。フィラデルフィアで行われた大学時代の友人の結婚式に出席し、夜通しバイクを走らせて戻ったことも、フロントガラスから投げ出された頭蓋骨骨折患者を朝まで手術してそのまま出席したこともあった。

タイの運転するレンタカーは丘の斜面の分譲マンション地区に入り、砂色の漆喰塗りの家の前で止まった。リビングの窓はガラスブロックで、二枚扉の車庫があり、その上は小さなテラスになっている。テラスからは山間の平地に広がる家々の屋根、そして遠くの低い山々が見渡せる。晩秋だが、気温は三十度を超えている。タイの妹の車は見えない。おそらくガレージの中だろう。猛暑のときはハンドルを握るのに鍋つかみを使う、という話を聞いたことがある。ただの都市伝説だと思うが、本当かもしれない。

タイは車を停め、玄関のドアをノックした。と思ったらドアが開き、タイはノックの姿勢のままかたまった。妹のケイトと一瞬見つめ合い、そしてハグした。

家の中はどこも整然としていた。学校にあがる前の子どもがふたりもいるとは思えない――しかし、よく見ればコーヒーテーブルの角にはコーナーガードが、プラグには安全カバーがつけてある。タイがリビングに入り、ソファに座るのを、ケイトは不安そうに見ている。まるで、突然の訪問者が本当に兄かどうか決めかねているような表情だ。ケイトは椅子を持ってきて、タイの正面に座った。

「何があったの?」

「たいしたことじゃなかったら、会いにきていないよ」

「でしょうね。だから今日は一日お休みをとったの。それで、何があったの? 心配していたのよ」

「メールに書いた通り、どうしても忘れることができないんだ」タイは言葉に詰まった。ケイトがタイの手をとった。それがスイッチになった。ケイトは本当のタイを知り、タイを理解し、いかなるときもタイを愛してくれる、世界でただひとりの相手だ。

タイの目から涙があふれた。体の奥から悲しみがこみあげてくる。ケイトの温もりで、抑えていたものが一気に解放されたのだ。ケイトが両手をタイの肩に置いた。タイは泣きじゃくっ

33

た。クイン・マクダニエルやアリソン・マクダニエルだけでなく、兄のテッド、妹のクリスティンを思って泣いた。積もり積もった思いをとどめていたものがとり払われ、タイは悲しみを吐き出すように泣いた。

「大丈夫。何もかも大丈夫。お兄さんはいいお医者さんだもの。優秀なお医者さんだもの」

「けど、起きてはいけないことが起きてしまった。起きてはいけないことが」タイは涙声でいいながら、ナバホ族の伝統柄の絨毯《じゅうたん》を見つめた。

「大丈夫よ」

「テッドが亡くなった後、そして、クリスティンが撃たれた後、自分に誓った。医者になる。だれにも救えなかったテッドやクリスティンみたいな人たちを救う医者になると。そして、あの子の、クイン・マクダニエルの手術をした。僕は、クインを救える医者のはずだった。僕はそのために生まれ……勉強し……ある意味、導かれた」一瞬口をつぐむ。「ばかみたいだろ？」

タイは長いため息をついた。

「よくわかっているじゃない」ケイトがいった。「その通りよ」タイが顔をあげてケイトを見る。

「本当にばかみたい」

タイは涙をぬぐった。タイの友人に小児の心臓移植外科医がいた。友人どころか、親友だった。その彼が数年前のクリスマスイブに遺言書を残して自殺した。〈また子どもを救えないかもしれないと考えるだけで、耐えられない〉と。何千人の子どもの命を救ってきたにもかかわらず、救えなかった子どもたちのことが忘れられなかったのだ。ケイトもこの話はよく覚えている。

「女性はみんな、男性には自分の前で思い切り泣いてほしいという。けど、実際見たら引く」タイはいった。ケイトは「そうね」というようにうなずいた。タイは首をふり、また涙をぬぐった。「今はどん底だ。どうしていいかわからない」

「考えすぎよ」ケイトは立ちあがり、キッチンにむかった。「緑茶、飲む？」

タイも一緒に小さなキッチンに移動した。ケイトはやかんに水を入れ、火にかけた。

「きょうだいをふたり失くした私たちが、心に傷を負っていないわけないでしょ」ケイトの口調は穏やかだ。「だから、私は保険の仕事を選んだのだと思う。リスクを知り、もっとよく理解したかったから」

「そうか」タイはいった。泣きすぎて疲れている。

「保険業務に関わる者としていわせてもらえば、人間社会は、リスクを量るのが下手なの」

「そうなんだ」

「私たちは飛行機より車のほうが安全だと感じるでしょ。車のほうがリスクが高いのに。太陽が出す放射エネルギーより、携帯電話の電磁波といった人間が作り出すリスクを心配する。でも、太陽のほうがはるかに危険なのよ。不確かだと不安になる。身近なリスクを心配し、新たなリスクを心配する」

「興味深い話だけど、何がいいたいのかわからない」

「人間には、リスクの量り方がすりこまれてしまっているのよ。それはどうしようもできない」

33

やかんの湯がわいた。ケイトはふたり分の緑茶をいれ、湯気の立つマグカップをリビングのテーブルに運んだ。

「どうぞ。お兄さんは昔から緑茶が好きだものね。みんなは青臭くて、渋くて、一時の流行にすぎないっていってたけど」ケイトはほほ笑んだ。

「抗酸化剤をたくさんありがとう。僕自身、青臭くて、渋いところがあるから……最近は瞑想が趣味なんだ」タイは緑茶をすすった。「で、リスクの話だっけ？」

「そう。その子に起きたこともそう」

「クイン・マクダニエルだ」

「そう、クイン・マクダニエル君のことも。クイン君はお兄さんの保険料率表を投げ捨てた。一見健康な少年の死ぬ確率が、急に高くなることもある――世界最高レベルの外科医が手術したとしても。車を運転していて、自分では問題ないと思っていても、完全にはコントロールできていないこともある」

「やっぱりよくわからない」

ケイトは緑茶をすすった。タイはケイトを見つめた。妹の頭の中で歯車が回転しているのが見えるかのようだ。

「いい人には悪いことが起こる。お兄さんは持てる知識と技術を駆使し、全力で運命に抗おうとした。でも、いい人にはそれでも悪いことが起こる。名医タイ・ウィルソンが執刀したとしても。いい？　贖罪《しょくざい》を求めたり、運命の秤《はかり》をいいほうに傾けようとしたりしても無駄。絶対うまくいかないから」

「じゃあ、どうすればいい？」

「こういうときは」ケイトは、タイが座っているソファの横のフットスツールに座った。「間違いから学び、前に進むの。それしかないでしょ」


タイはケイトと一緒に、姪のリディアとリザを幼稚園に迎えにいった。ふたりともタイを見て大喜びだ。ケイトはオレンジをむいてスライスし、ふたりに食べさせた。

「泊まっていく？」

「いや」この後どうするかはあまり考えていなかった。来たときよりだいぶ気持ちがらくになった。

「よかったら泊まっていって。この子たちも喜ぶと思うし。それに、ヘンリーも今日の遅い便で帰ってくる予定なの」

「いや、じつは――」タイは口ごもった。じつは、なんだ？　フェニックスに住む妹を訪ねたら、またミシガンに、チェルシー総合病院に帰るつもりだったが、その必要はあるだろうか？

「この後どうするつもり？」ケイトがタイの迷いを読んだかのようにいった。「家に帰る？　病院に帰るの？」

「わからない。決めていない」

タイはケイトと姪ふたりにお別れのハグをし、レンタカーに乗りこんだ。

33

「ヘンリーによろしく伝えてくれ。また近いうちに来るからって」

「どうかしら」ケイトがほほ笑む。「でも、いつでも大歓迎よ」

タイは住宅地を抜け、空港のあるフェニックス方面にむかった。途中ガソリンスタンドを見つけ、車を停めた。考える時間がほしかった。

34

ニックが咳きこみ、息絶えて倒れると、周りのだれもがはっと息を呑んだ。しかし、ジョージ・ヴィラヌエヴァは鳥肌が立った。息子が舞台の上で、演技をしている。このニックが、いつも曖昧《あいまい》にしゃべるだけの無表情なテレビっ子とは思えない。ニックがドーランを塗り、役を演じている。アメフトの決勝戦の終了間際にニックが勝利のタッチダウンを決めたとしても、ジョージはここまで誇らしく思わなかっただろう。観客の興奮が手に取るようにわかる。息子と感動を共有し、ジョージは天にも昇る思いだった。

デビュー作が高校の出し物に過ぎず、脚本も演出も高校生で、ニックはほんの脇役でも全然かまわない。ここ数年、テレビやゲームばかりで、ほとんどしゃべらない、やせっぽちの息子の新たな一面が見えた。一、二時間前までは、息子はどうしようもない負け犬ではないか、コントローラーを手にプレイステーションの世界に迷いこんでしまったお坊ちゃんではないかと心配していた。これがいつもうつむき、父親が話しかけても口ごもるだけのあの思春期の少年か？

舞台に立つ息子を見て、ジョージは嬉しくて飛びあがりそうだった。隣でおとなしく座っているだれかの親の肩をたたき、今、死んだのはおれの息子だ！と教えたいくらいだ。

また、誇らしい以上に、親として心からほっとした。今回のことで、自分がどれほど息子の将来を案じていたか実感した。息子が堂々と演じているのを見て、そんな心配は吹き飛んだ。少なくとも、ほとんどは。おそらく、息子が大きく道を踏み外すことはないだろう。大学を卒業し、何か職を見つける。そして——根拠はないが——恋人も、結婚相手も見つかるだろう。今回の舞台はニックの人生の糸だ。この糸を一本目として、幸せで——こういう考え方は嫌いだが——まっとうな人生を織りあげていってほしい。

ニックがスポーツ選手でなく、俳優になるといったら？　かまうもんか。どんな子にも居場所が必要だ。ニックは二十歳や三十歳になっても家に引きこもり、施しや母親の手料理を待つどら息子にはならないだろう。

親としてニックに寄せる期待は、少年アメフトチームでコーチをして以降、かなり低くなっていた。だが、今はニックがスポーツに無関心でも、強風で飛びそうにきゃしゃでもかまわない。舞台で演じることができるなら、寡黙《かもく》な思春期の少年の殻の下にはほかの才能も隠れているかもしれない。

ニックが息絶えてから三十分後、緞帳《どんちょう》がノースハイスクールの講堂の舞台におりる前から、ジョージは立ちあがり、拍手していた。まわりの親たちも次々にスタンディングオベーションに加わった。みんなおれの息子に拍手している。いや、どの親も自分の息子や娘を称えているんだろう。どうでもいい。ジョージはソーセージのように太い人差し指二本をくわえ、指笛を鳴らした。

出演者が主役から順に観客に挨拶をしている。ニックは何番目かに数人と一緒に手をつなぎ、前に出てきておじぎをした。ジョージは「ブラボー」と叫んでまた指笛を鳴らした。ニックと目が合った。ニックは目をそらしたが、ちょっと嬉しそうだ。

ニックから、芝居のオーディションを受けようと思っているんだけど、といわれたときのことを思い出した。ジョージは「がんばれよ」といいつつ、心の中で思っていた。たぶん落ちるだろう。だが少なくともオーディションまではゲームから遠ざかる。芝居に出て何になるのかわからないが、何もせず——少なくともだれとも関わることなく——だらだら暮らしているよりはましだ、と。

ニックはオーディションを受けたことも、受かったこともジョージには内緒にしていた。教えてくれたのは元妻だ。「私は観にいけないんだけど」と電話してきた。理由はいわず、ジョージも聞かなかった。元妻と一緒に観にいくなんて歯周病の手術くらいぞっとするが、元妻がほかの男とデートする場面も想像したくなかった。

ジョージが講堂のロビーで待っていると、ニックが出てきた。ロビーは芝居に出ていた高校生、親、友人でごった返している。ニックは口元がゆるみそうになるのをこらえ、クールな表情を作ろうとしている。ジョージは思った。こいつもそのうち大人の男になるんだろうな。ドーランは落としてきたが、耳とこめかみにまだ少し残っている。ジョージはニックを思い切りハグした。

34

「父さん！」迷惑そうにも、嬉しそうにも聞こえる。

「感動した。ふたりでお祝いしよう」

「うん」ニックはどこかよそよそしい。

「いい演技だった！」

「ありがとう」

ふたりは人ごみをかき分け、二重扉を押し開けて外に出た。講堂から高校の広い駐車場にむかう階段をおりる途中で、ジョージが立ち止まった。

「ニック、観客の興奮が伝わったか？　感動が伝わったか？」

ニックは驚いた顔をした。秘密を打ち明けられたかのように。「うん。伝わってきた」

「すごいことだよな」

「うん」

ふたりはまた歩きだした。ニックが横目でちらっとジョージを見た。思わず顔がにやけている。ジョージが肩に手をまわすと、ニックはいつもと違い、人前だからと嫌がったりしなかった。ふたりはＳＵＶ車やミニヴァンの列の奥に駐車してある、ふたり乗りオープンカーの前まで来た。ジョージは不意に息子の様子が気になった。

「ニック、何かいいたいことがあるんじゃないのか？」

「あの、打ち上げパーティーがあるんだ。そこまで送ってくれない？」

そういうことか。

「お祝いはまた今度だな」

「うん」

「約束だぞ？」

「うん」本心のようだ。

「本当にいい演技だった」

「脇役だったけどね」

「いや、よかった」ジョージは息子の肩に手を置いた。

「ありがとう」

ジョージは巨体をねじこむようにしてオープンカーに乗りこんだ。ニックも助手席に乗った。

「で、会場はどこだ？」

35

タイ・ウィルソンは恋人のシルクのブラウスのボタンをゆっくりとはずした。ひとつはずすたびに、興奮が高まっていく。明かりの消えた自宅のリビングまで、どうたどり着いたかよく覚えていない。フェニックスのガソリンスタンドで車を停めたところで、「会えない？」と携帯電話に連絡があった。ティナだとわかった瞬間、ミシガンに帰ろうと思った。その後の曖昧な予定はすべて吹き飛んだ。

ドアを開けると、ティナは無言でタイの腰に手をまわし、キスしてきた。あまりに情熱的なキスにタイは驚き、一瞬、戸惑った。ティナがこんなことをするなんて初めてだ。しかし、すぐにティナを抱き寄せた。ティナは今、タイのTシャツを脱がせようとしている。善悪の判断をする余裕はない。

タイはティナのブラをはずし、ティナを上にしてリビングのソファに横たわった。苦しみ悩んだ数週間を経て、タイはこの瞬間、自分を見つめる顔と包む体のみが存在する宇宙に溺れることにした。

キスしながら思った。ティナの美しさに息が止まりそうだ。陳腐な表現だが本当だ。まぶしくて、目がくらみそうだ。ティナが既婚者で、同僚で、友人であることなんて、今はどうでもいい。タイはティナの背中をなで、このひと時に身をゆだねた。

ティナは夜が明ける前にタイのマンションを出た。眠っているタイを起こさないよう、そっと服を着て、ドアから出た。自宅に車を走らせるうちに、昨夜の情熱は消え、疲労のみならず深い後悔に襲われた。

ティナはつねに、自分はまわりに流されずに正しい判断ができる人間だと思っていた。ミシェル・ロビドーを弁護したのも、ミシェルの外科医としての将来に期待したからではなく、研修病院は勉強中の若い医師を教育する場であり、懲罰の場ではないと思っていたからだ。

ティナ自身もレジデント時代、ジェラルド・エスポジトという横柄な上級医と衝突したことがあった。その医師は、自分が勧めた治療法とは違う治療法があることをティナが患者に教えた、と上にいいつけたのだ。ティナは翌日一時に研修プログラムのチーフの研究室に呼び出され、これで私の医師人生は終わりだ、と文字通り震えながら約束の時間にダニエル・バロウの研究室に行った。ティナが椅子に腰かけると、バロウはティナの出過ぎた行為について詳細に記したレポートを出して見せた。

「これを読んだ私の感想は?」バロウは身を乗り出し、レポートを半分に裂き、デスク脇のごみ箱に放りこんだ。

ティナはごみ箱の中のレポートを、そしてバロウを見た。バロウは愉快そうな表情を浮かべ、ティナがその意味を理解するのを待った。

35

「きみにはなんの問題もない。きみは優れた医者になる。早く仕事に戻りなさい」

ティナはどう返したらいいかわからなかったので、何もいわなかった。病棟にむかい、古い煉瓦の建物に挟まれた細い道を歩きながら、ようやく幸運を実感して泣いた。

バロウ先生が今のティナを見たらどう思うだろう？　自分はミシェルを裏切った。チェルシー総合病院が法的に不都合になったミシェルを切り捨てるのを、止めることができなかった。そして自身をも裏切った。身勝手に結婚の誓いを、自己の良心を、タイとの友情を裏切った。

ティナが自宅に帰ると、夫のマークは眠っていた。しかしティナがベッドにもぐりこもうとすると、頭を起こしてこちらを見た。眠たげな目で、ぼうっと見ている。

「ごめんなさい」ティナはいった。「急患だったの」マークは返事をしない。まだこちらを見ている。無表情な顔に、ティナは落ち着きをなくした。結婚当時の愛の火花はすでに、おそらく一年かそれ以上前に消えてしまった。ふたりの関係は愛による結びつきから、どちらが娘をバレエ教室に迎えにいくか、買い物にいくか、水道修理を頼むかといった事務的なものに変わった。どちらもそれを知っているが口には出さない。結婚生活が破たんしかけていることがわかっていても黙っている。口にしたら現実になってしまう。その前になんとかしなくてはならない。ただ、これまでのところ、双方ともそのエネルギーも気力もない。

今、マークの無表情な顔、死んだような目を前にティナは突然怖くなり、体が震えだした。マークは離婚を切り出すかもしれない。私が疲れ、罪の意識を感じているときに。そう、私は罪を犯した。しかし、マークは寝返りを打ち、穏やかな寝息を立てはじめた。

ティナは疲れて手足が他人のもののように思えるにもかかわらず、なかなか眠れなかった。マークの表情を思い起こす。疑っていた？　セックスの余韻にひたっていたのがわかった？　マークにこんなところを見られたのは久しぶりだ。たぶん、二番目の子が生まれてからはないはずだ。三番目の子の妊娠は「間違い」。皮肉なことに、病院のパーティーでワインを飲み過ぎた結果だった。

ティナは文字通り細心の注意を払って、枕の上で静かに頭のむきを変えながら、タイが「セックスには二百通りの理由があるらしい」といっていたことを思い出した。理由の大半は権力や自尊心の置き換えと関係している。タイと寝るのもそれ？　確かに、私はつねにタイとつながっている。でも、最近病院で見るタイはどこかおかしい。今にも壊れそうだ。

タイと過ごすひと時は夢の世界で、いつも会いたくてしかたなかった。しかし今、夜明け前のハイウェイを走りはじめた車の音を遠くに聞きながら、自問した。何を考えていたの？　何を期待していたの？　それだけではない。恥ずかしい。また誓いを破ってしまった。ティナは誓いなどほぼ無意味だと思うが、リッジウェイ一族は誓いを決して破らない。約束には誠実だ。ティナは自らの裏切りを思い、吐き気をもよおした。

十代の頃、デート前にかならず父親にいわれた。「自分を見失ってはいけないよ」と。ティナはつねにこの言葉を真剣に受け止めた。夏のエドガータウンで知り合った子たちが、見習いシェフからマリファナを買うのに待ち合わせ場所である大型冷蔵室に行ったときも、偽の身分証明書を使って量販店でビール、ウォッカ、テキーラなどを買おうとしたときも、ティナは一

35

緒に行かなかった。といっても、くそ真面目だったわけではない。サウスビーチでパーティーがあれば参加した。ただし、アドレナリンとアルコールのせいでだれかが素っ裸で踊りだしたり、監視用見張り台を倒したり、セックスに避妊なんて必要ないという雰囲気が漂いだしたりする前に帰宅した。一度、ボーイフレンドが親から借りたＢＭＷの後部座席で、ティナの下着の中に手を入れようとしたことがあった。そのときもティナはボーイフレンドの手首をつかみながら、父親の忠告を思い出していた。父親にはこういわれたこともあった。「新聞記事にされたくないような事はしてはいけない」

ティナは寝返りを打ち、夫に背をむけた。けれど、疲れているのに眠れない。昨晩犯した罪の見出しが頭に浮かんだ。〈人望厚い医師が不倫〉、〈三人の子持ち既婚女性が医師を誘惑〉。数分の間そんなことばかり考えていた。しかし、ついにいたたまれなくなり、ベッドから出てキッチンに行き、コーヒーメーカーのスイッチを入れた。小さな裏庭の奥にある木立からのぞく空が、紫がかってきた。

コーヒーができるのを待ちながら、ティナは五、六歳のときのことを思い出していた。両親や兄と一緒に、マーサズ・ビニヤードの夏の農業祭に行ったことがあった。農協の古いホール内でキルト製品、パイ、工芸品などを見物しているうちに迷子になった。両親と兄はもう出てしまったのかもしれないと思い、外に出てみた。パニックになりながら、藁《わら》や泥だらけの道をさまよい、前後左右を行き交う大人たちの脚をかき分けて家族をさがした。もう暮れかけているのに、道端でティナと同い年くらいの少女がレモネードを作って売っている。ティナはますますパニックになり、家族をさがしつづけた。祭りのゲームや食べ物の屋台が並ぶ通りで、ひときわ明るい屋台があった。ダーツ投げの店だ。ダーツを投げて風船が割れれば、ぬいぐるみをもらえる。手前のカウンターにダーツが三本ずつまとめて置かれ、奥に風船、両側の壁には大きなぬいぐるみが並んでいる。屋台の主人がカウンターから身を乗り出し、ティナの行く手をふさいだ。日焼けした、皺だらけの顔でのぞきこむ。「迷子かい?」横目でティナを見た。煙草臭い息に、ティナは怖くなって後ずさった。するとも、十代の少年にぶつかった。

「なんだよ」

ティナははっとふり返った。あたりはすでに暗く、遊園地のコーヒーカップが明かりをたなびかせて回転している。子どもたちの歓声が聞こえる。人の姿は乗り物や屋台の照明を背景に、黒い影にしか見えない。その瞬間、両親にも兄にも二度と会えないかもしれないと思った。涙が浮かんできた。怖かった。足を止め、人ごみの中で立ちつくした。

そのとき、父親の口笛が聞こえた。ビーチで家族を呼ぶときに使う、抑揚をつけた独特の口笛だ。ティナは父親を見つけ、両手で脚に抱きついた。

「お父さん!」

「ここにいたか、おちびちゃん」

ティナは今でも迷ったときは父親に頼る。父親を心から尊敬している。電話をかければかならず最初のコール音で出てくれる。

「お父さん?　私」

35

「やあ。大病院の勤務医のわりに朝早いね」父親はティナが研修病院に勤務しているのを、半ば誇らしげにからかう。まるで自分も六十代でバーモント州にある祖父の医院を継ぐ前は、大学病院勤務だったことを忘れているかのようだ。

「どうしているかなと思って」

「こっちは最初の大雪が降った。つまり、大忙しだ。肋骨《ろっこつ》の骨折やら、心臓発作やら、膝をひねったやらで。だが、素晴らしい雪景色だ。こんなに早く電話をかけてきて、どうした？」

「元気かなと思って」

「年寄りの手伝いをする気になってくれたら、すぐに看板に名前を書いてやるよ。リッジウェイ&リッジウェイ：伝承された癒しの技」

「いいかも」

「本気だよ、おちびちゃん。いつでも大歓迎だ」

「ありがとう」

ティナは電話を切り、一瞬、バーモント郊外で赤ん坊を取りあげたり、患者を看取ったりする自分を想像してみた。産婦人科、内科、泌尿器科、がん、その他あらゆる分野を扱う。魅力的だ。ティナは大きな研修病院で働く医師として人々に尊敬されていたが、緊急時も自身と自身の医学知識だけが頼りの地方開業医を尊敬していた。

ふと思った。チェルシー総合病院でのキャリアが台無しになったら、父親はどう思うだろう？　そんな疑問を持った自分が腹立たしい。父親はつねに大きな存在だ。尊敬している。と同時に、昔から父親に強い影響を受けているのも否定できない。兄が医師になる見こみがなくなったときも、当然のようにティナが医学の道に進むことになった。脳外科医を選んだのは自分だ。でも、医師への道はあらかじめ定められていた。そんなことを考えるうち、家族が目覚め、物音が聞こえてきた。

36

その頃、ハーディング・フーテンは自宅のデッキに立ち、耳を傾けていた。夜明けの鳥のコーラスほど楽しみなものはない。ショウジョウコウカンチョウやナゲキバトの声、キツツキが小刻みに木をつつく音。今のはルリツグミか？　フーテンは鳥との時間を満喫した。といってもわずかな時間だ。趣味を楽しめるのは夜明け前の静かなひと時だけ。しかも、バードウォッチングではなく、バードリスニングだ。

フーテンが鳥に興味を持ったのは、コロンビア大学医学部一年生のときだった。同級生が近づいてきて、「鳥は好き？」とたずねた。その同級生の名前が思い出せず、一瞬考えこむ。彼自身、コウノトリに似ていた。なんという名前だった？　最近こういうことが多い。名前、地名、昔のことがすぐに思い出せない。そんなときは手を止め、答えをくれる神経経路が見つかるまでさがすのだが、最近ますます時間がかかるようになってきた。

たしか、身長一メートル九十五センチのやせ型で、眉毛の濃い学生だった。その朝の彼の服装も覚えている。デニムのシャツに、青いチノパンをはいていた。フーテンと出かけるときはいつもその恰好だった。患者の話を聞く際はひと言も聞き逃すまいと、顔を近づけ、耳をそばだてるようにして聞いていた。表情豊かな目はつねに感動しているか泣いているかのようにうるんでいた。思いやりの塊のような人物だった。患者に対する接し方も素晴らしかった。そこで、思い出した。

スコット。クリントン・スコットだ。フーテンはほっとした。まだそこまで老いぼれてはいないようだ。ニックネームはグレート・スコット。というのも、患者はどんな秘密でもスコットに打ち明けたからだ。飲酒癖、家庭内暴力、セックス障害――勃起不全がEDと略され、その薬のコマーシャルがテレビで流れるようになる何十年も前だったにもかかわらず――などなど。クリントン・スコット。そう、いろいろ思い出してきた。

今から約五十年前のある秋の朝、フーテンは大学構内でスコットに、鳥は好き？とたずねられた。

「バードウォッチングは好きかってことかい？」フーテンは訊き返した。メイン州のカムデンで育ったフーテンにとって、鳥は鳥でしかなかった。知っているのはカモメは食道を通るものはなんでも食べるということくらい。ドーナッツ店で働いていた友人は、よく売れ残りのドーナッツをカモメにやっていた。カモメは飛んできたドーナッツを宙でキャッチし、曲芸師がナイフを飲むみたいにゆっくり飲みこんでいた。

「つまり、ノーってことだね」スコットはそういい、フーテンに双眼鏡を渡した。「行こうか」

「けど、ここはニューヨークだろ」

「セントラルパークはバードウォッチングにもってこいなんだ。ただ、日がのぼる前に行かないと」

36

フーテンは疲れていた。手の骨の名称を徹夜で覚えていたからだ。しかし、スコットの情熱が伝染した。その朝から、フーテンは鳥好きになった。病院に行かなくていい朝は、スコットと一緒に出かけた。そのおかげで、病院の外にも世界があることを忘れずにいられた。静かに鳥を見たり、鳥の声を聴いたりしていると心が安らいだ。つらいレジデント期間も同じだった。

スコットは内分泌《ないぶんぴつ》科医になり、その後、コスタリカの医科大学の学長になった。そのポストを選んだのは、中央アメリカの小国コスタリカには信じられないほど多様な鳥がいるからに違いない。実際、コスタリカには合衆国全土にいる以上の種がいる。前回の同窓会に出席したとき、親友スコットが自動車事故で亡くなったことを知った。

フーテンは目を閉じて耳を澄まし、鳥たちの不協和音を聞き分けた。鳥は暗闇でもコミュニケーションをとることができる。自然の驚異だ。しかし、今朝のフーテンは鳥類のオーケストラに心が和まなかった。いつも鳥の声を聴くと感じる平穏は長く続かなかった。この後のMMのことを考えていたのだ。重大な不手際により、子どもがひとり命を落とすところだった。二、三人の若い医師が少し面倒くさがったばかりに生じた今回のような放置は、決してくり返してはならない。外科医の最善の努力にもかかわらず手術室で患者が亡くなるのは、しかたない。しかし、容体が悪化している子どもをたらい回しにするようなことは、自分が外科部長である限り許さない。

気にかかっていることがもうひとつある。妻のマーサはフーテンが引退し、もっと妻や子や孫と一緒に過ごしたり、マキノー島の別荘で過ごしたりすることを望んでいる。しかし、晩年を目前に控え、私が残せる遺産はなんだ？　チェルシー総合病院に刻んだ印は、いつまで有効だ？　病院はフーテンの肖像画を廊下のどこかに掛けたり、フーテンの名を冠した記念講義を創設したりするかもしれない。しかし、自分のチェルシー総合病院での時間はどのように評価されるのだろう？

フーテンは三十数年間チェルシー総合病院で懸命に働いてきた。外科部長として毎日十四〜十六時間従事している。病院が最新の外科技術を採用し、外科の全医師がつねに細心の注意を払い、レジデントが最高の研修を受けられるよう尽力してきた。そして、これがいちばん重要かもしれないが、MMでは全医師がすべて包み隠さず報告するよう定め、その結果、外科医が互いの間違いから学び、知識や技術を得ることができるようになった。世界でもまれな、外科手術の透明性のレベルをあげたのだ。しかし、まだ油断があった。今回の少女のケースで、最高の医療技術があったとしても、医療は個人に帰することが露呈《ろてい》した。個人としての医師が、怠惰《たいだ》、疲労、自信不足、あるいはディナーの約束のために、次の医師もしくはシフトに自分の仕事を押しつける例が少なくないのだ。フーテンが見ていてさえ、患者がないがしろにされていることがある。病院を、建物の寄せ集めから生き生きと息づく組織に変えるのは、その中で働く医師、看護師、技師、薬剤師、療法士、ソーシャルワーカー、ヘルパーたちだ。しかし、彼らは往々にして熱力学における第二の法則、エントロピー増大の法則に従い、時間の経過とともに秩序を失っていく。〈衝動と行動の狭間に影がさす〉。フーテンの仕事は影を払い、無秩序・怠惰・曖昧な考え、手抜き、思いこみにむかおうとする自然の流れを逆にすることだ。チ

36

エルシー総合病院の外科部長の地位を泣き顔で退きたくはない。自分の厳格な仕事理念を存続させるにはどうすればいいだろう？

早朝の薄明りの中、フーテンは枝に止まった雌のショウジョウコウカンチョウを見つめた。羽は緑がかった茶色に変わりはじめたばかりだ。チェルシー総合病院が個人の総体だとしたら、現行の理念を持続させる唯一の方法は、自分と同じ理念を持つ人物を後任にすることだ。自分と同様、まわりの評判を気にすることなく、へつらいや脅しに屈しない人物を選ぶべきだ。

ここ数年、バック・ティアニーが有力候補だった。ティアニーはあちこちに顔が広く、病院を高額医療センターに作り替える計画だ。また、自尊心が強くて周囲の目は気にしない。しかし、フーテンは考え直しはじめていた。シドニー・サクセナには頑固さと、確固とした理念がある。完璧だ。年齢はまだ三十代で若い。フーテンが伝説的なジュリアン・ホフの後任として外科部長になったのは五十歳少し前だった。しかし、彼女は考え方がしっかりしている。どんなときも正しい行動をとり、まわりの人間にも完璧を求める。手抜きの医療は許さないだろう。ここで外科部長に任命すれば、今後しばらく外科の水準は保たれる。問題は、公然とティアニーを支持するＣＥＯのモーガン・スミスや役員の反対をどう押し切るかだ。フーテンもばかではない。シドニー・サクセナが若く、かつ女性であることは、ティアニーの擁護者にとってかっこうの反対理由になるだろう。しかし、彼女しかいない。フーテンはそう思った。

37

タイ・ウィルソンはある意味、二日酔い状態だった。酒を飲んだわけではない。しかし、大量のアルコールを摂取したときと同様、シナプスが思考を分断している。集中力が一分かそこらしか続かない。今まで八時間以上の複雑な手術を平気でこなしてきた外科医がこのざまだ。

意識を占めているのは、クイン・マクダニエルの死だ。何かに没頭していない限り、クインが思考に侵入してくる。ただの亡霊だ。無視しようとするが、だめだった。手術中に自分を見あげていたクインの顔が忘れられない。タイを信頼している目だった。

クイン・マクダニエルの母親のこともそうだ。会って話をしたものの、消化不良のような感じだ。会ってどうしたかったかわからないが、また会いたくてたまらない。次に会ってほしいというときは、その理由を明らかにする必要があるだろう。悲しみにくれる母親にとって、自分は〈傷口の塩〉ような存在ではないだろうか。

そして最後が、ティナ・リッジウェイだ。ティナは信頼できる友人だ。この数週間支えになってくれたおかげで、あれ以上自分を見失わずにすんだ。ティナとのひと時もありがたかった。病院の外でふたりで過ごす数時間、タイは頭からクインのことを追い払うことができた。

しかし、ティナの美しさの下には、自分と似た切望がある。逃げたい、せめてしばらくでも逃げたいという切望だ。これもタイを不安にさせた。ティナは既婚者であり、激情の泥沼はふたりを越えて広がるおそれがある。ティナには夫も子どももいるのだ。

思考はこれらの問題を行ったり来たりし、どれも解決しないどころか、まともに考えることすらできない。タイは自分の小さな研究室がある脳外科フロアにむかい、コンクリートの非常階段を時計回りにのぼっていた。普段からエレベータはあまり使わない。いろいろなことに気をとられていて、何階にいるのかわからなくなって立ち止まった。あと三階だ。

階段をのぼりつづける。上の非常ドアが閉じた音に気づかず、階段をおりようとしたティナとぶつかりそうになった。

「タイ、おはよう!」ティナが声をかけた。

「ティナ?」

「大丈夫?」ティナはタイの一段上、階段をあがりきったところに立っている。そのむこうに非常ドアがある。心から心配そうな声だ。

「ちょっと驚いただけだ。こんなところで会うなんて」

「私を避けている?」

「いや、そんなことは全然ない。階段を使うのは自分だけだと思っていた」

「私はおりるときだけ」

ふたりとも黙りこむ。タイはティナがいつもと違うのに気づいた。美しく整った顔の表情が険しい。

「タイ、昨晩は私が誘ったの。会えて嬉しかった」ティナが静かにいった。穏やかな声が階段の吹き抜けに響く。

「僕もだ。ただ――」

ティナが手をあげた。

「先にいわせて。タイが申し訳なく思う必要はない。私は本当にタイとの――」少し口ごもる。「その――貴重なひと時を楽しんだ。でも、これで終わりにしましょう」

「そうだな。僕は身勝手だった。ティナは結婚している。悪いカルマだ」

ティナは「まさか」と手をふった。

「カルマのことはもう心配していないわ。昔は心配していたけど。比較的恵まれた環境で育ったから、自分にはカルマが山積みだと思っていた。早くカルマが普通になりますようにと願いながら、足音を忍ばせて人生を歩んでいた。そこにアシュリーが生まれた。それで悟ったの。人生にはいろんなことが起こる。全部自分の責任だと思うなんて、単なるうぬぼれなんだって」ほとばしるように話す。「娘は小児麻痺、結婚生活は大変なことだらけ。でも、神なる存在が採点カードを手に天から見ていると考えるなんて」ティナは自嘲的に笑った。「いい人には――」

「――悪いことが起こる」タイがいう。

「そうなのよね。とにかく」ティナは続けた。「人の期待なんて気にしないことにしたの。これまではまわりの期待通りに生きてきた。それはもうおしまい。これからは自分が誇れる人生

37

を送る。自分らしく生きるわ」

さばさばしたティナの表情に、タイは少し不安になった。何か大きな決断をしたらしい。

「僕で力になれることは？」

「もう充分」ティナは身をかがめ、タイの額にキスした。階段をおりかけ、足を止める。

「タイ、わかっているわ……」ティナはふさわしい言葉をさがした。「手術中に亡くなった子のことで、どんなにショックを受けたか。でも自分を許して、前に進まなくちゃ。病院はタイを必要としている」


スン・パクはジョーダン・マルカスのベッド脇に立っていた。大勢の医師がベッドを囲んでいる。スンはフーテンの「しばらく休むといい」という助言を無視した。とはいえ、手術前は一日十四時間勤務だったが、今は一日四時間だ。医学の魅力は相変わらず強く、何もせずに家にこもってなどいられない。総回診で発表できる機会を逃す手はない。スンは医学的謎にはつねに興味津々だが、この男性患者の症例は間違いなくそれに該当する。簡単にいえば、病気か否かにかかわらず、ジョーダン・マルカスは無視できない症例だった。

スンが集まった医師たちに話す間も、当の患者は紙切れに何か書き殴っている。まるでだれかに時間を計られているかのようだ。患者の近くに立っている者には、白い紙の上に何かがひとつ、ふたつと描かれていくのが見えた。耳だ。リアルに、解剖学的に正確に描かれている。しかし、どこか不気味だ。シドニー・サクセナとビル・マクマナスは後ろのほうに並んで立っていた。シドニーからは紙に何が描かれているのか見えないので、患者は注目されて落ち着かず、落書きしているだけだと思っている。

「マルカスさんは五十六歳。既往歴に特筆すべきことはありません。くも膜下出血を発症し、手術でふたつの脳動脈瘤をクリップしました。術後の血管造影は問題ありません」

スンはつい自分のMRIに写った邪悪な影を、暗い予後を思い出してしまった。だが、これまでのところはうまく行っている。スンは大きく深呼吸し、先を続けた。

「脳外科的観点から見ると、マルカスさんは問題ありません。しかし心理学的観点からは、べつの話です」

「マルカスさんは手術を受ける前は、機械工場で溶接の仕事をしていました。建物やクルーズ船などで使う大型マフラーを作る仕事です。奥さんと話をしましたが、マルカスさんは今まで芸術に興味を示したことは一度もないとのことでした」

「どいつもこいつもバカばかりだ」唐突にマルカスが口をはさんだ。スンは無視した。

「マルカスさんは手術後、デッサンに偏執するようになりました。より正確にいえば、耳を描くことにです。自宅アパートの部屋の壁にも、カンバスにも描きました。今もです」

「声を聞け。みんな、耳を傾けろ」マルカスは下を見たまま、呪文のようにつぶやいた。ベッドを囲む医師たちが身を乗り出した。描かれたものが耳だと初めて認識し、感心した表情でうなずき合っている。

「マルカスさんはほとんど眠りません。食事を忘れることもあるほどです」

37

「女房みたいな口のきき方だ」マルカスがいった。口調がきつい。若い医師二名が笑ったが、マルカスが真顔なのを見て口元を引きしめた。

「マルカスさんの奥さんは、家を出ました」スンがいった。

「厄介払《やっかいばら》いができた」マルカスがいう。

「こういった個人情報を加えたのは――」

マルカスがうつむいたままいった。「あいつには声が理解できなかった」

「マルカスさんの経過に奥さんのことを加えた理由は、奥さんから申し出があったからです。症状を和らげるために、向神経性の薬を処方してください、と」スンはいった。「神経内科のジョンソン先生に相談し、ご了解いただきました」

スンはベッドの手すりをつかんで体を支え、深呼吸した。やはり疲れやすくなった。

「なぜまだ薬を飲ませていないんです？」シドニーが質問した。

「薬で抑えられるんじゃないですか？」だれかがいった。

「先ほど申しあげた通り、ジョンソン先生とは相談したのですが、マルカスさんはこちらの治療法にしてほしいというのです。薬物治療は嫌だと」スンはいった。

「声に耳を傾けろ」マルカスがまたいった。「わからないのか？　おれが聞こえるようにしてやる」

「よく描けているなあ」ビルがいった。紙いっぱいに描かれた耳を見てうなずいている。マルカスが初めて顔をあげ、驚いている表情の医師たちに気づいた。ビルと目が合うと、目をそらすことなくじっと見つめた。凝視され、ビルは熱いものに焼かれたかのように半歩後ろにさがった。

「マルカスさんは、いわゆる後天性サヴァン症候群です。文献に似たような症例があります。それまで絵や詩や音楽になんの興味もなかった人が、脳に外傷を負った結果、新たな才能を得たり、ひとつのことに執着したりするようになる症例です」スンはまたそこで一息ついた。息が切れる。

「当然ながら、芸術界が注目しました。マルカスさんは来週、マークス・ギャラリーで『卒中の奇才』という個展を開きます」

「そこは、ホルムアルデヒド漬けの牛の胎児の展示をしたところじゃないか？」背が低く、頭のはげかかった医師がたずねた。

「私の兄も芸術家なんだけど、マークス・ギャラリーで個展を開くなんて夢みたいな話よ」レジデントがつぶやく。

「それは関係ないんじゃないですか？」シドニーがいった。「大事なのは、患者さんの健康でしょう？」

「それもある意味、健康とはいえませんか？」ビルがいった。反対意見だが口調はやわらかい。ほほ笑みながらシドニーを見ている。

「その女に教えてやれ」マルカスがうなるようにいった。昨晩スンが「再度ＭＲＩをとり、一晩様子を見て、総回診でほかの先生にも見てもらいましょう」というと、マルカスは「紙とペンさえくれればなんの文句もない」といい、絵の才能をくれた声に集中できることをスンに感謝した。

「じゃあ、食事をとらなくても構わないの？」シドニーはビルにいった。「奥さんをほうっておいても構わないということ？」

「あのデブ女が出ていって助かった。食事をするまで紙もペンもとりあげる、といいやがった」

シドニーは一瞬、患者をにらみ、またビルを見た。

「これが健康な状態？」

ビルは肩をすくめた。「ギャラリーで個展なんて、社会的に機能している証拠じゃないですか？」

「それ以外はどうでもいいっていうの？　食事をしなくても？　反社会的行動も？」シドニーは金切り声だ。これじゃ、ガミガミ女だわ。みょうに感情的になっている。ビルと会うたび、なぜかいつもと違い、自制がきかなくなってしまう。顔が真っ赤だ――これもビルを前にすると生じる現象だ。

「もし反社会的行動と食事抜きで仕事をする傾向が、向精神性の薬を必要とする症状だとしたら、当院勤務医の半数はハルドール（精神病薬）を処方されることになる」ビルがにっと笑うと、医師たちも笑った。

「マクマナス先生、あなたが患者さんに対し、不適切で不十分な治療を行うことに賛成であることは記憶しておきます」突然、シドニーがそういった。ビルはきょとんとしている。

内心、シドニーは自分を蹴飛ばしていた。どうしてそんな意地悪なの？　小学校三年生のときの自分を思い出した。クラス一の優等生の地位をクラスメートに奪われないよう、フィッツパトリック先生の難問にはつねに率先してこたえた。スター生徒の地位を守るために必死だった。今、あのときと同じようにむきになっている。心惹かれている男性に対して。自分が嫌になる。

ビルも言葉を失っている。しばらくの沈黙の後、ビルはまたスンを見た。

「パク先生、お話を中断してすみませんでした」

すでにかなり疲労していたスンは手短に話を終えた。医師たちは入ってきたときと同じ順番で病室を出ていく。先頭はスンで、その後にスタッフ医師、チーフレジデント、シニアレジデント、ジュニアレジデント、医学生が続く。シドニーとビルは病室から出ると、ひと言もかわさず左右に分かれた。

スンが研究室に戻ると、妻が待っていた。スンは妻の運転で帰宅した。

38

ジョージ・ヴィラヌエヴァはスツールに腰かけていた。隣にベテラン看護師のロクサーヌ・ブレイクが立っている。ＥＲは金曜日の夜にしては珍しく静かだ。いつもうるさい待合室のテレビもスイッチを切ってある。

「外は寒い？」ジョージが訊いた。

「いいえ」

「アメフトの試合は？」

「今日はないと思いますよ」

「『アメリカン・アイドル（アメリカのオーディション番組）』は？」

「いいえ」

「どういうことだ？」

「さあ」

「マグネットは？」

「今日は休みです」マグネットとは、小柄な女性レジデントのニックネームだ。磁石のように嘔吐《おうと》の患者を引きつけるのでそう呼ばれている。マグネットが夜勤のときは、ＥＲにはその手の患者が連続でやって来る。酒の飲み過ぎ、インフルエンザ、食中毒。原因はいろいろだ。

「なんだ。マグネットがいれば大忙しなのに」ジョージはいった。「イヤソノ先生はどうした？　あいつをいじめるのは暇つぶしにもってこいなんだが」

「残念でした。今夜はイヤソノ先生もお休みです」

ジョージは静まり返った仕事場を見渡した。暇だと落ち着かない。早くバス事故でも、火事でも、いちばんの可能性としては乱射事件でも起きてほしい。病院には暗黙の了解がある。院内が静かで落ち着いているときは、それを指摘してはいけない。でないと、とたんに大忙しで大変な事態になる。しかしジョージは違う。多種多様な外傷がERに飛びこんでくるのを待っている。しかも、少し忙しいところに来てほしい。高校時代、メキシコ料理レストランでアルバイトをしているときもそうだった。忙しいほうがうまく動けた。暇だとテーブルに行くのが早すぎたり、遅すぎたり、タイミングがつかめなかった。ERでも同じだ。

「七面鳥《ターキー》症候群さえ来ない」ERには居場所と食事を求めて――サンドイッチとポテトチップスとジュースと果物のために――どこかが、多くの場合は首や背中が痛いと訴えてくる患者が来ることがある。チェルシー総合病院のサンドイッチの具はターキーだ。チェルシー総合病院に伝わる、有名な話がある。あるとき、急患がふたり、数分の間を置いてやって来た。どちらも同じような症状でX線をとり、食事をもらえることになった。しかし何かの手違いで、ひとりにしか食事が来なかった。「患者A」が与えられた食事――ターキーサンドを食べようとした瞬間、「患者B」が奪いとり、かじりついた。AはすぐさまBに右ストレートパンチを浴

38

びせ、ターキーサンドと歯が一本飛んだ。Aはターキーサンドを拾い、むしゃむしゃ食べた。

ジョージとロクサーヌは図書館のように静かなERを見渡した。

「退屈ですか？　五番に乳頭が三つある患者さんがいますけど」ロクサーヌは知っていた。ジョージは六本指、四つ子、イラスト付きの義眼など、変わったものが好きなのだ。義眼には旗が描かれたものから、なんと、海兵隊の記章が描かれたものまであった。ジョージは風変わりな刺青《いれずみ》や皮肉っぽい刺青、考えられないような自傷行為も好きだ。たとえば、ふくらはぎに「TATTOO」と青い刺青を入れた患者や、尿道にピーナッツが詰まって痛みを訴えた患者など。この患者は友人と「ゾウの餌やり」ごっこをしていたとか。

ジョージがスツールからおりた。

「乳頭が三つ。なんでそれをいわなかった？」乳頭が三つという現象は医学的には「副乳」または「過剰乳頭」と呼ばれ、意外と多い。ジョージが医学生だったとき、モート・ルーベンスタインという教授が解剖学の講義で副乳について短く触れ、学生にたずねた。「この中に副乳がある人は？」驚いたことに、フランク・ブラウンがすっと席から立ち、シャツをまくりあげた。

「ふたつあります」ブラウンは誇らしげにいった。左右それぞれの乳首の下に、ごく小さな乳首があった。

ジョージは五番処置室に行ってみた。

「ウィルズ先生、患者の様子は？」ディアナ・ウィルズ医師も、ジョージが来た理由はわかっている。あきれつつ、知らんぷりをすることにした。

「スワンソンさんという方です。自転車で転んで肋骨を二本損傷しています」

「そうか」ジョージはとりあえず、それを確認するかのように胸部を見た。

「車がきゅうに飛び出してきたんだ。止まりもしなかった」見たいものを見てしまえば用はない。ジョージはすでに背をむけていた。

「ウィルズ先生、あとはよろしく」

ジョージはまたスツールに戻った。退屈な夜に多少の気晴らしになった。

「しかたない。ピザでもとるか」ジョージはロクサーヌにいった。

「ジョージ先生、静かなのはいいことですよ」院内でジョージを姓ではなく名のほうで呼ぶのは、ロクサーヌと数人しかいない。

勤務は異常に静かなまま終わり、ジョージは物足りない気分で病院の外に出た。夜の空気が冷たい。車を走らせ、オライリーズにむかった。このバーのメニューにはモヒートもフローズンカクテルもないし、「ティーニ」で終わるのは「マティーニ」だけ。アップルティーニや洒落た自家製カクテルもなければ、ジンジャーやザクロジュースを使ったカクテルもない。いつもの席についたジョージは、ふたつ隣の席に三十代後半の素敵な女性がいるのに気づいた。細身でスタイルがいいが、元妻のように病的にやせているわけではない。バーテンダーがジョージの前にラム&コークを置いた。

「スープ、元気かい?」ジョージは女性から視線はそらさず、バーテンダーにたずねた。バー

38

テンダーの本名はトム・キャンベルだが、スープというニックネームで通っている。

「こんばんは、先生。病院のお仕事はどうです？」

「見ての通り、順調も順調だ」少し大きな声でいいながら、スツールごと女性のほうをむく。

女性がこちらを見た。

バーテンダーはぴんと来た。

「ジョージ・ヴィラヌエヴァ先生、こちらの美人さんをご紹介しましょう。ミーガンさんです」

ジョージは大きな手を差し出した。

「初めまして」そういいながら、裸のミーガンを想像する。

「聞こえちゃった。お医者さん？　前にテレビで見て、お医者さんに会ったら訊いてみたいことがあったんだけど」

「どうぞ」

「ちょっと訊きにくいことなの」

「遠慮なく」

「あのね、人間は欲望みたいな感情の臭いをかぎ分けることができるって本当？」この質問だけでジョージのアドレナリンが刺激された。落ち着け。自分にいい聞かせる。ジョージは思春期の少年のような欲求が内分泌システムにあふれるのを隠すため、講義のような口調でいった。

「性的に興奮すると、特別なホルモンが作られる。自家製、愛の媚薬《ラブポーション》ナンバー9だ。すべての脊椎《せきつい》動物にはそういうシグナルを感知する鋤鼻器官《じょびきかん》がある。鼻が敏感な人間なら、欲望をかいでみるか！」ここでジョージは教授みたいな口調をやめた。「さあ、こちらのお嬢さんをかぎ分けられる」

ジョージはげらげら笑いだした。ミーガンはあっけにとられている。笑い止むと、ジョージは身を乗り出した。

「そちらのことも教えてくれないか？」ジョージはいった。ミーガンが口を開く前に、ジョージの携帯電話が鳴った。いったん無視したが、また鳴った。ジョージはミーガンからは目を離さず、ポケットから携帯電話を出し、番号を確かめた。ニックからだ。

「出なくていいの？」

「ああ」

また携帯電話が鳴り、四回目で切れた。

「出たほうがいいんじゃない？」

「いや、いいって。そちらのことをもっと知りたい。手始めに、こんな素敵な女性がなんでまた金曜の夜に、おれのふたつ隣の席にひとりでいた？」

「こんな美人がこんなところで何をしてるか、って？　本気で知りたい？　それともただの口説き文句？」ミーガンは頭の後ろに手をやり、けらけら笑った。ジョージはミーガンの屈託のない笑い声と、真っ白な歯にうっとりした。

「そんなところかな」

「スープと古い知り合いなの」

38

「私がセント・ピート・ビーチ（フロリダ州西海岸中央部にあるビーチ）の『オアシス』でバーテンダーをしていたときのお客さんだったんです」

「追っかけみたいでしょ。スープの追っかけ」ミーガンはまたのけぞって笑った。

「この職業の落し穴のひとつです」バーテンダーはウィンクした。

「バーテンダーを見る目は確かだ」ジョージはミーガンにいい、バーテンダーのほうを見た。「バーテンダーのほうも、追っかけを見る目は確かだ」

ジョージの自宅はここから近い。この後、酔った勢いでちょっと寄っていってくれないだろうか。そう思って陽気に会話を続けながら、ジョージはふたつのことを心配していた。その一。こういうときのために持ち歩いている青い錠剤を一錠、今すぐ手洗いで飲んでこなくては。その二。ニックはなんの用だった？

息子の電話を気にしている自分に驚いた。一ヵ月も前なら無視していたはずだ。ニックはめったに連絡してこない。するなら、小遣いが欲しいか、母親の理不尽なやり方――例えば、歴史のテストの成績が悪かったので一週間コンピュータゲームを禁止された――を告げ口したいときだけだ。以前なら翌日折り返し電話をかけることもなかった。次に会った機会に「急患だった」というか、言い訳さえしないこともあった。ニックも文句をいうわけではなかった。ただうつむいて、上目づかいにジョージをにらむだけだった。

ところが今日はニックの電話が気になってしかたない。早くしないと、薬の効果はいうまでもなく、アドレナリンが消えてしまう。雄々しい欲望で血管が脈打っていた。アドレナリンのせいで視界が鮮明だ——しみだらけのカウンターに置かれた二杯目のラム&コークが際立って見える——触覚もいつもより敏感だ。

それにしても、ニックはなんで電話をかけてきた？　長い間希薄だった息子とのつながりがよみがえったようで、気になってしかたない。ここ数年、息子とのつき合いは、冷たい父親という罪を逃れる最低限のレベルを保つ程度。高血糖状態に陥らないよう、食事をぎりぎり制限している糖尿病患者と同じだ。しかし、今感じているのは罪悪感以上のものだった。何があったのか心配でしかたない。こんなに心配なのは、五歳のニックが四十度の高熱を出したとき以来だ。今、ニックも女の子とデート中で、父親のアドバイスを求めているのかもしれない。パーティーで飲み過ぎ、母親には連絡できなくて父親に迎えにきてほしいのかもしれない。だれかに殴られたか、交通事故にあったのかもしれない。ジョージは次々に浮かんでくる不安をふり払おうとした。自分だって十代の頃はいろいろあった。ニックも大丈夫だろう。

ジョージが二杯目を飲み干すと、バーテンダーが三杯目を置いた。

家に女性を連れて帰るなんて久しぶりだ。この機を逃す手はない。どう誘う？　ジョージは女好きで、好みも広い。二十代でも四十代でも、ブロンドでも黒髪でも、背が高くても低くても、アジア系でもラテン系でも、アフリカ系でも白人でもかまわない。それぞれに魅力的だと思う。ジョージは今すでに、天井のスピーカーからセクシーなブラジル音楽が流れる室内で、ミーガンの服をゆっくり脱がせる自分を想像していた。ポルトガル語の官能的なサンバほど、雰囲気を盛りあげるものはない。

38

ニックが明日も息子であることに変わりはない。しかし、ミーガンと夜を過ごすチャンスは今夜限りかもしれない。おれは四十八歳で、太り過ぎで、働き過ぎだが、そういったマイナス面を補うカリスマ性がある。しかし、カリスマ性があっても、目の前の美人を家に誘えるかどうかは、相手の血中アルコール濃度に直結する。ジョージ自身の血中アルコール濃度は急上昇中だ。

ジョージとバーテンダーには暗黙の取り決めがある。ジョージがどれだけ飲んでも、勘定は二十ドル。バーテンダーにはさらに二十ドルチップを支払う。

「ラストオーダーのお時間です」バーテンダーがいった。

ジョージはカウンターに四十ドル置き、ミーガンを見た。

「パーティーを続けたいなら、自宅はすぐそばだ。上等なテキーラもある」

「いいわね」ミーガンがいい、楽しそうに笑った。

ジョージはふらつくミーガンの腰に手をまわし、店を出た。そのとき、携帯電話がまた鳴った。腹立たしさより心配が勝った。ミーガンの背中から右手を離し、ポケットから携帯電話を出す。

「ニック、どうした?」

「父さん、忙しいところごめん」いつもと様子が違う。なんとなく声が切迫している。

「大丈夫だ。どうした?」

「なんか変なんだ。最近、いろいろ考えちゃって」一呼吸置く。「何もかも意味がなく思えちゃうんだ。自分がすることとか、いうこととか。自分にはなんの意味もない気がする」

ミーガンは一歩後ろにさがり、腕組みした。ジョージは人差し指を立て、「ちょっと待って」と合図した。

「いいか、ニック、何があったか知らないが、ニックには十分意味がある。ニックは父さんの生きがいだ」予期せぬ言葉が出た。何より意外だったのは、それが真実だということだ。この少し変わった、やせっぽちの息子が自分の生きがいなのだ。

「だから？　ていうか、それが何？」ニックが声を詰まらせた。

「いったいどうした？」

「わからない」ニックはそういって泣きだした。

ジョージはミーガンを上から下まで見た。冷たい夜風に薄手のスカートの裾が躍っている。ミーガンが目を閉じ、天をあおいだ。ジョージはため息をついた。どうする？　絶好の機会は消え失せる寸前だ。

「ニック、どうしたか知らないが、父さんのいう通りにしろ。今すぐタクシーを呼び、父さんの家に来い」聞いていたミーガンが目を見開き、大げさに唇をとがらせた。「電話じゃ、らちが明かない。わかったか、タクシーだ」

「わかった」

「タクシー会社の電話番号はわかるか？」

「わかんない」ジョージは酔っ払って運転できないときに使うタクシー会社の番号を教えた。

38

「今、家にいるのか？」

「うん」

「母さんはどうした？　まあ、いい。父さんがタクシーを呼んでやる。そこで待ってろ、いいな？」

「ああ」

「ありがと」ニックが弱々しくいった。

ジョージはニックにタクシーを一台、ミーガンにも一台呼んだ。さよならを告げると、ミーガンはジョージの頰にキスをした。ふたりは電話番号を交換した。ミーガンは「また連絡するわ」といったが、ジョージは期待していなかったし、自分からも連絡はしないだろうと思った。今晩何も起きなかったら、それでおしまいだ。


スン・パクと妻は、パリオズという薄暗いイタリア料理レストランにいた。シッターを頼んだ近所の少女の母親に勧められ、パットが選んだ店だ。シッターを見つけるのには少し時間がかかった。こんなにシッターが引っぱりだことは知らなかった。周りの夫婦もみんな、子ども同伴で外出しているのだと思っていた。

パク夫妻は赤いチェックのテーブルクロスをかけたテーブル席に、むかい合って座っていた。テーブルの真ん中に小さなキャンドルがあり、壁のスピーカーからオペラの曲が流れている。客席スペースはリビングルームほどの大きさしかない。この一帯は今のようにホテルや店が立ち並ぶ前は住宅地で、この店も一軒家を改装していた。

外でふたりきりで食事なんて、次女が生まれて以来、四年ぶりだ。変な感じだ。スンは足元が浮いているような感じだった。恋人同士だったときは、よくソウル市内で外食をした。しかし、デートというより真面目な食事会のようだった。自分は学者で、裕福で、家族を養える男であることを示したくて、仕事の面接みたいに自分のことを話しつづけた。パットは礼儀正しく聞いていた。おそらく、自分も化学の学位を持ってはいるが、誠意を持って夫を立て、支える心づもりがあることを示したかったのだろう。

ウェイターがやって来た。スンと同じくらいの歳だ。「こんばんは《ボナセーラ》。本日はご来店ありがとうございます」ウェイターは小さなペンとメモを取り出し、イタリア語なまりでしゃべりだした。

「ボナセーラ」スンはいった。あまり発音がよくない。イタリア語をしゃべったことなど一度もなかったが、相手につられた。なんてことだ。こんなにはしゃいだのは初めてだ。

「ご主人様《シニョーレ》、イタリア語がお上手ですね」

「ボナセーラ」パットがいった。スンより発音がいい。ウェイターは眉をあげ、感心顔でうなずいた。

「とてもお上手です《ムルティ・ベーネ》。イタリアの方ですか？《エ・イタリアーナ》」

「私が？」パットはくすくす笑った。

「ええ《シ》」

パットは大きな声で笑いだした。口に手をあて、おなかを抱えて笑う妻を見て、スンもこらえきれなくなった。おかしくて笑いだした。

ウェイターが「食前酒はいかがですか？」とたずねた。パットは話すために姿勢を正したが、またすぐ吹き出し、涙が出るほど笑った。スンもまたつられて笑った。こんなに笑ったのはいつ以来か、思い出せないくらいだった。

39

月曜早朝、シドニー・サクセナは三一一号室の舞台に立っていた。階段席にはトップクラスの整形外科医、胸部外科医、血管専門医、脳外科医など、チェルシー総合病院の外科医たちが座っている。いずれも手術室着を身につけ、致命的疾患や慢性的疾患の治療のために善意の荒業を行う。彼らは切開・縫合・切除・置換・修復・再接合その他何千の大小さまざまな作業を行う身体的能力を持っていて、その能力を人体という三次元の構造――骨・筋肉・靭帯《じんたい》・腱《けん》・静脈・動脈・神経・リンパ腺・臓器など――を対象に発揮する才能を有している。また、手術室における発見を、患者の症状および経過や自身の経験といった理論的知識と結びつけ、それによって手術の内容を微調整する能力を有する。手術室ではスポーツを使ったたとえがよく用いられる。しかし、ディフェンスの動きに応じてオーディブル（アメフト用語。プレー内容の変更）を叫んだり、コーナーバックのブリッツを逃れようとポケットから走りだしたりするクォーターバックも、破裂した動脈瘤を処置しようと必死になっている脳外科医や、担当患者の血圧や脈拍が急に低下したときの心臓外科医には到底かなわない。

今日シドニーが三一一号室の舞台に立っているのは、外科医たちに仕事のやり方を教えるためでも、間違いを裁いたり断罪したりするためでもない。今朝のＭＭは公の糾弾の場ではない。

ジョージ・ヴィラヌエヴァのいう「だれかをいけにえにして喜ぶ会」ではない。

「皆さん、お忙しい中ありがとうございます」シドニーがいった。ハーディング・フーテンはいつも通り最前列に、ティナ・リッジウェイとタイ・ウィルソンは前から数列目、ジョージは通路側の席に疲れた顔で座っている。

「今日はトリパノソーマ症についてお話ししたいと思います」

「シドニー先生、ここは外科的議論の場です。感染症は関係ありません」後ろのほうでだれかがいった。「部屋を間違っていませんか？」

「ご指摘ありがとうございます」シドニーは余裕の笑顔でほほ笑んだ。「ですが、部屋を間違ってはいません。皆さんも大丈夫です」

「私は先週、Ｒさんにペースメーカーの植込み手術をしました。Ｒさんはトリパノソーマに感染した結果、深刻な心筋症を患っていました。トリパノソーマについては、皆さんも『シャガス病』としてご存じだと思います」

　糾弾される医師が不在の今朝は、ＭＭの雰囲気は通常より明らかに穏やかだ。

「シドニー先生、サンフアン（プエルトリコの都市）総合病院で夜のアルバイトでもしていたんですか？」

　整形外科医のスタンリー・ゴットリーブが後ろの席からいった。

　シドニーはほほ笑んだ。

「話の糸口を作ってくれてありがとう。ご存じの通り、ここには様々な科の医師がいらっしゃいます。このところ、かつては第三世界や熱帯地方に特有であった病気に遭遇することが珍しくなくなっています。以前よりアメリカの貧困層や移民の移動範囲が拡大し、感染を受けやすくなったことが原因と思われます――少なくとも、この数十年で」

「当院で診察した例をいくつかあげてみたいと思います」シドニーはパソコンで打った原稿を読みあげた。「蠕虫感染症《ぜんちゅうかんせんしょう》、トキソカラ症、嚢虫症《のうちゅうしょう》、サイトメガロウィルス感染症、トキソプラズマ症、リーシュマニア症、そして、忘れてはいけないレプトスピラ病です。どれも治療しなければ慢性化し、衰弱していく病気ばかりです。このような病気の大部分は外科的治療を必要とするものではありませんが、アメリカ合衆国でも、ミシガン州でも発症しうることを忘れないでいただきたいのです」

タイは話に集中できなかった。原因はクイン・マクダニエルの亡霊だけではない。ティナが隣にいて、今日はなぜか落ち着かなかった。ティナもどこか上の空だ。

「そうそう、忘れるところでした」シドニーがいった。「ヘンリー・フォード病院で、ワイル病と診断された患者さんがいたそうです。ワイル病はネズミの尿により伝染する細菌性感染症で、出血を合併します。何か質問はありますか？」

シドニーは部屋を見渡した。腕時計を見る。

「朝食をとる時間を残しておきました」全員うなずいている。「どうぞごゆっくり」

ティナは朝の院内に入っていった。ヘルパーに押されて病室からX線室やＥＲに行き交うストレッチャーや車椅子で大混雑だ。医師が足早に歩き、シフト交替の看護師は楽しそうに笑っ

39

たりおしゃべりしたりしている。患者の家族はそれぞれ、売店、薬局、病室に急いでいる。毎日くり返される大混雑だが、この混沌には驚くばかりの秩序がある。

ティナはこれまでずっと信じてきた。現代の研修病院は知の最先端、つまり、天然痘《てんねんとう》やポリオといった病気を根絶し、ＨＩＶやがんといった致命的病気の治療を可能にするために医師が積み重ねてきた知識の頂点だと。ティナの父親が今のティナと同じ年齢で、ＭＧＨに勤務していた当時も、医師は思いやりがあり、頭の回転が早かった。しかし、その時代の医学知識は今とくらべれば初歩的といっていい。父親の世代が、バーモント州フェアベリー郊外の開業医であった祖父より何光年も進んでいたのと同じだ。ティナは、深い理解と思いやりを理念に運営されているチェルシー総合病院に、また自身の教育者・治療者としての役割にもつねに大きな誇りを感じていた。

今朝、院内で働く人々や、患者とその家族・友人が行き交う中を歩いているうちに、病院全体がどこか色あせて見えてきた。駐車場からの廊下の幅木は薄汚れている。ティナがこの病院に採用された当時から廊下にある風景画の額にも埃が積もっている。患者を乗せたヘルパーの押す車椅子が近づいてきた。老齢の男性患者の頬に鼻水が、清拭《せいしき》されないまま乾いてこびりついている。

ティナにとって大きな誇りの源であるはずのチェルシー総合病院が、欠点・根回し・損得勘定だらけのまったくべつの病院に見えてきた。ティナも世間知らずの子どもではない。どんな施設も、病院でさえ、運営するのは人間だし、また、どんな人間も本来は自分勝手だ。タイと最後に過ごした夜、それを実感した。しかし、施設としてのチェルシー総合病院は、研修病院にあってはならない愚行が目につく。つい最近も、競合病院にガンマナイフ治療に必要な資格を認定しないよう、州議会に働きかけたばかりだ。その治療で大勢の患者が救われるのに、チェルシー総合病院は他病院に患者をとられたくないのだ。また、ミシェル・ロビドーの件もある。ミシェルが即座に解雇されたことで、この病院が予期していなかったほど冷酷な計算をすることがわかった。

ミシェルはルイジアナ州に帰る前、ティナの研究室にやって来た。これからのことは帰ってから考える、といっていた。ティナは顧問弁護士から、この件は今後一切持ち出さないよう指示された。弁護士によると、ミシェルは弁護士を立て、契約不履行でチェルシー総合病院を訴えるつもりにちがいない、とのことだ。

「最後にお礼がいいたくて」ミシェルはそういって泣きだし、大きくしゃくりあげた。ティナは研究室のドアを閉め、ミシェルを抱きしめた。自分の娘にするように背中をさすりながら、裏切り者の気分だった。今さらティナが何をいっても状況は変わらない。自宅と携帯の電話番号を病院の名の入った便箋《びんせん》に書き、相談したいことがあったらいつでも電話して、とミシェルに伝えた。顧問弁護士には今後ミシェルと連絡をとらないようにいわれたが、ティナは聞く耳を持たなかった。ミシェルを見捨てるつもりはなかった。しかし今わかった。ミシェルにいちばん必要とされているときに、自分はミシェルを見捨てたのだ。チェルシー総合病院が懸命に努力している医師を切り捨てるのを、黙って見ていた。ティナがレジデントだったとき、ダニ

39

エル・バロウはティナのために立ちあがり、ティナの判断を非難する報告書を破り捨てた。しかし、自分は半ば義務的にミシェルを弁護しただけ。正式な抗議は何もしなかった。この件についてCEOに——もしくはそれ以外のだれかに——直訴の手紙も書かなかった。

指導医であるティナは、この病院の一部だ。病院はティナに給料を払い、医師としての身分を保証している。その病院の理念を信じられない今、どうしてスタッフ医師でいられる？　自分が浅ましく思える。でも、やめられない。一家の稼ぎ手は私だけなのだから。

それだけではない。タイとの先日の密会後、自分に嫌気がさしてきた。少なくともあのときは、自分が快楽を得ただけでなく、タイにも快楽を与えられて満足だった。自分には、家庭では得られない男性の優しさと性的満足を得る権利が充分にあるといい聞かせ、快楽を求めた。しかし、院内の人工的な照明の下を急ぎながら、そんな考えは間違いだったと悟った。勝手な自己弁護だ。私は私を裏切った。

40

ジョージ・ヴィラヌエヴァが定位置のスツールに腰かけ、口についたピザソースをぬぐっていると、両耳を切り落とした男性患者が救急車で運びこまれた。患者は下品な言葉でののしっている。頭に巻いた包帯は血に染まり、両手は手すりにしばりつけてある。

「放せ、バカ野郎！　声が聞けるとこに耳を戻せ。なんでここに持ってきた。声を聞かせてやれ。ここじゃ聞こえねえんだ」救命士のひとりが小型クーラーボックスを抱えている。両耳はあの中にちがいない。

ジョージは後ろの箱からピザを一切れとってほおばった。

「七番だ。七番に運べ」ピザをほおばったまま大声で指示する。ＥＲは酔っ払い、躁《そう》病や妄想患者を引きつける磁石だ。そのだれもが外傷のために頭から出血し、わけのわからないことをわめき、ホチキス型縫合器《ほうごうき》や抗精神病薬その他を必要としている。ジョージもレジデント時代、頭に大きな切り傷を負った酔っ払いに「縫ったら殺すぞ」と脅されたことがあった。ジョージはすでに局所麻酔薬を用意しており、麻酔の後、縫合糸で縫合するつもりだった。しかし脅し文句を聞き、縫合針をホチキスに持ち替えた。男性看護師を二名呼んで患者を抑えさせ、多少雑にホチキス三針で傷口を閉じると、患者は大声でわめきたてた。その後、患者は無言で帰っていった。

両耳を切り落とした患者は明らかに躁病だ。それにしても支離滅裂《しりめつれつ》だ。耳をもとの場所に戻せ？　頭以外のどこにつけるっていうんだ？

医学生が恐る恐る近づくと、救命士が説明した。名前は未確認ですが、ギャラリーから救急にかけてきた人によると、マルカスという名の有名な芸術家だそうです、と。

「お名前を教えていただけますか？」

「うるさい。そっちが先に名乗れ。訴訟相手のリストに加えてやる」マルカスは両耳がなく、頭に包帯を巻いているにもかかわらず、人の声は聞こえるらしい。

「おれはヴィラヌエヴァだ」ジョージはすでにスツールからおり、マルカスの横に立っていた。

「ヴ、ィ、ラ、ヌ、エ、ヴ、ァ。だれかをいじめたいなら、おれにしろ」

「ヴィラヌエヴァ、おれをここから出せ！」マルカスはストレッチャーに固定された手足をばたばたさせた。

救命士のひとりが自分の鼻に触った。すると、鼻がふにゃっと右に曲がった。鼻の下に鼻血がこびりついている。

「殴られたのか？」ジョージはたずねた。

「肘で」

ジョージは〈ご苦労さん〉というようにその救命士の肩をたたいた。「X線室に運んでくれ」スマイズ医師も一緒にX線室にむかう。「この患者なら知っています」イギリス英語なまりでいう。

「ホモ仲間か？」ジョージがいう。

「いえ――」

「オックスフォードの同級生か？」

「いえ――」

「じゃあ――」

「先生、いい加減にしてください。総回診で話題になったんです。後天性サヴァン症候群です。芸術界で注目の的なんです。耳に執着するアーティストとして」

「どう見ても今回はやりすぎだが……そういうことか。マルカスさん、で、どうする？」

「うるせえ、このデブ。おれをしばりつけやがって、ただじゃおかねえからな！」

「ストレッチャーにしばりつけられるか、郡の牢屋にぶちこまれるか、どっちかだ。おたくは救命士を殴った。自他双方に危害を加える可能性が高い」

「それがどうした」マルカスはまた手足をばたばたさせたが、自由になることはできない。血だらけの頭を枕につけ、大きく息をした。

七番処置室に青ざめた表情の女性が入ってきた。三十代くらいでかわいらしく、洗練された服装だ。

「マルカスさんは大丈夫ですか？」

「大丈夫だ。娘さんか？」

40

「いえ、私は——マルカスさんの代理人です」

「あいつが耳を元どおりにしたいと思ってるなら、まず正気に戻してやる必要がありそうだ」

耳、と聞いて女性は身震いした。

「耳でよかった。耳はほとんど軟骨《なんこつ》でできているからくっつきやすい。代謝もかなりゆっくりだ。今、冷たい生理食塩水にひたしてある。上出来だ。切断した指でさえ十二時間持つ。以前アラスカ州アンカレッジで、男がガールフレンドにペニスを切り落とされ、トイレに放りこまれたことがあった。土曜日の夜だった。市の職員が日曜日の朝に拾い出し、その晩にはちゃんとくっついていた。『機能も元どおり』といいたいところだが、それはいいすぎかもな」

女性は引きつった顔でほほ笑んだ。顔色は蒼白を通り越して灰色がかった緑に近い。一流アーティストでも出せない色だ。

それから一、二時間内にマルカスの話は——おもしろい話の例にもれず——病院中に広まった。抑えようのない伝染病のように、ERから放射状に口コミで伝わった。「耳に執着するアーティスト、知ってる?」と。

マルカスの到着騒ぎから二時間もたたないうちに、タイにもこの話が届いた。タイは外来で、目まいを訴えて診察にきた男性患者に話をしているところだった。診断は低悪性度の神経膠腫。脳の非常に重要な場所を圧迫している。

ビル・マクマナスは病院に着いてまもなく、レジデントからこの話を聞いた。シドニーに対し、「投薬は必要ない。好きなように耳を描かせてやればいい」と熱く弁護したことを思い出し、大きなため息をつく。携帯電話を取り出し、ポケベルサービスセンターに連絡した。

「サクセナ先生のポケベルを鳴らしてもらえませんか？　連絡をとりたいので」

41

　これまでのところ、スン・パクの術後の回復は順調だ。感染症もなく、その後のＭＲＩも問題ない。血小板《けっしょうばん》数と白血球数も良好で、フーテンは腫瘍を見逃すことなくとり去った。少なくとも目に見える範囲では。しかし、ＮＥＤ——病気の徴候なし——であることに有頂天《うちょうてん》になったり、ＭＲＩ上、腫瘍が消失したことを予後良好の拠り所と考えるべきではない。多形膠芽《たけいこうが》腫《しゅ》は悪性腫瘍の中でももっともたちが悪い。多形膠芽腫が予告なく息を吹き返し、数週のうちに患者を死に至らしめる可能性があることは、だれよりスンが知っている。

　放射線治療を始めると同時に、毎朝長女のエミリーをバス停まで送るのが日課になった。それまでは同僚のだれより早く病院に出勤していたのに、そんなことはどうでもよくなった。

「お父さん、頭、はげになっちゃう？」エミリーのいきなりの質問に、スンは驚いた。

「どうして？」

「友だちのケイリーがいってたの。がんになると頭がはげるって」

　スンは思った。その子はがんの知識をどこで得たのだろう？

「そうなのか？　知らなかったよ」

「お父さんもはげる？」

スンの髪は手術前とほとんど変わらない。フーテンは無剃毛《むていもう》手術派だ。ヒビテン溶液でスンの頭を六分間洗浄後、切開する場所から櫛《くし》で髪を分け、ベタジン液剤でそこを消毒した。手術前に手術助手が、皮膚切開線に沿って細い弧状に髪を剃っただけだ。よく見なければ手術したかどうかもわからない。切った跡は髪に隠れている。フーテンだけではない。今は多くの医師が、髪を剃らないほうが患者の術後の回復が早いと信じている。なぜなら、病気をしたように見えないからだ。少しやせたことを除けば、スンは脳の大手術をしたようには見えない。

バス停に立ったまま、スンは娘を見つめた。娘はスンの返事を待っている。答えを知りたがっていると同時に、心配そうだ。

「髪はたいした問題じゃないよ」スンはいった。「大事なのは、その下にある中身なんだ」

「ねえ、頭がはげると痛い？　痛いんだったら、はげないほうがいい」エミリーが抱きついてきたので、スンも両手で抱きしめた。娘は父親の病気が気になって学校の勉強に集中できないのでは、と心配になった。

「エミリー、お父さんのことは心配しなくていい。髪が抜けても痛くはないんだから。リーおじさんに訊いてごらん」

エミリーは腰に両手をあて、首を傾げた。スンは笑いだした。エミリーもスンが冗談をいっているとわかり、笑いだした。リーおじさんは、妻のパットの姉妹の夫だ。体が大きくて、頭のてっぺんが皿のようにはげている。

放射線治療はあと二週間。その後、毎月最初の四日間、化学療法の薬を内服する。今までの

41

点滴よりいくらからくだ。正直なところ、化学療法はスンを新生児のようにつるっぱげにするだけではすまない。投薬によってがん細胞のみならず健康な細胞も殺され、患者本人も気分が悪くなったり、体力が落ちたりする。スンはそんな強力な薬が思考や記憶にどんな影響をおよぼすか心配だった。

一般に知られている化学療法の副作用のひとつに、認知能力の低下がある。化学療法の効果についてもそうだが、思考や記憶への影響も心配だ。何しろ自分は頭脳が最大の財産だ。外見はたいしたことがないし、カリスマ性もなければ、ユーモアのセンスもない。想像力が乏しく、同僚や娘の冗談ですら理解できないことが多い。最大の財産は、膨大な医学的知識と不屈の精神だ。今回はこの精神が役に立つかもしれない。医学的知識は、このがんに長期間打ち勝つ可能性はかなり低い、という情報をくれたにすぎない。かりに〈化学療法の成功＋思考力の低下〉と、〈化学療法の失敗＋残りの数ヵ月の明晰な思考力〉のどちらかを選択できるとしたら、〈失敗〉のほうを選ぶかもしれない。もちろん、そんな選択はできない。選択肢は化学療法を受けるか受けないかしかなく、スンは受けることを選んだ。選ばなければ命に係わる。

以前スンが担当した患者の中に、化学療法による短期記憶の劣化を心配し、電話帳の名前からトランプまでなんでも使って記憶術の訓練をした男性がいた。五十二枚のカードを切り、一度広げて見せるだけで、この患者は並んだ数字を順に復唱することができた。そして、化学療法終了後は以前より記憶力がよくなっていた。訓練の賜物だ。

現代医学は、パターンはいろいろだが、患者にとっては両刃の剣だ。手術のためには患者の体を傷つける必要がある。がん細胞を死滅させるために、毒を注入する。スンは放射線治療の際、致死的になりうる強さの放射線を照射されている。しかも、体のほかの部分でなく脳に対してだ。将来、放射線治療や化学療法、さらには脳外科手術でさえ「野蛮」とみなされる日が来るのは間違いない。今から五十年後、いや百年後の医師は、十八世紀に一般的だった悪い体液を放出するという瀉血療法《しゃけつりょうほう》を現代の医師が見るような目で、現代医学をふり返ることだろう。

近年の治療法でさえ、ときに未熟で誤っていることがある。スンが以前担当した脳の悪性腫瘍の患者は幼少時の一九四〇年代、左耳の聴覚を回復するため、週に一度高線量のX線照射を受けた。その結果、聴力と視力を完全に失ってしまった。ほぼ毎週、大きな研究や新たな調査により、長年正しいと信じられてきた考え方や、よく行われる医療行為に対する疑問が呈されている。血管形成術、根治的乳房切除術、関節鏡による膝関節手術、ＰＳＡ検査（前立腺がんの検査）および手術などの有効性は実際どうなのか……枚挙にいとまがない。科学がどんなに進歩しても、医師が知っていること――医学は三歩前に進むたびに、二歩後退するようにも見える。科学がどんなに進歩しても、医師が知っていること――本当の意味で知っていること――はわずかで、医学の真理にたどり着くことはない。医師はよけいな手出しはせず、患者本人の自然治癒力が働くのを待つのがいちばんだと認めざるを得ないこともある。

もちろん脳腫瘍患者として、それは論外だ。自分は現代医学の武器庫から、化学療法も含め、あらゆる武器をさがし出す。

学生のときに学んだ医学史によると、がんに対して最初に行われた化学療法は、一九四〇年

41

代のマスタードガスだった。当時の医師たちは、第一次世界大戦で用いられたマスタードガスの被害者は白血球数が少ないことを知り、進行したリンパ腫の治療に使用したのだ。今日でさえ、ホジキン病（悪性リンパ腫の一種）やリンパ腫に対しては——第一次世界大戦で用いられた毒ガスに近い——ナイトロジェンマスタードという武器が用いられている。

スンの髪は化学療法を始めて数週間で抜けてしまうだろう。娘の予想通りに。バスを待ちながら、ふと思った。子どもたち三人はどんな反応をしめすだろう。笑う？　怖がる？「宇宙人だ！」という？　リーおじさんよりはげた父親を、別人だと思うだろうか？　外見はまるで変わってしまう。しかし、中身は？　ＭＲＩを再構成した脳の三次元画像はどうなっているのだろう？　重要なのはそれだ。

バスが来た。小さなエミリーは片足を大きくあげ、ステップからバスに乗りこんだ。ふり返り、笑顔でスンに小さく手をふると、だれかの隣の、通路側の席に座った。

家にむかって歩くスンの頭に、英単語学習テープの声がよみがえる。〈mnemonics：記憶術。morose：陰気、不機嫌。morph：変身する〉

スンはゆっくりと家の中に入った。スンが帰ってきたのを窓から見ていたパットが、笑顔で出迎えてくれた。「悪いが」スンはいきなり妻にいった。「後でいう機会がないかもしれないからいっておく。先に逝くことになり、すまない」

42

タイ・ウィルソンは目を開けた。何か夢を見ていたが、覚えているのは兄と妹が隣にいて、タイにほほ笑んでいたことだけだ。場所はどこだったか、どこか特別な場所だったかどうかさえ定かではない。しかし、ふたりの笑顔は愛に満ちていた。タイは信じられないほど穏やかな気持ちで目覚めた。まるで熱病から覚めたかのようだ。嵐の後の静けさにひたっている。目が覚めた瞬間思った。外科医タイ・ウィルソンの復活だ。喜びがあふれてきた。自分は復活した。

タイは夢判断を信じるタイプではない。夢の意味を論じた本は数知れない。日常の指標にするために夢日記をつけている人さえいるという。信じられない。しかし今朝、凍りつくほどの不安から解放されたことは否定できない。兄と妹に夢で会い、悪霊から解放された。たとえ思い違いだとしても、この解放感を素直に受け止めたかった。

タイはベッドから起き、果物のスムージーを作りながら夢を思い出してみた。脳外科医になったのは、兄と妹のことがあったからだ。不治の病を治す技術を持つ医師になりたかったからだ。兄と妹の死に背中を押され、励まされ、一流の脳外科医を目指してきたが、結局、自分はただの人間でしかなかった。過ちを免れることはできなかった。だが、夢の中で兄と妹からあふれていた純粋な愛が教えてくれた。自分はふたりに対する無言の誓いを破ってはいない。今できるのは最善を尽くすことだけ。それが何より大切だ。タイはおかしくて笑いだした。夢によって解放され、自分を取り戻すことができた。

一刻も早く手術がしたくなってきた。これは使命、目的だ。日本人はこのような目的意識を「生きがい」と呼ぶらしい。しかし病院に戻る前に、行かなくてはならないところがある。


一時間後、タイはアリソン・マクダニエルのアパートのドアをノックした。すぐにドアが開いた。アリソンは洒落た赤いコートを着て、手にコーヒーカップを持っていた。タイを見て驚いている。

「ウィルソン先生。今日はいつもと印象が違いますね」

「名前で、タイでいいです。お出かけ？」

「ええ、仕事の面接に」

「途中まで一緒にいいですか？」

「もちろん」ふたりは一緒に階段をおりた。

「アリソンさん、うまくいえないんだが、僕は前に進むことにしました。あなたはとてもやさしくて、温かい人だ。正直、また会いたいと思っています。今度ディナーでもいかがですか。もっといろいろ話を聞きたいんです」

階段が終わった。アリソンは足を止め、タイを見つめた。真意を推し量ろうとするかのように。

「クインのことではなく？」

「そうです。あなたことを」

アリソンは少し考えた。大きく深呼吸する。

「わかりました。ぜひ」アリソンはそういい、ほほ笑んだ。タイは笑みを返さなかった。まだほかにいいたいことがある。いっておかなくてはならないことがある。

「一度起こったことは取り消せません。どんなに願っても。けれど、僕は前に進まなくてはならない。できることはそれしかない。進まなければ沈んでしまう。僕にできるのは最善を尽くして最高の医師に――最高の人間になることです」

ふたりはアリソンの車を停めてあるところまで来た。アリソンがバッグから車のキーを取り出す。

「わかりました」車の鍵を開け、手を止めた。「いつですか？」タイは返事に困った。いつ最高の医師に、最高の人間になる予定か訊かれたのだと思った。「ディナーはいつにします？」

「そっか。金曜の夜はどうです？　七時に」

「大丈夫です」

「よかった。じゃあ、またそのときに」

アリソンは運転席に座り、車をバックさせると、タイに小さく手をふった。タイは走り去る車を見送った。タイがさがしていたのが贖《あがな》いだとしたら、まだ見つかってはいない。しかし今、そんなことはどうでもいい。贖いが可能なのは、善と悪が完璧なバランスを保つ完璧な世界で

42

だけ。現実にはありえない。それがようやくわかった。兄と妹はそれを知っていて、夢の中でタイに教えようとしていた。それでもいい人に悪いことが起こることもある。「いい人なら、それにどう対処するか」タイは声に出していった。「本当にだいじなのはそれだ」

シドニー・サクセナとビル・マクマナスは、小さな日本食レストランのテーブル席に座っていた。ふたりのポケベルはテーブルの上に置いてある。さっきこう約束した。先にポケベルが鳴ったほうが今日のディナー代を払う。ビルはシドニーをディナーに誘うのに、けっこう苦労した。大学医学部校舎で、講義の後にやっとつかまえた。

「知ったかぶりの、生意気な医者とデートしてる暇なんてないのよ」シドニーは、耳フェチの芸術家マルカスの件で、ビルに反論されたのをまだ根に持っていた。

「いててて」ビルの心から痛そうな口調に、シドニーは思い直した。少しいい方がきつかったかも。少しだけ。

「わかったわ」シドニーはいった。「このせりふをくり返したら、一緒にディナーに行ってあげる。精神を病んだ人には薬が必要です」

「精神を病んだ人には薬が必要です」

「シドニー・サクセナ医師の意見に逆らうべきではありませんでした。今後一切逆らいません」

「それはいい過ぎだ！」ビルはそういいながらも、笑顔でそのせりふを復唱した。「これはどうだ？　シドニー・サクセナ医師の意見に逆らうと、深刻な精神的および身体的影響を生じます」

「深刻極まりない影響ね！」シドニーは笑った。

これで仲直りができた。店を選んだのはビルだ。チェルシー市内にある小さな日本食レストラン――焼き鳥が食べられる店――を選んだ。

食べたいものを注文すると、ビルが少し席をはずした。戻ってきたところで、シドニーのポケベルが鳴った。

「今日はだれがおごるか決まった！」ビルがいった。シドニーはポケベルに表示された番号を見て眉をひそめた。知らない番号だ。携帯電話を取り出す。

「緊急なら、また鳴るはずだよ」ビルがいった。シドニーはビルの言葉にかまわず、ポケベルに出た番号を携帯に打ちこんだ。ビルのポケットから、軽快なラテン音楽が流れた。

「やっぱり！」

「偶然だよ」ビルは思わず苦笑いした。

「疑って当然でしょ」

ビルは自分のポケベルを見た。すると、シドニーのポケベルに表示されたのと同じ、知らない番号が出ていた。


病院に車を走らせながら、タイは長患いから回復した人のように高揚していた。活力に満ち、新しい患者の診察をしたくてたまらなかった。医師専用の駐車スペースに入ったところで、一台の車から看護師が出てくるのが目に入った。モニク・トランだ。たちまち意識が十月二十三

42

日の十四号室に引き戻された。クイン・マクダニエルが亡くなった日、モニクも手術室にいた。タイは大きく深呼吸し、あらゆる感情が逆流してくるのを待った。しかし、何も起きない。クインのことを思い出しても不安は再発しない。

それより、モニクはなぜここに車を停めているんだ？と思った。看護師専用駐車場はこの三階上だ。そのとき、モニクの車からレジデントのサンフォード・ウィリアムズがおりてきた。サンフォードが小柄なモニクの肩に手をまわす。モニクのピンクの白衣の腹部が膨らんでいる。そうか、妊娠しているんだ。タイはその階を通過し、もう一階上にあがった。新たな命を産む不安と喜びについて考える。そのとき、ポケベルが鳴った。表示された番号を見て、タイはどきっとした。

43

チェルシー総合病院の中で、マージョリー・ゴンザルベスは経過観察ベッドに寝かされていた。夜中に意識がもうろうとし、倒れる寸前のところを、夫が病院に連れてきた。前日に腹痛で診察を受けたばかりだったが、今日はさらに胸痛も訴えた。また、立つと目まいがするともいった。診察したレジデントは胃炎、大動脈炎、肝硬変を疑ったが、どれも違うように見えた。

患者は四十歳女性で、飲酒癖はなく、非ステロイド系抗炎症薬はたまに内服する程度だ。飲酒も非ステロイド系抗炎症薬の長期使用も、胃壁の炎症を引き起こすことが多い。それ以外に外科手術、なんらかの感染症、自己免疫疾患、慢性胆汁《たんじゅう》逆流などで胃炎になることもあるが、彼女にはどれも考えられなかった。レジデントは内視鏡検査で胃や腸をさらに調べることにした。

大動脈炎の第三期症状である胸部痛と意識障害が病院到着時に認められたが、それまでの経緯が合わない。外傷や感染症の既往もなかった。結婚後二十年幸せな生活を送っていたため、問診した医学生が淋病《りんびょう》、梅毒、ヘルペスについてたずねると顔をしかめた。結核や肝炎の既往もない。また、レジデントは血圧を両腕とも測った。左右で値が違えば血管閉塞症《けっかんへいそくしょう》の可能性がある。しかし異常はなかった。

ゴンザルベスには子どものときからアレルギーと喘息《ぜんそく》があるが、今回の症状にはどちらも無関係と思われた。

このレジデントは診断に困り、またほかの患者で忙しかったため、この件は後回しにすることにした。

ゴンザルベスの体温は夜中に病院に運びこまれたときは普通だったが、その後上昇した。翌朝八時には三十八度三分。正午には三十九度を超えた。

さらに悪いことに、症状のリストは増えつづけた。痛みが広がり、あちこちのかゆみを訴え、目が腫《は》れぼったくなった。

この日のシフトを終えたレジデントは、この発熱は本人のアレルギーが関係しているに違いないと考えた。交替で引き継いだレジデント、エドゥアルト・トーレスは鑑別診断《かんべつしんだん》のための追加検査を行うことにした。一時間後、血液検査の結果が出た。ゴンザルベスの白血球数は体温の上昇とともに急激に増加していた。主に好酸球が増えていた。好酸球は橙《だいだい》色で、ウィルス性感染症の際に増える。しかし、なんのウィルスだ？　すでにヘルペスと肝炎は除外されている。

トーレスはカフェテリアから出ようとしていたジョージ・ヴィラヌエヴァを呼び止め、ゴンザルベスの症状について相談した。今回はジョージもお手上げだ。自分もちょうど腹痛で、しばらくグリッツにチリソースをかけるのはやめようと思っていたところだ。ジョージはトーレスにイヤソノ医師をさがすようにいった。

「あいつは歩く百科事典だからな」ジョージはいった。

イヤソノことカウフマン医師が病室を訪れると、ゴンザルベスは声がかすれ、聞きとるのがやっとだった。病室の外で、トーレスはクッシング症候群その他複数の可能性を除外した理由をカウフマンに説明し、このような症状を呈《てい》するアレルギーを見たことがあるかたずねた。カウフマンはこたえず、ドア越しにゴンザルベスを見た。ゴンザルベスは死人のように胸元で手を組み、天井を見ている。カウフマンは患者をしばらく見つめていた。と思ったらベッドに近づき、膝をついて顔を近づけた。

「いや、その、ゴンザルベスさん、料理は好きですか？」カウフマンはたずねた。トーレスはカウフマンを見た。頭がおかしくなったのか？

「はい」ゴンザルベスがかすれた声でこたえる。

「チョリソーも作ります？」

ゴンザルベスがかすかにほほ笑んだ。「はい」

「ありがとう」

カウフマンは病室を出た。トーレスも首を傾げながら後についていった。

「旋毛虫《せんもうちゅう》です」カウフマンがいった。「指先に切り傷があったでしょう。うちの母親もよく料理中に指を切っていました。いや、その、ゴンザレスさんは火を通す前にチョリソーの味見をしたにちがいありません」生肉にいた寄生虫が患者の体内に入ったのだ。病室の外に立っていたジョージは、カウフマンとトーレスが病室を後にするのを見て、にっと笑った。〈だからイヤソノ先生に訊け、といっただろ〉とでもいいたげな表情だ。そのとき、ほぼ同時に三人のポ

43

ケベルが鳴った。それぞれが自分のポケベルを取り出すと、どの画面にも知らない番号が出ていた。

ティナ・リッジウェイがフリー・クリニックの玄関を閉め、鍵をかける頃、あたりはもうかなり暗くなっていた。いつもはデュシャンと一緒に戸締りをするのだが、今日はひとりだ。デュシャンは十二歳の娘が熱を出して家で寝ているので、少し先に帰った。デュシャンの妻は、アナーバー市内のホテルの受付で夜間勤務をしている。そのため、娘のアリシャは母親が出勤後、父親が帰宅するまでの一時間ひとりになってしまう。ティナはデュシャンに「病気のときくらい早く帰ってあげて」といって先に帰らせた。

ティナがバッグに鍵を入れようとした、そのとき、左目に拳が飛んできた。殴られたとは思わなかった。頭の中で何かが弾けたのだと思った。ふり返ると、見覚えのある男が立っていた。緑の迷彩柄のジャケットを着ている。「約束通り、また来たぜ」目の前が真っ暗になり、ティナは歩道に倒れた。さらに何度も野球バットで殴られ、蹴られたが、まるで感覚がなかった。頭、胸、腹部をやられても、なんの感覚もなかった。

ミシェル・ロビドーは荷物をまとめ、車に入れられるだけ詰めこんだ。入らないもの――観葉植物や洋服掛けなどは――処分した。ミシガン州からルイジアナ州までまっすぐ帰るつもりだ。ルート検索によると、所要時間は十八時間三十分。できればそれより早く着きたい。レジデントとしての訓練が役に立つはずだ。カフェインとアドレナリンがあれば、徹夜なんてお手の物だ。カフェインに関しては問題ない。大きな水筒にチコリコーヒーを作ってきた。アドレナリンは足りなくなるかもしれない。夜の長距離ドライブは退屈だ。インディアナ州フォート・ウェインを目指して南下。その後、西に折れてセントルイスにむかい、そこでまた南に曲がり、ミズーリ州、アーカンソー州、テネシー州、ミシシッピ州を経由してルイジアナ州に。約二千キロの退屈なドライブに備え、愛車の古いシビックのコンソールには大好きなケイジャン音楽のCDを何枚か用意した。思い切りうたいながらドライブしよう。チェルシー総合病院でのことや、この先数週間、数ヵ月のことは忘れて。

州間高速道路九十四号線への入口の手前で、やり残したことがあるのを思い出し、来た道を引き返した。

十分後、フリー・クリニックの前で車のスピードを落とした。遅かった。窓の明かりは消えている。そのまま走り過ぎようとして、クリニックの前に人が横たわっているのに気づいた。ホームレスが寝こんでいるらしい。アクセルを踏もうとして、頭の中で警報が鳴った。何かおかしい。でも、何が？　もう一度よく見てみた。酔っ払ったホームレスが、明朝クリニックが開くまで寝て待っているだけ……。次の瞬間、ミシェルは息を呑んだ。あのハイヒール、見覚えがある。いつだったか、遠くから見てあこがれた。靴だけじゃなく、はいている人の上品な雰囲気にも。

ミシェルは車を道路わきに停めると、車から飛び出し、ドアを閉めるのも忘れて駆け寄った。

43

「嘘」思わず声が出た。
倒れていたのは、ミシェルがミスをしたときに唯一味方してくれた元指導医だった。しかし、顔は滅多打ちにされ、面影はなかった。両目は腫れて閉じたまま、唇は切れて血だらけ、鼻も折れている。見ただけではそれだけしかわからない。生命徴候《ちょうこう》を調べた。胸部が上下していない。肋骨が何本か折れている。脈は触知《しょくち》できない。ミシェルは携帯電話を出し、救急にかけ、通話をスピーカー機能に換え、すぐに心臓マッサージを始めた。

ミシェルもストレッチャーに付き添い、救命士とERに到着した。ERのスタッフがほぼ総出で待っていた。泣いている者もいる。ぴくりとも動かないティナの姿にだれもが目を見開いている。すぐにジョージが出てきた。友人であり同僚であるティナを見て、殴られたようなショックを受けた。一瞬とまどい、しかしすぐに行動を開始した。ティナにかけられた保温シートをとり、「七番!」と叫ぶ。ストレッチャーが運ばれていく。サンフォードとモニク、そしてタイも大急ぎで駆けつけた。「ティナが……どういうことだ?」タイはだれにともなくいい、泣きだした。ビルとシドニーもERに飛びこんできた。ロマンティックなディナーは中止だ。「何があったの?」シドニーが叫ぶ。まもなく、だれもが自分のポジションについた。仲間の命を救おうと、チェルシー総合病院の優秀な医師たちが集まっている。自宅で連絡を受けたフーテンもすぐ病院に引き返した。そして、ティナの夫マークと娘たちを待合室に呼び、詳細を伝えた。マークの泣き声が静かな部屋中に響いた。

「大丈夫」フーテンはティナの家族に伝えた。「ティナは一命はとりとめました」しかし、容体は深刻だ。出血は多量で、頭に重傷を負った。歯も数本折れてなくなり、あごの骨も骨折している。片側の目の下の眼窩《がんか》と、肋骨も数本骨折し、腎損傷《じんそんしょう》も認められた。もっとも深刻なのは脳損傷だ。倒れたときに頭を強打した、もしくは頭を蹴られたせいで脳が腫脹している。ジョージとタイは脳腫脹を抑え、脳の回復を助けるため、昏睡療法《こんすいりょうほう》を行うことにした。ジョージがティナに麻酔薬を投与し、低体温療法のための特別な毛布をかける。タイは気持ちを落ち着かせ、手術室の準備を整え、手術に備えた。しかし、だれもが知っている。このような脳損傷は手術では治せない。ティナが自力で回復するしかない。ティナが命をとりとめるか、脳の強打による後遺症が残るのかわかるまで、数日かかるはずだ。

44

ハーディング・フーテンは深く後悔した。手術室に入る前に、タイ・ウィルソンの極秘マニュアルを借りて腹式呼吸と瞑想をすべきだったかもしれない。しかし、今回の手術は緊急だった。また、自分が手術室担当の時間帯に外科部長室で人と会う約束などしなければよかったのかもしれない。しかし、正直、話がこれほど長引くとは思っていなかったし、自分が脳外科の緊急手術に駆り出される可能性はきわめて低いはずだった。レジデントに手術をやらせればよかったのかもしれない。再度写真を確認すればよかったのかもしれない。自分でも気づかないうちにティナ・リッジウェイの件で動揺したり、ミシェル・ロビドーの解雇の件で大きなストレスを感じたりしていたのかもしれない。

イートン・レイクはフーテンの友人だ。正確には、妻同士が友人だ。ふたりは複数の同じ団体の——動物園、オペラ、アルツハイマー協会の——役員をしている。夫同士も、妻が関わっている団体の資金調達のためのパーティーで何度か顔を合わせたことがある。イートンはミシガン州の慈善事業で名を上げようと考え、そのためにまずフーテンに会いにきた。これは病院にとっては大きなチャンスだ。イートンが会社の合併や買収によって多大な財産を築いたことを知り、フーテンは驚いた。イートンはチェルシー総合病院に十五億ドル——多少の増減を含むーーの資金援助を申し出た。イートンが想像をはるかに超える財産を持っていることを知り、いつも正確なフーテンのコンパスが狂ってしまったのかもしれない。

イートンの母親もフーテンの妻の母親と同じ、アルツハイマー病の合併症で亡くなった。夫妻は現在、チェルシー総合病院に出資してアルツハイマー研究センターを作り、夫婦の両母親の名ーースーザン・レイク&デローレス・コステローーを入れた名称にしようと考えている。それだけ多額の資金があればもっと大きなことができる。パーキンソン病その他、老人に特有の神経変性疾患を含む研究センターを作れる。ひょっとしたら、フーテンはイートンの寛大な申し出に礼をいい、病院の資金調達の担当にイートンを紹介するだけで充分だったのかもしれない。連中はいつもスーツに身を包み、「寛大な余剰財産」とその他の慈善的儀式について話すのを得意としている。しかし、フーテンはそうしなかった。

ポケベルが鳴ったとき、フーテンはイートンとパーティー会場でグレンリベットとグレンフィディック（ともにスコットランド産のモルトウィスキー）の特長について話すかのように、おたがいの遺産について語っていた。フーテンの財産は何億ドルもない。むしろ微々たるものだが、やはり何かを残したいと思う。人生を終えて、自分の業績の証として何を残せるだろう？　たとえば、自身の母親の名を冠した新棟、医学界をリードする研究を進められるコンクリートとガラスでできた建物もそのひとつだ。一方、フーテンはこれまで何百人もの外科医を指導してきた。建物と違い、まったく形のない職業的子孫だが、彼らこそ自分の財産だ。自分も教え子も、どんなに細かな事もないがしろにせず、最高の外科治療を実現してきた。外科部長室から手術室にいそぐ前に、

44

それを思い出すべきだった。しかし忘れていた。自分は年寄りだし、年長なのだから、手術中の患者の容体が不安定になるたびに呼び出されるのはごめんだ、と思っていた。

郊外の高級住宅地から、ブランド物のテニスウェア姿の女性に伴われ、ひとりの男性不法滞在者がＥＲに来た。女性は節約のため、テニスの練習後に大型ホームセンターに寄り、建物の前でたむろしていた日雇い労働者の中から、この男性に仕事を頼んだ。男性ははしごにのぼって屋根の樋《とい》に詰まった落葉をとっていたところ、バランスをくずしてはしごから落ちた。仰むけに灌木《かんぼく》の上に落ち、頭を庭の敷石にぶつけて気を失った。女性は自分の車で男性をチェルシー総合病院に運んだ。距離はヘンリー・フォード病院のほうが近いが、貧困層はチェルシー総合病院にかかるものだと思っているらしい。それに、セント・ジョゼフ病院は家から近すぎる。自分が行くのはセント・ジョゼフだが、日雇い労働者はチェルシー総合病院なのだ。

手術室のＣＴスキャンは、男性の頭の片側に大きな血液の塊《かたまり》を映し出していた。信じられない。たった今、チェルシー総合病院を変貌《へんぼう》させ、うまく行けば、とりわけ痛ましい神経疾患に大きな突破口を開きうる贈り物について相談していたところだ――そこに、缶切りみたいな手術をしろ、と呼ばれた。フーテンはイートンに「ちょっと失礼」といい、自分の代わりに手術をしてくれる脳外科医をさがした。しかし十分たっても見つからなかった。

「本当に申し訳ありません。緊急手術が入ってしまいました。このままここで二十分ほど待っていてもらえませんか？　すぐ終わりますから」

「もちろん。秘書にコーヒーを一杯持ってきてもらえるでしょうか。一時間おきにカフェインがほしくなるんです。まったく」

　フーテンは外科部長室につながっている更衣室で手術室着に着替えた。早足で手術室にむかいながら、いらいらしていた。こんな簡単な手術のためにイートン・レイクを待たせなくてはならないとは。

　手術室に着くと、麻酔科医がすでに呼吸チューブを挿入し、落ち着いてゆっくり麻酔をかけていた。フーテンは画像データを一瞥《いちべつ》し、剃刀《かみそり》をつかみ、名前もわからない患者、外回り看護師によればヒスパニック系であることは確かな人物の頭部の左側の髪を剃りはじめた。今回は剃らずに手術をしている暇はない。かまわない。フーテンは看護師に消毒をするようにいい、手を洗うために手術室を出た。

　血管外科医二名が近くを通りかかった。

「フーテン先生、驚きました」

「ガイドなしでよく手術室に来られましたね」

「手術室着のときも蝶ネクタイをしているのかと思っていました」

「今はコメディー番組のときじゃないだろう？」フーテンはできるだけ穏やかにいった。相手のジョークが気に障《さわ》っていることを気取られてはいけない。手術室が異世界だというのは百も承知だ。通常の慣習や年功序列は無視される。手術室は偉大な平衡《へいこう》装置だ。上下関係は存在しない。重要なのは手術の内容と技術だけだ。

　フーテンは手早く皮膚を切り、骨をはずした。骨をはずした瞬間、嫌な予感がした。脳はまったく正常だ。出血も、腫れも、何もない。フーテンは不安になって、いそいでシャウカステンの画像を見にいった。

「写真が、裏返しじゃないか！」

「画像は通常、先生方がチェックなさいます」外回り看護師がいう。

フーテンは息遣いが荒くなり、過呼吸寸前になった。今にも血管迷走神経性失神で倒れそうだ。ありえない。外科部長が基本的な過失を犯した。反対側を開頭した。

フーテンは患者のもとに戻り、骨を戻し、閉頭を始めた。全身が震える。できるだけ早く患者の体のむきを変え、血腫《けっしゅ》を取り除かなくては。しかし、貴重な時間を無駄にしてしまった。患者の命に係わる貴重な時間を。

45

このフォルクスワーゲン・カルマンギアを、五千五百ドルの銀行小切手と引き換えに手に入れたときは、いい買い物に思えた。年代物のオープンカーに乗っていれば、女の子が寄ってくるかもしれない。ニックもそろそろガールフレンドくらい作らないと。ジョージ・ヴィラヌエヴァはそう思ったのだ。しかし今、車を後ろから押そうと構えながら、ジョージは後悔しはじめていた。

「父さんが『よし』といったらクラッチを入れ、軽くアクセルを踏め」

「わかった」ニックがいった。

ジョージはニックに車を買ってやろうと思い、すぐに『デトロイト・フリープレス』紙の案内広告に目を走らせた。「カルマンギア　一九七一年型　新品同様　走行距離わずか」幼馴染《おさななじみ》のエリック・ラミレスも赤いカルマンギアに乗っている。エリックの尻はトイレの便座より大きい。ジョージも一度借りたことがあるが、巨大ゴリラが無理やりスポーツカーに乗りこんだ感じだった。

ジョージはこの小さな車をひと目見たとたん、夢中になった。車体の色は、今ではどこの車会社も選ばない緑系。売主はルーフラインを愛おしげになでながら、「柳緑《ウィローグリーン》っていうんですよ」といった。柳というより、ジョージが子どもの頃に住んでいたアパートのキッチンの床の色に似ている。また、この車の内装はウッドパネルだった。

ジョージがこの車を買うことに決めても、売主はさらに二十分話しつづけた。座席はオリジナルのままなんです。車体のもとの色を復活させるのに、研磨剤、ポリッシャー、ワックスなんかを使って、けっこう時間がかかりましたよ、などなど。売主の家は小さな平屋で、デトロイト西部にあった。ジョージはネットで検索するまでこの町のことは知らなかった。行きはタクシーで、帰りは買った車を運転して帰った。

売主は五十代後半で、フランネルのシャツにジーンズ姿だった。厚い眼鏡の奥で時折左目がぴくっと痙攣《けいれん》する。ジョージが来るのでひげを剃ったらしいが、下あごに剃り残しがあり、少し赤くなった肌に白髪交じりのひげが一直線に残っていた。かなり愛着があるらしく、大事なペットのようにずっと車をなでていた。そんなに大切ならなぜ売る？　訊きたいくらいだが、涙ながらの説明が最低三十分は続きそうだ。こいつが泣くところなんて見たくもない。早く車を買って帰りたい。車のキーを渡したとき、ニックがどんな顔をするのか早く見たい。言い値通りの額の小切手を手渡すと、売主はしぶしぶという感じで受け取った。

ニックの反応は期待通りだった。もうすぐ十六歳の息子は、「おまえのだ」という前から車を見て目を輝かせた。もちろん、ニックは仮免許をとったばかりで、大人の同伴なしで運転することを法的に認められるまで、あと数ヵ月待たなくてはならない。ところが、今、ジョージがニックにマニュアル車の運転の仕方を教えて一時間もたたないうちに、エンジンがかからなくなった。ジョージが車を押し、ニックがクラッチペダルを放せば、車は走りだすはずだ。「少しクラッチの練習をしよう」ジョージはニックに明るくいった。

どちらが車を押し、どちらが運転席に座るかは考えるまでもなかった。最初の数回、ジョージは低いトランクに巨体を半分載せるようにして、カルマンギアを後ろから押した。ニックはクラッチをつないだが、アクセルを踏みそびれた。一、二度エンジン音がして、すぐに止まった。

そこで今度は車を押しながら、じょじょにスピードをあげて走った。ジョージは小さな車が、自分の力に屈する感覚を楽しんだ。まるで二十歳に戻り、仲間のラインマンと横一列でスレッド（アメフト用ブロック練習装置）を押しているかのようだ。スレッドの上にはいつも攻撃コーチが乗って掛け声をかけていた。アスファルトの上で、ジョージの太い脚が加速していく。ニックがクラッチをつなぎ、アクセルを踏んだ。カルマンギアが咳きこみ、一気に走りだした。

車が排気ガスを出し、ガタガタ走っていく。ところが、ジョージはいきなり左腕と胸が圧迫されたように感じた。思いがけない心臓発作の激痛に、脳がありもしないことを思った。ニックが逆走して自分をひいた。どんなフォアアームシバー（アメフトのチャージのひとつ）もこれほど苦しくはない。ゴールラインでパイルアップの下敷きになるよりつらい。ニックは後ろで起きたことなどまったく知らず、車を走らせている。ジョージはよろめき、右手の拳を握りしめたまま、うつ

45

伏せに倒れた。息子が戻ってきたのも、「父さん、起きて！」と泣き叫ぶのも、救急に必死に連絡するのも、救急隊が到着したのも聞こえなかった。救急隊はさっきまで父と子がしていたように、ジョージの心臓を再発進させようと必死だ。動かない巨体を乗せ、チェルシー総合病院に急ぐ救急車のけたたましいサイレンの音もジョージには聞こえない。そして、ＥＲで父親の死亡を告げられて泣き叫ぶ息子の声も、ジョージの耳には届かなかった。

46

ハーディング・フーテンは日課のバードウォッチングは飛ばし、午前五時に病院に直行した。外科部長室の明け渡し作業はこっそり終わらせたかったし、同僚に永遠の別れみたいな顔で挨拶されたくもなかった。全員、フーテンの突然の辞職の原因となった初歩的ミスに言及せず、その場に息苦しいほどの沈黙が漂うにきまっている。

フーテンは思った。いっそミスを指摘し、私を責め、偽善者となじってくれ。フーテンはこれまで、今回よりはるかにささいなミスを犯した若い外科医たちを叱責してきた。早朝にこっそり逃げ出すより、MMの舞台で今回のミスについて弁明したい。

顧問弁護士はフーテンに、一刻も早く身を引いてください、といった。フーテンは今や病院の足手まとい、法的に不都合な人物なのだ。フーテンも当初は今回の危機を乗り越え、外科部長を続けるつもりだったが、退くべきなのはわかっていた。なぜか今回の件はフリー・プレス紙に掲載され、AP通信でも、時給五ドルで酷使される密入国者の苦しい実情の一例として報道され、アメリカ中の知るところとなった。フーテンは自分が向上させようと尽力してきた病院の面汚しになってしまった。

しかし、トップとして最後にするべきことがある。これを聞き入れてもらえなければ、年齢差別で病院を訴えるつもりだった。スミス以下役員会はしぶしぶ承知し、フーテンはほっと胸をなでおろした。結果として、チェルシー総合病院は発展しつづける。

「これでよかったのかもしれないわ」フーテンが手術のミスについて告白すると、妻のマーサはいった。フーテンはベッドに腰かけ、カーペットを見つめ、子どものように泣いていた。マーサが肩に手をまわしたが、フーテンはそれをふりほどいた。

「生命維持装置につながれた、あの患者にも同じことがいえるか？」フーテンはいった。手術は無事終わったが、患者は目を覚まさなかった。メキシコ領事館が患者の身元を調べているが、人工呼吸器はつけたままだ。間違った側を開頭したことで、フーテンも患者も余命を奪われた。優しい言葉をかけてもらう権利はない。名声が一瞬にして消えたことに深い怒りを覚えた。自分は患者の脳の間違った側を手術しようとした外科医。それ以外のすべては脚注でしかない。なんということだ。これまで二十年以上、チェルシー総合病院の医療の質を向上させようと働いてきたのに。

フーテンはふり返らず、病院を出ていくつもりだった。マーサはここ一年くらい前から退職を勧めていた。最近マーサの知人が続けてふたり亡くなった。ひとりは心臓発作、もうひとりは卵巣がんだった。マーサは身をもって知った。自分たち夫婦があと何年元気で一緒に過ごせるか、それはだれにもわからない。

友人や同僚に別れの挨拶をする機会は後々あるだろう。おそらく、退職記念パーティーが開かれるはずだ。会場は弁護士の勧め通り、院内の宴会場ではなく、どこかのレストランになるだろう。また、慣例通り、メインエントランスにはフーテンの肖像画が飾られるはずだ。

フーテンはリモコンキーで車の鍵を開けた。電子音に驚いたのだろう。一羽のナゲキバトがしげみから飛び出し、松の低い枝めがけて笛のような羽音を立てて飛んでいった。

病院に車を走らせながら、フーテンは〈病院を往復するのはこれで最後だ〉と思った。道のりが新鮮に感じられた。途中、法律事務所が目に入った。古いビクトリア朝様式の建物だ。看板に『オブライエン&シア』と書いてある。前からここにあったのか？ いつも病院のことばかり考えて運転していたから気づかなかった。これを前むきにとらえることにしよう。ひとつ扉が閉じると、べつの扉が開くのだ。

病院に着くと、外科部長室の前に組み立て前の段ボール箱が積まれていた。フーテンは作業を始めた。額入りの絵画、免状、学位記、勲章、置物などを詰めていく。日本の大阪大学で講演したときに贈られた飾り物の箸や、中国で入手した仏像、マックス・プランク研究所のカンファレンス後にドイツで買ったビアマグもあった。マーク・ロスコの『無題』を見つめる。神秘的な作品だが、フーテンなりの解釈がある。黒い背景に浮かぶ灰色の長方形。自分は今までずっと、人々を包む闇から守られ、この小さな、ほの明るい灰色の箱の中で生きてきた。と同時に、自分もいつ闇から灰色の箱をのぞきこむことになるかわからないと覚悟しつつ、灰色の箱の中にいられるよう努力してきた。しかし、結局はいられなかった。黒と灰色が逆転した。

フーテンは次にショウジョウトキに目をやった。ようやくマーサとともに南アメリカに旅行して、この貴重な鳥をさがすときが来たのかもしれない。「いい人には悪いことが起こる」ひと

46

りつぶやく。チェルシー総合病院で働く人々が、今回の初歩的ミスから学び、同じような過ちが二度と起きないよう願うばかりだ。外科部長の職から即座に追われたとはいえ、フーテンはやはりつねに教育者だった。

数十年にわたる記念の品を片づけるのがこんなに簡単だったとは。荷造りは七時前に終わった。偶然通りかかったかのように、J・J・ジェロームが外科部長室に顔を出した。

「フーテン先生、おはようございます。段ボール箱を運ぶのをお手伝いしましょうか?」

「ありがとう、助かるよ」

ジェロームは台車を押してきて、次々に箱を載せた。あとひとつが載らない。

「とりあえず一度運んで、また取りにきます」

「いや、私が運ぶ」

フーテンはしゃがんで箱を持ち上げ、入り口にむかった。ジェロームも後からついてきたが、途中で足を止めた。

「フーテン先生、もうひとつお忘れです」

フーテンはふり返った。デスクの後ろの壁に、フーテンとシドニー・サクセナを写した写真がある。ふたりとも笑顔で、両手を前でそろえて立っている。三、四年前、フーテンがシドニーにジュリアン・T・ホフ優秀若手教授賞を授与したときの記念写真だ。

「いや、あれは置いていく。間違って捨てられたりしないよう気をつけてくれ」

「わかりました」

フーテンはまた入り口にむかった。

ジョージ・ヴィラヌエヴァの葬儀は本人の体格さながらに大きかった。参列者にはその豊かな人生が反映されていた。昔の隣人はデトロイトの町から、長年の重労働でやつれ、頰がこけた褐色の中年男女が数名。アメフト時代の仲間からは、大柄の男性四名。全員膝を悪くし、サイズが合わなくなったジャケットを着ている。ブルームフィールドヒルズからは元妻と近所の男女数名。かつて自分の息子たちがジョージとキャッチボールをしているのを家の窓から見ていた人々だ。現住所の近隣からはバーテンダーのスープ・キャンベルとオライリーズの常連客数名。そして、チェルシー総合病院からは医師、看護師、ヘルパー、駐車場職員。ジョージはその圧倒的な存在感で、院内のほぼ全員に大きな影響を与えたようだ。

シドニーはビル・マクマナスと並んで座っている。イヤソノ医師は妻と、スマイズ医師は同僚医師とともに参列した。スン・パクは妻、子ども三人と後ろの席に、タイ・ウィルソンは数列目にひとりで座っている。

ティナ・リッジウェイにとってジョージが亡くなったというニュースは特にショックだった。ティナはまだ入院中だ。治療のための昏睡状態からは脱した。脳は正常だったが、鎮静剤は続けて投与されている。鎮静剤でぼんやりした頭で、ティナはこう思っていた。私の人生の規範だったすべてが壊れていく。

ニックは最前列に母親と並んで座っている。目を泣きはらし、うつむいている。何より、父

46

親が亡くなったのは自分の責任だと思っていた。もし、一度目で車を発進できていたら。もし、車はまだいいよ、と断っていたら。「もし」はつきない。母親、つまりジョージの元妻リサは、あの人は歩く時限爆弾みたいなものだったのよ、とニックをなぐさめた。いつかはこうなったの、と。「あの人らしいわ」リサは息子にそういいながら、元夫の情熱にあふれた生き方を思い、交際中の気取った弁護士とは別れる決心をした。

司祭が永遠の救いについて短く話し、参列者が『アメイジング・グレイス』をうたった。次に、ジョージがレジデントだったときの指導医ナンシー・レイドが演台の前に立った。小柄でいかにも学者らしく、ジョージとは対照的だ。マイクをぐっとさげる。背が低くて参列者には頭の上のほうしか見えない。レイドは涙をこらえて数回咳払いし、「ホルヘは私の友人でした」と始めた。「完璧な人間ではありませんでした。ですが、思いやりのある、正直な人でした」レイドは演台から前に出た。「彼がいなくなる日が来るなんて、思ってもいませんでした。ですが、こんなふうに自分の好きなことをして、だれかの人生を楽しく幸せにするために全力を尽くして、ジョージらしい終わり方だった気もします」

レイドはニックに優しくほほ笑んだ。ニックは涙をぬぐった。「最初、元プロアメフト選手から『人を治療したい』といわれたときは、いぶかしく思いました。でっかいだけのスポーツ選手に医学の何がわかるの?と思ったのです。ところが、私は間違っていました」参列者から笑いが起こる。「ここにいらっしゃるチェルシー総合病院のスタッフの皆さんはご存じだと思いますが、ジョージがそばにいると、だれもがなぜか『良く』なります。患者さんの回復は早くなり、医師のレベルは向上します。これがジョージの魔法です。ジョージは自分が優れた医師になるだけでは足らず、まわりの人たちも自らと同じ高い理想を目指すことを願っていました。そのため、あえて相手に揺さぶりをかけることもありました」大勢がうなずく。「意外に思われるかもしれませんが、私が指導医として見てきた中でもっとも才能ある臨床医でした。彼には、どれだけ診断器具を集めてもかなわないくらい正確に病名をいい当てる眼がありました。それだけではありません。ときに言葉が乱暴なこともありましたが、私が知る中でもっとも尊敬すべき人物です。彼はつねに正義の人でした。さようなら、私の大切な友であり、教え子であったジョージ。早すぎるお別れです」

次に、ジョージのチームメイトが足を引きずりながら演台の前に立った。ビック・ウォーレンという名の元ＮＦＬタックル（アメフトで左右のガードとエンドの間に配置されるラインマン）選手だ。今はもう胸より腹が出ている。角刈りの頭をなで、演台につかまって体を支えながら、ジョージが新人だったときの思い出話をした。ＮＦＬでは新人はつねにこき使われる。ベテラン選手のプレーブックを運んだり、腕立て伏せをしたり、先輩の使い走りをしたりしなくてはならない。ときには悪質ないじめもある。ライオンズのベテラン白人選手の中には、人種差別的発言でわざとジョージを怒らせようとした者もいた。

「ここは教会ですから、具体的にいうのはやめておきます」ウォーレンはいった。「そのほかに、新人は食堂で自分の大学の応援歌をうたわされることがありました。お断りしておきますが、これはヒップホップやラップその他、クソみたいな音楽が出てくるずっと前の話です」ウォー

46

レンは〈しまった〉という顔で司祭を見た。「すみません」

「ジョージはだれより応援歌に執着していました。一度練習場に行ったら、ジョージのまわりにベテラン選手が集まっていたことがありました。ジョージに腕立て伏せをさせ、まわりで野次を飛ばしていました。ジョージは大声でミシガンの応援歌をうたいながら、腕立て伏せを二百回したんです。先輩の命令は百回でしたが、ジョージは『そんなのちょろいぜ』と示したかった」ウォーレンは一瞬言葉を切った。「ひょっとしたら、おれは自分の出身を誇りに思っているんだ、からかうのはやめてくれ、といいたかったのかもしれません」ウォーレンは目にいっぱい涙を浮かべている。「ジョージはそういうやつでした」

ニックが顔をあげてウォーレンを見た。しかしすぐに涙があふれ、両手で顔をおおってうつむいた。

ウォーレンの次はフーテンだった。フーテンが突然病院を去って以来、その姿を見るのは初めてという病院スタッフがほとんどだ。フーテンはトレードマークの蝶ネクタイを締め、しゃんと立っている。

「人をどんな物差しで測ればいいでしょう？」フーテンがいった。参列者を見渡し、ＭＭで外科的判断を求めるときと同じように答えを待つ。

シドニーは思った。フーテンは自らにたずねているのではないか。外科部長としての経歴に初歩的なミスでピリオドを打つなんて、こんなに気の毒なことはない。しかも、本人が普段から院内で起こらないよう必死で取り組んできた類のミスだ。

タイはふと、若くして亡くなったクイン・マクダニエルと自分の兄のことを、次に自分のことを思った。自分を測る物差しは、自分で決めた目標と、それにそそいだ努力だけだ。タイはつねに患者の家族を自分の家族同様に考え、また、外科医としての技術を高めようと努力してきた。

「ジョージ・ヴィラヌエヴァ君は貪欲《どんよく》な人でした」フーテンは続けた。「皆さんがご存じの通りです。人生をむさぼり、仕事に全体重をささげ、まわりにもそれを要求しました」数人がくすっと笑う。

「彼については、私より皆さんのほうがずっとよくご存じでしょう。ひとりひとり順番にお話しいただきたいくらいです。中には教会ではご遠慮いただきたいお話もあるかもしれませんが」参列者から笑いが起こった。悲しみから少し解放された。フーテンは笑い声がやむのを待った。

「ジョージ・ヴィラヌエヴァ君にはもうひとつ、秀でた点がありました。つねに最高の医師でした。私が今まで一緒に仕事をしたどの医師にも増して、最善の治療を妨げるいかなる事も、何者も、許しませんでした」フーテンはまた言葉を切った。白人至上主義の患者の事を思い出したのだ。あの件は例外だった。ジョージは先入観に――正当な見方ではあったが――邪魔された。フーテンは満員の教会を見渡した。

「彼は患者がだれでも同じでした。通りをふらついていたホームレスでも、町の偉い人でも。現代医学が提供しうる最高の治療を患者に与えること、それに情熱をそそいでいました。彼は――明けても暮れても――理想を実現させた、とても稀な医師です。ここにいる皆さんにお願いします。ジョージ・ヴィラヌエヴァ君を称えてください。そして、ご自分の理想の実現のために最善を尽くしてください」

参列者はさらにいくつか聖歌をうたい、そして、オルガン奏者が悲しげな退場の曲を奏でた。参列者は明るい日差しに目をしばたたかせながら、教会を後にした。

車で病院に戻っても、巨大駐車場に車を入れても、もっとも古い病棟への渡り廊下を歩いても、患者、患者の家族、清掃員、医師、事務員でごった返す廊下を歩いても、チェルシー総合病院に外見上の変化は何もない。

足を骨折してＥＲに来た患者も、生まれたばかりの孫の病室はどこか受付に訊きにいこうとする者も、いつまでも続く咳が肺がんの症状かどうか検査するために放射線科にむかう患者も、変化にまったく気づかない。チェルシー総合病院は平常通り病院スタッフと患者を呑みこみ、病院スタッフと回復した患者および亡くなった患者を吐き出す。

ジョージの葬儀に参列した医師、看護師、その他は、再び病院に足を踏み入れながら虚無感を味わった。ジョージの圧倒的で、愉快で、不思議な存在感に癒され、教えられ、笑わせられることは二度とない。それぞれ自分の仕事場に戻り、カルテをチェックしたり、患者を診察したり、心電図モニターを見つめたりしていたが、どこか活気がなかった。この虚無感は時とともに薄れ、ジョージに関する記憶も色あせていくだろう。ジョージを懐かしむことは少なくなり、名前も話題にあがらなくなる。思い出という箱に、巨大な手術室着を着た天才医師としてしまわれる。

病院のだれかが葬儀に参列できない医師、看護師、技師のためにビデオを撮っていた。シドニーが持ってきたポータブルＤＶＤプレーヤーでそれを見たティナは、フーテンの言葉に感銘を受けた。ティナは「理想の実現、理想の実現、理想の実現」と、呪文のようにくり返した。ひと言ひと言が挑戦状のように宙を漂う。ティナは個人としても医師としても、理想を実現させたことはなかった。突然、まわりがどう思おうと、何をしなくてはならないかわかった。


チェルシー総合病院最高の天性のアスリート、タイ・ウィルソンは手術棟の廊下を歩いていた。手洗い場で手を洗いはじめたが、不安に襲われることはない。「理想の実現」と口に出していってみる。理想どころか、自分はただの人間にすぎない。医学は人間の業。ミスは避けられない。それはどの医師も同じだ。間違いは予告なくやって来る。白昼堂々と、自信過剰、プライド、無知、頑固の影に隠れてやって来る。不注意、注意散漫、疲労の裏に隠れてやって来る。医療過誤はつねにどこかで、その瞬間を、人間の脆《もろ》さを待ちぶせしている。

クイン・マクダニエルが亡くなった後、タイは少年の命を奪ったミスの許しを求めていた。許されればすべて解決すると思っていた。クインの母親や病院スタッフから許しをもらうことができたら、それを第一歩としてミスは帳消しになると思っていた。

しかし実際は、許しよりも自分の名誉を回復したかったのだ。自分がしたことを贖《あがな》う何かをしたかった。頭のどこかでは、そんなの不可能だ、とわかっていた。だから凍りついた。不安

46

に呑まれた。どんなに努力しても、してしまったことをなかったことにはできない。タイに――いや、すべての人に――できることは、間違いから学び、前に進むこと――その過程で医師として成長し、願わくば、まわりの医師もそうなるよう指導することだ。

スン・パクはポーチの椅子に腰かけ、パットにジョージの思い出話をしていた。先日のふたりきりのディナー以来、めったに大声で笑わなかったパットが、毎日のように笑うようになった。「ジョージは中華料理の食べ放題に行った」スンはいった。「いつまでも食べるので、厨房からオーナーが出てきて、ジョージを蹴飛ばしてレストランから追い出した」ふたりとも笑いだした。「ところがジョージはただ者じゃなかった。そのレストランに行くたびに店の中を見渡し、全然知らない人たち、少なくとも一グループ分の食事代を支払った」パットはほほ笑んだ。

「私、あなたの妻で本当に良かったと思うわ。そんな素敵なお友だちがいて」

シドニーは新たな自室となった外科部長室に入った。フーテンが残していった写真に気づき、手に取り、埃を払う。写真のフーテンを見つめ、つぶやいた。先生、ありがとうございました。御恩は忘れません。

47

シドニー・サクセナは、自分がこの病院に勤務する前からハーディング・フーテンが使っていた椅子に腰かけた。クリーム色の壁には何もなく、以前は額入りの写真が掛かっていたところに釘の穴が残っているだけ。そのひとつひとつがフーテンの個人および医師としての人生の足跡だ。チーフレジデントのフーテン、チェルシー総合病院を訪れたクリントン大統領と並んだフーテン、高校の卒業式で黒いガウンと帽子を身につけた息子の横に立つフーテン、等々。額があったところは、陰になっていたせいで壁紙の色がわずかに明るい。なんだか不気味だ。両側の壁に残る長方形の跡は、まるでフーテンの経歴の亡霊のようだ。シドニーはふと思い出した。原爆が投下されたとき、壁には蒸発した犠牲者の影だけが残ったとか。

椅子に腰かけたシドニーに、フーテンの影がのしかかる。シドニーはフーテンに心酔していた。最初に同僚からフーテンの初歩的なミスのことを聞いたときは、耳を疑った。冗談、もしくは悪意のある噂だと思った。あれほど高い理念を持つ人がそんな愚かな間違いはしない、するはずがない。しかし事実だった。今回のことはシドニーだけでなく、全外科医に対する警鐘だ。だれもが誤りを免れられない。偉大なハーディング・フーテンでさえ。

シドニーが外科部長室に着くと、中で施設課の人たちがデスクの鍵を新しいものに換えていた。彼らは小さな丸いキーリングにつけた真新しい鍵を二本と、カラーチャートをシドニーに手渡し、「壁の色を決めたら教えてください。すぐに塗り替えますから」といって出ていった。シドニーは自分が裏切り者、ハーディング・フーテン教の背教者になった気がした。外科部長フーテンの失墜《しっつい》を聞いて驚いた以上に、自分が後任者に選ばれたことにあぜんとした。

その日は驚きの連続だった。なんとなく、誕生日限定で訪れる公園に立ち寄り、そして大人になって初めて、子どもがほしいと切実に思った。これはフーテンの後任者に指名されたこと以上に衝撃的だった。正直、外科部長は憧れの職だった。将来の夢として、それを目標に努力していた。ただ、現実になるにはあと十年は待たなくてはならないだろうと思っていた。一方、子どもがほしいなんて、まったく予想外だ。しかし、幸せそうな母子を見ているうちに、自分もそれを求めているのがわかった。気づいたら、公園のベンチに座り、子どもが新しいことを覚えれば喜び、転べばなぐさめ、お腹が空けばおやつを与える自分の姿を思い描いていた。ふと、そんな生活も悪くないと思った。

そして、ビル・マクマナスのことが頭に浮かんだ。父親は彼？　そのとき、だれかが小さくドアをノックした。

「耳が火照《ほて》ったんでしょ？　ちょうど今、あなたのこと考えていたのよ」

「本当？　そっちこそ、耳治療の話をしたいんだと思ってたんだけどな」

「『内科アーカイブス（権威のある内科の雑誌）』で読んだことを全部鵜呑みにしちゃだめよ」

「耳鳴りの外科的解決法、あるんじゃない？　耳を切除するとか」

「おもしろいわね」

「話がそれちゃった。今晩、お祝いディナーしないか？　僕の家で」

「いいわね」シドニーは内心、〈僕の家で〉とくり返した。ふたりの関係は次の段階に移ろうとしている。シドニーはそれを期待していた。

ビルが出ていきかけ、シドニーのデスクのむこうの写真を指さした。シドニーがフーテンと並んで写っている写真だ。ふたりとも双子のように同じポーズだ。

「その写真、どうしたの？」

「さあ」

「フーテン先生がわざと残していったみたいだね」

「かもね。でも、役員会が私を指名すると確信していたはずないのに」

チェルシー総合病院の新時代が始まった。シドニーはパソコンに「脳外傷に対し間違った側を開頭する危険性」と打ちこんだ。そして、ポケベルサービスセンターに連絡し、外科の全医師にメッセージを送った。

〈３１１・６〉と。


今日は木曜日だが、スン・パクは外来をレジデントにまかせ、一日仕事を休むことにした。化学療法で過度に疲れているわけでも、吐き気がするわけでもない。ただ家にいたいだけだ。娘たちが冬休みで家にいるので、今日は一緒に過ごしたいと思った。十二月だというのに気温

47

は二十度を超え、娘たちは小さな裏庭でフラフープをして遊んでいる。色鮮やかなフラフープが、細い腰でいつまでも回りつづけるのを、スンは驚きのまなざしで見つめた。

キッチンの窓から父親が見ていることに気づき、娘たちがにっこり笑った。

「お父さん、見てて！」ふたりがいう。

一ヵ月ほど前なら、時間があるのなら勉強しなさい、と注意したかもしれない。読書とかバイオリンやチェロの練習など、人生の糧《かて》になること、将来のためになることをしなさいと。それが今、オレンジジュースの入ったコップを手に外に出て、デッキチェアに座り、娘たちをながめている。

二歳の息子も出てきて、四歳の次女、ナタリーがまわしているフラフープに手を伸ばした。ナタリーはまわすのをやめ、フラフープを弟に渡した。弟は受け取ったはいいがきょとんとしている。ナタリーは頭からくぐらせてやった。

「こうやるの」長女のエミリーがやり方を見せた。弟もまわそうとしたがうまくいかない。ふたりの姉が笑う。弟はもう一度まわそうとしたが、また失敗した。

ナタリーが手伝うことにした。「いい？」ナタリーがいった。弟の表情は真剣そのものだ。「まわして！」ナタリーは最初のきっかけを作った。弟は必死で腰をふったが、フラフープは落ちた。

「できた！」弟がいう。「できた！」

子どもたちを見ていてスンは思った。人生には予期せぬこともある。例えば、脳腫瘍。例えば、暖かな十二月の日に外で遊ぶうちの子どもたち。どちらも学ぶと同時に、味わい深い経験となった。

スンは頭をそらし、日差しを顔に浴びた。頭に英語学習テープの声がよみがえる。〈savor：味わい、楽しむこと〉

ティナの計算によると、まずは約二十四時間のドライブが待っている。チェルシー総合病院ですべてが間違ってしまった経緯を考えるための時間は、その後、一生分ある。K・C・ルビーに瀕死の重傷を負わされてから約四ヵ月。KCは同じ晩に自分のガールフレンド――ジョージ・ヴィラヌエヴァが息子の前で助けた女性だ――にも暴行を加えていた。

脳モニター、利尿薬、人工呼吸器に加え、数ヵ月の認知機能と身体機能のリハビリテーションのおかげで、ティナはようやく以前の五十パーセントの状態まで回復した。その間、いろいろ考える時間ができた。そして、いくつか大きな決断をした。

まず、祖父と同じように、バーモント州にある小さな診療所で仕事を続けることにした。ティナの父親も今は「引退して」、そうしている。

計画としては、基本料金五十ドルの往診診療を始めるつもりだった。そうすれば山のようなペーパーワークからも、請求書からも、保険会社からも解放される。保険会社などいつも医師の手元をのぞきこみ、一時間に何人患者を診ればいいか計算したり、医師に対しあれをしろ、これはするなと忠告したり、うるさいばかりだ。また、バーモント州は「自然豊かなユートピ

47

ア」として評判が高い一方、住民にはその日暮らしで、保険に入っていない人も多い。こういった自営業・日雇い労働者・非正規雇用労働者にも基本的医療を受けられる場所が必要だ。また分娩の手助けができる。そう思ったら胸が躍った。医学生だったときの実習では産科にも行った。新たな生命が、産声と共にこの世界に生まれる瞬間の興奮は、忘れられない。

車はハイウェイに入った。今頃、同僚たちのコルチゾール（副腎皮質から産生されるステロイドホルモン。ストレスに反応して増加する）レベルはじょじょにあがっているにちがいない。この数ヵ月、ティナも病院に足を踏み入れるたびにそうだった。医学部に入るための競争、もっとも影響力のある教授から最高の評価や成績をもらうための競争、少しでも優れた病院で研修するための競争、最高の奨学金を手に入れるための競争、研修病院の職を得るための競争、科のトップになるための競争。つねに相手を欺き、押しのけ、少しでも先に出ようとしていた。野望、駆け引き、自負ばかりだった。ティナはつねに仲間と競争し、そして多くの場合勝ってきた。でも、その間、医師としての仕事は？

祖父いわく、「癒しの技」は？

車は今、未来にむかい、州間高速道路を時速百二十キロで走っている。

ふと心配になった。私の思い描く医師像は理想にすぎないのかもしれない。祖父や父を町の偉大な知と徳の源とみなしていた子どもの、甘ったるい満足感が生み出した理想にすぎないのかもしれない。もしかしたら、祖父も父も医師として働く中で大きな失望を経験したり、理想と違うと思ったりしたことがあっただろうか？　なかったはずだ。祖父や父はつねに医者という職業は気高いといっていた。

祖父と父は自宅でも難しい症例を話題にし、考えうる診断や治療法について意見をかわすことが多かった。祖父がバイオレットという年配の女性の患者の診察をしたときの話は今でもよく覚えている。ティナは当時九歳で、夏休みの七月をバーモント州で過ごしていた。ティナはバイオレットという名が大好きで、大人になったら改名しようと思っていたくらいだったので、この患者のことが気になってしかたなかった。バイオレットは関節と筋肉の痛みを訴えた。最初、祖父は線維筋痛症《せんいきんつうしょう》だと思った。温湿布と運動を勧めたが、バイオレットは普段からどこに行くにも自分の足で歩いていた。痛みは続いた。ある日、祖父がにこにこしながら帰ってきた。

「ティナは今までお父さんやお母さんに罰として肝油を飲まされたことはあるかな？」

「カンユ？　ない」

「昔、父さんに飲ませたものだ。親のいうことを聞かなかった罰で」

「おじいちゃんが？」

「肝油ってのは、すごくまずいんだ」

「うん、すごくまずそう」

「今日、バイオレットに肝油を飲ませた」

「いうこと聞かなかったから？」

祖父は大声で笑った。「いやいや。病気を治すためだ。どうなったと思う？　じつは、痛みが引いてきたんだ。あちこち痛いのはビタミンＤ不足のせいだったらしい」

この年配の女性患者の関節および筋肉痛の原因をつき止め、祖父は誇らしげだった。そして、

47

単純な方法で治療できたのでいっそう嬉しかった――嬉しすぎて、九歳の孫に話さずにいられなかった。ティナの同僚は患者とは無関係の話ばかりだ。諸経費削減や、メディケア（六十五歳以上の老人や身体障害者などに対する政府の医療保険制度）返済率や、不動産投資が話題になると生き生きと話しだす。

エリー湖の南側を走りながら、また決心が揺らいできた。ミシガン州の家を出る前、ティナはマークと円満に別れることで同意した。非情な戦術を使い、法外な報酬を要求する弁護士なしで。三女のアシュリーはティナが引き取り、上のふたりは学校があるときはミシガン州で父親と、夏休みはバーモントでティナと一緒に暮らすことになった。長女と次女には少し大変かもしれないが、両親がけんかばかりの――それどころか、お互いにまったく無関心の――家で暮らすほうがつらいはずだ。

後部座席から悲鳴が聞こえた。アシュリーが頭をのけぞらせている。ティナがカーラジオのスイッチを入れると、アシュリーは喜んでトレイに頭をぶつけだした。アシュリーは手間がかかるけれど、大丈夫。これは罪の償《つぐな》いではなく、天からの贈り物だ。ちゃんとやれるはずだ。正直なところ、これまで自分が負うべき責任の対象でしかなかったアシュリーとつながりができるのが楽しみでもあった。

ティナが電話で今後について話すと、父親は穏やかに受け止めた。娘が戻ってくるのは嬉しいはずだ。しかし、ティナはアシュリーを連れて戻るが、マークと上の娘ふたりはミシガンに残る。そう聞いてしばらく黙りこんだ。ティナの両親は、数年前母親が乳がんで亡くなるまで四十二年間連れ添った。ふたりは強い愛で結ばれているだけでなく、つねにお互いに誠実だった。ティナの父親は自分の両親に対してもそうだった。ティナに対しても、ティナの兄に対しても。兄は祖父と父がのぼった階段を踏み外した後、一度アルコールとドラッグに溺れたが、今はバーモント州の自転車屋で働いている。

車はオハイオ州境に近づいている。〈あといくつ州を通過する?〉数える前に、ふと思った。私は今、故郷にむかっている。自分のルーツに、自分の生まれた場所に、家族のもとに。そこには昔の私が待っている。

48

葬儀から十三ヵ月たった今も、ERにはもの悲しい空気が漂っていた。ジョージ・ヴィラヌエヴァのスツールに腰かけているのは、イヤソノことカウフマン医師。まわりを医師が行き交い、頭蓋骨骨折の患者、足を捻挫《ねんざ》した患者、原因不明の発疹《はっしん》を訴える患者、錯乱状態の精神病患者、発熱した子ども、吐き気をもよおした女性などを診察している。カウフマンは思った。ERの沈んだ雰囲気を払拭《ふっしょく》するために、自分もジョージのように大声で乱暴な言葉や皮肉、診断を叫びながらERを歩きまわるべきだろうか。しかし、自分には特大サイズの白衣が合わないのと同じで、この雰囲気を消し去ることはできない。

後ろで無線に連絡が入った。カウフマンは耳を疑い、到着直前の救急ヘリの救命士に聞き直した。カウフマンは真っ青になった。

「いや、その、ウィルソン先生のポケベルに連絡してください」カウフマンはいった。「ウィルソン先生でも括約筋《かつやくきん》が緩むかもしれない症例だ」

ポケベルが鳴ったとき、タイ・ウィルソンは仮眠室で足を組み、背筋を伸ばして座っていた。明かりは消し、目は閉じている。鼻から大きく息を吸い、一度止め、口からゆっくり吐く。またポケベルが鳴った。タイはもう一度長く、ゆっくり呼吸をし、そして立ちあがった。ポケベルを見る。〈イヤソノ先生がお呼びです。至急お願いします〉タイはERに返事を返すと白衣をつかみ、階段を一段飛ばしであがり、屋上にむかった。外傷性環椎後頭関節脱臼《がいしょうせいかんついこうとうかんせつだっきゅう》は初めてだ。このように内部で首が切断されると、ほとんどの場合死に至る。脊柱《せきちゅう》と脳幹の連結が絶たれると、まもなく呼吸が停止する。絞首刑執行人は昔から、この単純な方程式に従ってきた。

救急ヘリで運ばれてきた十代の患者は、信じられないくらい幸運だった。まず、事の発端である四輪バギーの事故で命をとりとめた。そして無事、病院に到着した。患者は父親と兄により、自家用小型トラックの荷台にそっと載せられた。その過程でよく不運が起こらなかったものだ。家族は患者が横になりやすいよう、頭に枕をあてた。もし救急車を呼び、救命士がストレッチャーに載せていたら、患者は助からなかったかもしれない。頸部脊椎《けいぶせきつい》を通常よりまっすぐにしようとしただけで、致命的だったかもしれない。郡立病院から救急ヘリで運ばれる間、患者の頭には砂袋があててあった。

タイは携帯電話で、CTスキャンを撮った放射線科医と話をした。

「超ラッキーな患者だ」放射線科医がいった。「今CTをメールで転送する。事故で亜脱臼《あだっきゅう》したらしい。ER到着後すぐにCTをとったら、頭蓋椎骨接合部分にくも膜下出血があった。外《A》傷性環《O》椎後頭関《D》節脱臼だ」

「ありがとう」タイはいった。「到着《D》時すで《O》に死亡《A》よりはるかにいい」

「確かにな！」放射線科医がいった。「けど、けっこう不気味だぜ。首がかろうじてつながっているだけだ」

48

「いろいろありがとう」タイは屋上に出た。ヘリコプターの音が近づいてくる。鼻から大きく息を吸い、ゆっくり口から吐く。

ヘリコプターが見えてきた。風にあおられながら、ゆっくり屋上におりてくる。エンジンとプロペラの音が小さなヘリポートに響きわたる。プロペラの後方に生じる高速気流がタイや、屋上にあがってきたＥＲ看護師たちに吹きつける。

タイはすべきことをリストアップした。まずＣＴの再検査と、頭蓋から頸椎のＭＲＩの撮影。一度状態を確認しておきたい。

それからハローベストで患者の頭を完全に固定。少しでも動かしたら命が危ない。その後手術室に運び、頭蓋頸椎固定術を行う。

脳外科のスタッフ医師がもうひとりいれば助かるが、今は自分だけだ。フーテンもティナも辞め、スン・パクは療養中だ。ここ数年チェルシー総合病院の脳外科を背負っていた名医が、この数ヵ月で次々にいなくなった。

しかし、クイン・マクダニエルの症例から教わった。自分は孤島ではない。ローン・レンジャー（米国西部劇の主人公）ではない。手助けを呼ぼう。タイはチーフレジデントのマック・ライアンのポケベルを鳴らし、いちばん優秀なシニアレジデントをよこすようたのんだ。

「今回の手術は非常に珍しいケースになる」タイはいった。「検査データのチェックは入念に。とくに凝固機能は忘れずに」タイがいうところの「クインのプロトコル」だ。

子どもの頃、偉大なバスケットボール選手ビル・ラッセルの本を読んで感動し、それ以来ほかのスポーツ選手の本はあまり読んでいない。ラッセルが、偉大な選手は試合時間終了間際にボールを持ちたがらない、というのを読んで驚いた。最後のシュートの前のタイムアウト中、弱気になってコーチにボディランゲージで伝える。おれにボールは回さないでくれ。今のタイは、ボールがほしかった。この患者の手術がしたかった。と同時に、自分がチームの一員であることも認識していた。アリストテレスはいった。ひとりで生きられるのは野獣か神だけだと。手術室の中でも、人生でも、ひとりでは何もできない。

タイは手術室着に着替え、さっそうと手術室に入り、手術用ルーペをかけ、器械出しの看護師にいった。「メス」

謝辞

ボブ・バーネットは私の顧問弁護士であり友人でもある。彼のおかげで私の作家としての経歴が現実になった。彼のような相談役がいることを光栄に思う。ジャミー・ラーブはグランド・セントラル・パブリッシング社の社長であり、私の作品を出版することを快諾してくれた。心よりお礼申し上げる。編集者デブ・ファターには編集作業でお世話になった。私に締切を守らせるとともに、いつも明るく励ましてくれたことに、感謝申し上げる。ダイアン・チョウイは際限なく続く作業が順調に進むようはからってくれた。また、大勢の編集者の皆さんにもお礼をいいたい。彼らは英文指南書の古典ともいえる*The Elements of Style*の内容を、想像を越えるレベルで私の作品に反映させてくれた。

ダン・バロウはエモリー大学病院の脳外科科長である。彼は私の医師人生におけるボスであり、友人でもある。いつも相談にのっていただき、また、指導していただき、感謝している。この作品が、これまで私たちが論じてきた医学および外科の伝統を継承していることを願っている。

疲れ知らずのロニ・セリグはわれわれＣＮＮ医学班のリーダーであり、数十人のプロデューサーからなる、恐ろしく創造的かつ多忙なチームを引っ張っている。そんな中、つねに私をサポートし、励ましてくれる。彼女に話を聞いてもらい、そのおかげで考えがまとまることも多い。心から感謝している。

そして最後に、だれよりも、私の友人であり作家仲間でもあるデイヴィッド・マーティンにお礼をいいたい。数十年来、デイヴィッドは私の理想の作家だ。正直、この作品も、私がこれまで手掛けてきた多くのテレビ企画も、彼がいなかったら実現しなかった。デイヴィッド、本当にありがとう。

訳者あとがき

サンジェイ・グプタの『マンデー・モーニング』（原題、*Monday Mornings*）は二〇一二年にアメリカで出版されると同時に大きな評判を呼んだ。

舞台は米国ミシガン州にある架空の病院、チェルシー総合病院。脳外科、心臓外科をはじめとする優秀な医師がそろっている。同院は研修病院でもあり、スタッフ医師はレジデント（研修医）を指導しつつ日常の業務にあたっている。医療現場において、医師はつねに患者の健康・回復・利益を最優先に治療にあたっているが、いつ何が起こるかわからない。

冒頭、救命救急センター《ER》にすすだらけの救命士がストレッチャーを押して飛びこんでくる。「自殺未遂のようです。単独で電柱に突っこみました」という救命士の声。「ブレーキをかけたタイヤ跡はなく、速度を落とした形跡もありませんでした」という説明が続く。ところがERのチーフのジョージ・ヴィラヌエヴァの見立ては違った。というのは……。

最初から速いテンポで物語が展開する。鍛え抜かれた頭脳と技術を備えた医師たちが、様々な困難に立ちむかい、人命を救うドラマはじつにスリリングで感動的だ。

しかし、手術が思い通りにいかないこともあれば、術後に合併症が生じることもある。また医師とはいえ体調のすぐれないときもある。さらに、どれほど優秀で健康な医師であっても不測の事態を避けられないこともある。また過失もないわけではない。

事故や過誤が生じたとき、チェルシー総合病院では外科系の全医師を集め、月曜日の早朝に医療過誤検討会（原文ではMorbidity and Mortality。Monday Morningsの頭文字と重なり、本文中ではＭＭ／Ｍ＆Ｍと略されている）が開かれる。問題となる事例を担当した医師は同僚たちの前で、患者の症状や経過、診療内容や手術の詳細などについて包み隠さず報告させられる。原因を究明し、本人はもとより、集まった外科系各科の医師全員の、今後の教訓として生かすためだ。

『マンデー・モーニング』がほかの医学、医療小説とひと味違うのは、この会議を設定したところだろう。これは文中で「だれかをいけにえにして喜ぶ会」とか「コロシアム」と呼ばれているように、舞台に立たされた者にとっては、ときには医師生命を脅かすことさえある過酷な会議だが、同時に、チェルシー総合病院の外科医の技術・質を向上させる何よりの原動力となっているのだ。

本書ではＭＭの場面を中心に、病院という医療現場をリアルに描くとともに、そこで働く医師たちの素顔や日常生活も写し取っていく。

ＥＲを取り仕切る外傷外科科長のジョージ・ヴィラヌエヴァ（体重一六〇キロ、元アメフトの選手）、優秀な脳外科医のタイ・ウィルソン、三人の娘を育てながら働く脳外科医のティナ・リッジウェイ、勤勉を絵に描いたような韓国籍の脳外科医スン・パク、心臓外科医のシドニー・サクセナ、そして脳外科科長兼外科部長のハーディング・Ｌ・フーテン。それぞれチェルシー総合病院の医師として日々、真剣に患者の治療にあたるものの、悩んだり、迷ったり、不安を覚えたりすることもあれば、家庭や健康に関する問題とも無縁ではない。そして、物語が進むにつれ、それぞれに思いもよらない出来事が起こる。

最新の医学知識、技術を散りばめた迫真の人間ドラマが展開する。なお、本書で頻繁に使われている「ポケベル」について少し説明を。このチェルシー総合病院内で用いられているものは、数字だけでなく、メッセージも送ることができ、また、鳴らすにはオペレーターを通すことになっている（日本の病院もかつてはポケベルを用いていたが、現在はＰＨＳが主流で、埼玉医科大学病院では二〇〇六年から、慶應義塾大学病院では二〇〇七年から使用しているとのこと）。

作者サンジェイ・グプタは一九六九年、ミシガン州デトロイトで生まれた。両親はインドからの移民。グプタは現役の脳外科医で、ジョージア州エモリー大学脳神経外科助教授として医療に従事する一方、ＣＮＮの医療ニュースの特派員も務めている。医療の現場について書いたノンフィクション *Chasing Life*（二〇〇七）、*Cheating Death*（二〇〇九）はいずれもベストセラーとなった。本書は作者初のフィクション作品であり、二〇一三年には同タイトルでテレビドラマ化（全十回）されている。

さて、最後になりましたが、この作品を教えてくださった埼玉医科大学脳神経外科の藤巻高光教授に心からお礼を申し上げます。ある学会の書籍コーナーでこの本を入手して一読され、「アメリカの医療現場をリアルに描いたユニークな作品がある」と勧めてくださったのが本書です。また、教授は米国に研究留学のご経験もあり、米国の医療事情に詳しく、お忙しい中、原稿の最初から最後まで目を通してくださり、医学・医療用語についてだけでなく、細かい表現にまでご助言・ご指導くださいました。

また訳者からの質問に迅速、丁寧にこたえてくださった作者サンジェイ・グプタさん、つねに的確なアドバイスをくださる編集の八木志朗さんにも心より感謝しています。ありがとうございました。

訳者

二〇一四年十二月

装丁　鈴木正道（Suzuki Design）
カバー写真　Henry Steadman/Getty Images

【著者紹介】
サンジェイ・グプタ　Sanjay Gupta
1969年、インドから米国に移住した両親の間にミシガン州デトロイトで生まれる。ジョージア州エモリー大学脳神経外科助教授。CNNの医療ニュースの特派員としても活躍。ハリケーンカトリーナの被害を受けたニューオーリンズのチャリティー病院に関するレポートにより、2006年エミー賞受賞。医療の現場について書いたノンフィクションの作品に「Chasing Life」「Cheating Death」がある。本書は著者初のフィクション作品。2013年には、テレビドラマ化されている。

【訳者紹介】
金原瑞人（かねはら・みずひと）
1954年生まれ。翻訳家・法政大学教授。訳書に『豚の死なない日』（白水社）『青空のむこう』（求龍堂）『ブラッカムの爆撃機』『さよならを待つふたりのために』（ともに岩波書店）『国のない男』（NHK出版）などがある。そのほか、『人生なんて、そんなものさ』（柏書房）などノンフィクション作品も多数。『雨月物語』（岩崎書店）『仮名手本忠臣蔵』（偕成社）のような日本の古典の翻案も行っている。『翻訳家じゃなくてカレー屋になるはずだった』（ポプラ文庫）をはじめとするエッセイもある。

小林みき（こばやし・みき）
1968年生まれ。翻訳家。東京女子大学卒業。慶應義塾大学大学院修士課程修了。シモンズカレッジ大学院修士課程修了。訳書に、『緑の使者の伝説（上・下）』（ハヤカワ文庫）「パーシー・ジャクソンとオリンポスの神々」シリーズ（ほるぷ出版、共訳）「名探偵アガサ＆オービル」シリーズ（文溪堂、共訳）などがある。

マンデー・モーニング

2015年2月10日　第1刷発行

著　者　　サンジェイ・グプタ
訳　者　　金原瑞人　小林みき
発行者　　富澤凡子
発行所　　柏書房株式会社
　　　　　東京都文京区本郷 2-15-13（〒113-0033）
　　　　　電話（03）3830-1891（営業）
　　　　　　　（03）3830-1894（編集）
組版　　　高橋克行　金井紅美
印刷・製本　中央精版印刷株式会社

©Mizuhito Kanehara, Miki Kobayashi 2015, Printed in Japan
ISBN978-4-7601-4554-6